MINGUO TONGSU XIAOSHUO
DIANCANG WENKU

民国通俗小说典藏文库·冯玉奇卷

苦海慈航·乱世风波

冯玉奇◎著

中国文史出版社

目　　录

苦海慈航

乱世风波

苦 海 慈 航

第一回

夜半敲门父女赶急诊

杭州，这名字在每一个人脑海里的印象中都认为是个非常好的地方。城外固然有西湖的美丽，使一般仕女们流连其中，乐而忘返。就是城里的街道，也很宽阔，两旁除了很多百货商店外，也有戏院、咖啡室、舞厅等娱乐场所，所以也有称为小上海那么的热闹。

教仁街这条马路还算是闹市中取静的所在，那尽头处有一个小小的私人医院。这医院的房子本来是陈旧古老的式样，后来由院主人拆去了旧屋的门面，改造了现在这所半中半西的洋房。大门外还种植了几株垂柳，在春风吹荡中，柳丝微微地飘舞，远远地望来，倒也添了不少清静和幽雅。

医院的大门上有一块横匾，黑底子白字，写着"济民医院"四个大字。顾名思义，觉得这是一个救济贫民的慈善医院。所以这方横匾都相当陈旧，黑底子一部分已剥蚀下来，露出了铅皮灰褐的本色。这一方面固然可以知道医院当局经济并不富裕，所以没有力量来加以装修，同时也可想这医院成立到现在，已经是有着悠久的历史了。

因为这医院房屋本来是旧式的，门面虽然装成了欧化的式样，但里面的房间却仍旧是中式的，一根一根屋柱依然露在墙壁的外面。

候症室内并没有什么考究的摆设，除了挂号处有一张小小的桌子外，其他两旁都是一排长椅子，大约是给病人在没有诊治之前休息用的。里面才是一间诊病室，比较收拾得清雅一点。一张诊病的桌子，放在靠窗的旁边，桌子后面贴壁是具玻璃橱，里面放满了大大小小的药瓶。那边有两张沙发，沙发旁边有克罗米小茶几一只。就在这儿往上的墙壁里有一块金色玻璃框的横匾，里面写有"妙手回春"的句子。上首壁上还有一块横匾，写着"苦海慈航"四个字，这块匾比较新一些，上款画着齐国良大医师，下款却是杭州市长的具名。从这一点看来，可想那个齐国良确实是慈悲为怀救苦救难的良医了。

诊病室的里面还有小小的一间，方案是齐医师的手术室。里面有一张高高的病床，四周都是医药上应用的器具，设备倒也还算整齐。

时辰钟敲过了五下，但东方的天空还没有发白，整个的杭州市还是睡在静悄悄的黑甜乡里。忽然医院里装置着的电铃接连不断地响了起来，这时候有人会来掀电铃，当然是谁也想不到的事，所以没有人去理会他。不过电铃的声音，继续不断地响着，也就把楼上房中睡着的齐医师惊醒过来了。

齐医师今年五十六岁了，他二十八岁的时候，从德国医科大学留学回来，整整地已做了将近三十年的医生。当初他曾经在上海医院里服务了五年，后来因为看不惯上海医院里种种腐败黑幕的情形，所以他宁可脱离上海的医院，回到他杭州老家来自己创办医院。把他的住宅变成了医院，把他的田地产业变卖了去购备医药器具，这样的在艰苦环境中救济世人，为病者解除病苦，为人群谋幸福之路，你想这是多么的伟大啊！

齐医师既被一阵阵的电铃声惊醒了好梦，他立刻伸手开亮了电灯，匆匆地披衣起床。虽然是春天的季节了，但早晨的天气还颇觉

4

有些儿春寒料峭，不免微微地抖了一下身子，三脚两步地奔到楼下，先去开了大门上的那个小圆洞儿。他还没有开口说话，门外那个人却已经看清楚了齐国良，遂气喘喘地说道：

"齐医生！齐医生！我家老爷突然得了急病，昏厥在床上不省人事了，请您老医生快快地出诊去一次吧！"

"你不要急糊涂了，你家老爷住在哪儿呀？有了地址，我才能赶了来呀！"

齐医师一听是请自己出诊去治病的，这就连忙开了门儿，向他急急地问。这时门外走进一个三十多岁的男子，身穿灰色布的长袍，他显出那份儿着急的表情，说道：

"我家老爷就是皇宫舞厅的老板楚伯贤，他的住宅就在皇宫舞厅隔壁那座小洋房里……嗳！嗳！其实这些我不告诉你也没有关系，因为我们汽车等在外面，马上可以接你去的呀！齐医生！你的医药箱在哪里？我给你拿了走吧！"

"好，好……请你别太急，我脚上还没有穿着袜子哩！你请坐一会儿，我上楼去穿鞋袜，马上就跟你去。"

那男子低头一瞧他的脚上，果然还只有穿了一双赤脚拖鞋，一时也没有话说，连连向他挥手，是叫他快上楼去的意思。齐国良回身走到扶梯口的时候，才见婢女香妮揉着眼皮，匆匆地下来。她一见了国良，似乎感到有些吃惊的样子，连忙问道：

"老……爷！你……你……自己在开门吗？对不起！我慢一步下楼了，是谁呀？"

"有人生了急病，请我去诊治。你快到小姐房中去，叫大小姐起来，跟我一块儿到病家去吧！叫她快穿衣起身，越快越好。"

齐国良一面说着话，一面已匆匆地奔回到自己的卧房里去。香妮答应了一声，也急急地奔到小姐卧房内来。齐医生有两个女儿一

5

个儿子，大女儿叫梅邨，今年二十五岁了。第二个是儿子，名叫小良，在上海大学里读书，年纪二十一岁。最小的女儿名菊清，今年才十八岁。这时姊妹两人各自睡在一张床上，拥着被儿，正在做她的好梦。忽然被香妮急急地叫醒，梅邨心中似乎有些生气，揉揉眼皮，说道：

"你这个小丫头干吗大清早的来吵醒我？莫非有些疯了吗？"

"老爷要出诊去，叫大小姐跟了他一同去呀！"

香妮被大小姐挨了骂，心中自然感到有些委屈，遂噘着小嘴儿，急急地告诉缘故。梅邨听了，向窗外望了一望，见玻璃片子上还是黑漆漆的，这就伸手按在嘴上打了一个呵欠，有些不大情愿的样子，说道：

"生病也生得太不识相，这时候出诊去，叫人真有些讨厌。香妮，此刻什么时候？"

"五点钟刚敲过。"

"是哪一家的人生了病？"

"这个……我倒不详细。"

"生什么病知道没有？"

"听老爷说，那人生了急病，叫小姐越快越好，马上就起身吧！"

"你给我去舀一盆脸水来，让我洗了脸再去。"

菊清这时候也早已醒了，她听姊姊向香妮先问长问短地问那些没关紧要的事，心中已经有些不大自然了。此刻又听姊姊叫香妮去舀面水洗脸，还要慢条斯理地先来一下子打扮，因此再也忍熬不住了。这就猛可从床上坐起身子，说道：

"姊姊！你是吃喜酒去？还是拜寿去呀？"

"我不懂，你这话是什么意思？"

梅邨见妹妹突然坐起床来问自己，倒是愕住了一会儿，表示不

6

明白的样子，向她呆呆地反问。菊清心中有些怨恨地说道：

"你不听说人家是生了急病吗？爸爸叫你越快越好，你却还要洗脸打扮，这不是延误了病家的性命吗？我劝你别洗什么脸，就快些起来跟爸爸去吧！"

"谁叫他早不生病，迟不生病，偏偏在人家好睡的时候生病呢？我这人脾气就是这个样子，没有梳洗好，蓬头赤脚，我是不高兴到外面去的。"

"姊姊！你是做看护的，你应该知道看护所负的责任……"

"不要你多管闲账！我就洗一个脸儿的时间，他也不见得马上会死呀！"

姊妹俩只管在房中争吵着说话，楼下的齐国良早已大声地在叫着梅邨快些儿呀！这时香妮还只有把洗面水端上，梅邨因为心里有着气，所以手儿理着蓬松的头发，还是那么你急我不急的样子。菊清心里恼恨得什么似的，鼓着红红的小腮子，说了一声我去。她便急匆匆地披穿起床，穿上了鞋袜，很快地奔到楼下去了。

齐国良在楼下等着，见走下来的并不是梅邨，却是菊清，心里不免有些惊奇，遂连忙悄悄地问道：

"你姊姊为什么不下楼来呀？"

"姊姊有些头痛，没有精神起来，我替姊姊代去一次。"

菊清恐怕以实情相告爸爸一定要生气，所以她转着乌圆眸珠，圆了一个谎话回答。国良微蹙了稀疏的眉毛，说道：

"你还在读书时代，你根本不懂得医药常识，你如何能糊里糊涂地跟我一同去呢？那你也太胡闹了。"

"爸爸，我是医生的女儿呀！我虽然读的不是医科，但我在爸爸身旁看了这么多年，一些普通的医学知识我也懂呀！况且我对于习医特别地感到有兴味，等到这学期毕业后，我一定在爸爸身旁实习医学，爸爸您别瞧我不起，快些儿和我同去救人性命要紧吧！"

菊清后面这一句话，才把齐医生提醒过来，遂也不再说什么，匆匆地奔出大门外去。菊清提了那只医药箱子，跟着出外，和爸爸一同跳上汽车。当汽车开走的时候，菊清见香妮已下楼来关大门了。

汽车驶到了楚公馆门口停下，那个男仆先急急地下车叩门。这时齐医生和菊清也跳下汽车，跟着那个男仆跨步入内，走完了甬道，来到大厅。先见到一个雏鬟，在探头探脑地瞧望，好像等人的样子。一见了齐医生，便急急地叫道：

"根福！医生请来了吗？"

"是的，小茵！老爷好些了吗？"

"不好呢！你听，太太小姐不是都在哭吗？"

小茵摇摇头，急急地回答。根福侧耳一听，因为这时四周静悄悄的缘故，所以果然听到一阵女子哭泣的声音从楼上播送下来。于是向齐医生慌慌张张地说了一声请上楼吧！他便领路急急地先上楼去了。

菊清跟了爸爸走进楚伯贤的房中，只见那张紫檀木的大床面前，站立了三个人。两女一男，看上去大概是病人的妻子和儿女，他们都在悲悲切切地哭叫着。根福先说了一声医生来了，然后退在一旁。那个年老的女人，回身向齐国良眼泪鼻涕地说道：

"齐医生！你是大慈大悲的活菩萨，你快些来救救他的性命！"

"你们大家不要哭，病人听见了会难受的。"

国良一面向他们低低地安慰，一面走到床边去。只见床上躺着的楚伯贤，他是个很胖的身子，两眼呆呆地望着自己，口中要说话而又说不出的样子，他颊上也沾了丝丝的泪水。国良一望而知他是慢性中风，遂先给他按了脉息，然后拿听筒给他胸部上听察了一会儿。这时菊清已把医药箱打开，她似乎也知道这个病人非打针不可，

8

所以把针管盒子取出，又把酒精炉子点着了。国良走到桌子旁，拣出两枚针药水，用刀片划断玻管。菊清已把针头在酒精炉上消了毒，交给父亲。国良把针药水统统吸入针管内，然后走到床边去。这时菊清早已拿了药水棉花，浸上了酒精，在伯贤的手臂上擦了一会儿，方才由国良亲自给他注射了针药。打针完毕，国良坐到桌子旁去，取了方笺，握着钢笔开药方了。那个楚太太在他开药方的时候，这才絮絮地告诉道：

"齐医生！他在四点三刻的时候，起来小便，不料回到床上的时候，竟两颊发白，口不能言地昏厥了。虽然被我们叫喊了一阵，克住了人中，醒了转来。但看他样子，还是说不出话来，这到底是患了什么病症呀？"

"楚先生身体胖，平日血压太高，昨夜临睡的时候恐怕又喝过酒是不是？"

齐国良一面开药方，一面又这么猜测地探问。旁边那个二十多岁的青年，点着头，也插嘴回答说道：

"不错，爸爸昨夜在外面应酬，他确实是喝了酒回家的。"

"所以嘛！他便中风了。"

"啊！医生！有没有生命危险啊？"

那个十八九岁的姑娘，脸上还沾着亮晶晶的泪水，一听国良这么说，便也吃惊地问他。国良低着头，眼睛看着药方上，口里回答道：

"这真是不幸中之大幸，假使他在路上跌了下去，或者是小便时候跌倒在地上，那恐怕就没有救了。幸亏是躺在床上的时候才发作，这样的病势便减轻了不少。我已给他打了两针，平了他过高的血压，然后吃了这张药方，决不会有生命危险的。"

"那真是谢天谢地，齐医生！你要如能医好了他的病，我们生生

9

世世忘不了您的大恩，我们一定要重重地谢你不可。"

楚太太这才略为放下一点心来，含了感激的目光，向国良望了一眼说。国良摇摇头，微微地一笑，却又认真地说道：

"楚太太！请你别说这些话，我们做医生的责任，就是救人性命。在我手里诊治的病人，不论贫富，都是一样尽心尽力来医治的。这药方你们拿到药房里去配吧！每天饭前服三次，每次服一羹匙，这瓶药水可服两天，两天之后，假使好了一些，你们可以把他送到我院里来门诊的。"

齐国良说着话，把药方交给那个青年观看。那青年是楚伯贤的儿子，名叫常明，他名义上虽然是个大学毕业生，但不学无术，平日只知道吃喝嫖赌，一些儿正当的工作也没有。好在他父亲有的是钱，所以他逍遥自在，一天到晚花天酒地真是十分舒服。当时他接过药方，略为地看了一看，其实他也看不大懂。况且他此刻的目光，却完全注意在菊清的脸上，觉得这位看护小姐，虽然是云发蓬松，脸无脂粉，但在电灯光芒笼映之下，那张鹅蛋脸儿，白里透红，浮现了青春之美的色彩。尤其是她的身材儿，婀娜多姿，胸口的高耸，好像是两个沙利文面包，挺结实的，十足显现出处女优美的风韵来。常明越看越美，越看越爱，一时把父亲中风的危险早已忘记得一干二净了，遂含了歉意的微笑，脉脉含情地望了菊清一眼，低低地说道：

"对不起得很，半夜三更，把你们都惊吵了，两位恐怕连个脸儿都没有洗吧？根福，叫小茵去拿盆热水来吧！"

"不用了，不用了，我们回家可以去洗的。"

菊清把医药具一样一样地藏入医药箱子里，一面抬头回望了他一眼，也微笑着回答。常明见她秋波一转，不但灵活得可爱，而且那目光中透现着一种甜蜜的热情。尤其在她微微的一笑之中，右颊上深深掀起了一个酒窝，更使常明有些神魂飘荡起来。暗想，我平日见到的女人也不少了，像这位看护小姐那么娇媚动人，倒实在还只有第一次哩！就在这时候，听楚太太向国良低低地问道：

"齐医生，您的诊费多少？您说一声吧！"

"出诊八元，两支针药十元，一共十八元。门诊挂号只收五角，所以楚先生若好了一些，你们就送到我院里来诊治好了，这样比较节省一些。"

"这一些诊金倒也算不得什么，我们只希望他人儿好起来，多用掉几个钱也无所谓。我的意思，明天请齐医师来复诊一次吧！"

楚太太听他代为自己这么地打盘算，一时由不得暗暗好笑，遂非常阔气地回答，一面在抽屉内已取出十八元来，放在桌子上。国良心中暗想，他们有钱人家，对于钞票自然看得很轻的，我何必为他节省呢！这儿多出诊一次，我可以多贴补些穷人的医药费呢！心中这样想着，一面收了钱，一面说声好的，我明天就再来一次。

这时候小茵已端上一盆热水，拧了手巾，先交给国良，国良说声谢谢，他却只擦擦手，并不揩脸。小茵又拧一把手巾给菊清，菊清也擦过了手。两人正预备告别要走，楚太太的女儿楚珊珊，却很客气地吩咐女仆已送上两杯牛奶咖啡，并一盆威士忌的早茶饼干，一定要请国良父女吃一些再走。国良因为情意难却，只好又坐了下来。菊清见爸爸坐下，自己也只好坐下了。常明此刻脑海里竭力地在想和那个看护小姐能够有接近的办法，忽然给他想出一个主意来了，遂向楚太太说道：

"妈，我的意思，爸爸的病，最好用一个特别看护，留在家里服侍爸爸，那么一切之事当然便利多了。因为妹妹要读书去的，我又不能常住在家里。至于妈呢，恐怕也不大会服侍病人的。况且爸的病，并非一些小病，万一有什么变化，那么有看护小姐在身旁，我们不是可以放心得多了吗?"

"明儿这话倒也说得很有道理,齐医生,我们要想用一个特别看护在家里,不知每天需要多少钱呀?"

楚太太听见儿子这么说,心中暗想,要我一天到晚陪伴在床边,这也是一件不可能的事情,万一王太太张太太叫我玩牌去,我能推却得了吗?所以她对于儿子这一层意思,表示大为赞成,遂连连点头,望了国良一眼,低低地问。国良既然明白他们对于花钱两字决无什么问题,遂也不必代为节省,一面喝了一口牛奶,一面说道:

"照我院中章程,需要雇用特别看护,除病家供给膳宿之外,每天服务费十元。"

"好的,那没有问题,我想就请这位小姐留在这儿吧!"常明听了,十分欢喜,便望了菊清一眼,微笑着回答。这把菊清倒是窘住了,因为她今天跟了爸爸到此,无非是客串性质,假使真的要她服侍起病人来,万一露了马脚,那不是糟糕了吗?菊清这样想着,心中不免一急,她的粉脸立刻像玫瑰花朵儿般娇红起来。她望了爸爸一眼,显出了大有尴尬的样子。国良当然明白女儿心中是在焦急的意思,遂微微地一笑说道:

"你们要雇用特别看护,我可以另派一个看护小姐来,因为她不是专门做看护的,所以恐怕她服侍得不周到。"

"啊!这位小姐原来不是齐医生院中做看护的吗?"

常明一听国良这样说,心中自然大大地失望,暗想,我所以要雇用特别看护,原是为了把她留在家里,使自己和她有亲近的机会,谁知他要换一个别的看护小姐来,那又有什么意思呢?所以他"啊"了一声,忍不住吃惊地问。国良连忙说道:

"她是我的小女儿,她还在国风女子中学读书。因为她姊姊略为有些头痛,所以她就暂时充个看护跟着我来了。假使你们一定要雇用特别看护，回头我就叫她姊姊到府上来吧！不知道你们意思以为如何？"

"哦！原来这位就是齐医生的令爱……那么您说的家里这位大小姐一定是在医院里学习看护的了。"

"是的，我大女儿在院中担任看护已有五年了，她的经验当然比较多一些。"

国良点点头，微笑地回答。常明暗想，既然她是姊妹关系，那就不要紧了。妹妹的脸儿生得这么娇艳，那么姊姊也不会十分错吧。想到这里，他倒又欢喜起来，遂笑嘻嘻地说道：

"那很好，回头就请您的大小姐来舍间看护吧！"

"好吧！我在九点钟之前，一定叫她赶到府上来。"

国良说着话，一面站起身子，一面又走到床边去，再给楚伯贤视察了一会儿，遂别转身子来。楚太太先急急地问一声怎么样？国良低低说声不要紧，抬头见窗外天空已发了鱼肚白的颜色，遂接着又说道：

"天也亮了，你们差人赶快到药房里去配药，好给他早些服药水。"

"是的，根福！你快拿了药方配药去吧！"

楚太太答应说是，一面取了钞票和药方，一块儿交给根福。根福伸手接过，早已匆匆奔出房去。这儿菊清提了药箱，和国良一同告别出房。常明和珊珊送到楼下，吩咐阿三用汽车送他们回家。

国良父女回到医院里，时候还只有七点敲过，香妮已经烧开了水，见了他们回来，忙着倒洗脸水给他们漱洗，低低地问道：

"老爷，那个病人不要紧吧？"

"是中风，很有些危险，幸亏他没有跌倒在地上，否则，恐怕就完了。"

"爸爸，我说这种病也只配给他们有钱人家人生的，如生在穷人的身上，那真可不得了。"

"那也不管有钱没钱，假使真的要生着了这个病，那也是没有办法。不过我们业医的人，在穷人那儿不但应该多尽一些义务，就是针药方面，也得尽个帮助的责任。比方说，刚才两支针的本钿，我只要花五元钱就够了，但我赚他们五元钱，这五元钱将来就是可以帮助穷人生病时候用的了。"

国良一面洗漱，一面很坦白地向她告诉。菊清拿了香皂，在手巾上擦着，然后揩到面孔上去。她听爸爸这样说，遂答道：

"像他们这种人家，你说这两支针药要十五元钱，他们也不会嫌贵。"

"不过，我不能这样没有道德地去黑心赚人家的钱，而且我也不希望利用有钱人的钱去救济穷人，我拿我自己赚下来的钱帮助穷苦人，这不是很有意思吗？"

"老爷，可是您自己这个医院里开销也大，况且您已经快六十岁了，您应该有些积蓄，防防将来才是啊！我是个底下人，本来不该向老爷插嘴说这些话，但我十六岁进了这儿的门，足足有十个年头了，我好像把这儿当作了自己家似的，所以我就有些情不自禁起来了。老爷，您说是吗？"

香妮站在旁边，用了很委婉的语气，低低地插嘴回答，她似乎还怕老爷责骂她似的，含笑着这么解释。国良回头望了她一眼，却微微地一笑，说道：

"你倒很忠心于主人呢！不过，我有的是儿女，我年纪老了，儿女们自然有办法会帮助我，况且我也不算老呀！我的精神很好，一天诊治八九十个病人，我并没有感到一些儿吃力呢！一个人钱太多了又有什么意思？俗语说，死了之后，也不好带到阴世里去，并且足以累害儿女们勤吃懒做，丢送了良好的前途，这是多么可惜！现在我给儿女们栽培的是才学和本领，那么他们将来都能够自食其力，不必依赖他人，这是多么好啊！菊清，你认为爸爸说的话有道理吗？"

"爸爸说的话太有道理、太有意思了，女儿非常同意。我将来很希望继续爸爸的志愿，替痛苦的病人造一些幸福。尤其是这班贫穷的病人，他们是多么需要爸爸给予他们安慰和帮助呢！"

菊清一面洗毕脸，一面连连点头，笑盈盈地回答。国良听了，十二分欢喜，放了手巾，望了她一眼，说道：

"我瞧你对于习医这工作比你姊姊似乎更感到有兴趣一些，所以你这学期在国风女中毕业之后，就准定在我身旁实习吧！瞧罗文达这个孩子，他也不过在医科大学里只读了两年书，没有毕业，就在这儿给我做助医。但这几年来，我见他确实进步了不少，将来也是个肯认认真真负责的好医生。你空下来和他研讨研讨医学，对你一定有相当进步的。"

"罗医生这人年纪倒并不老，可是思想倒是很老的。"

菊清听爸爸提起了助医罗文达，遂抿嘴微微一笑，低低地回答。国良似乎有些不明白的样子，用了奇怪的目光，望了她一眼，问道：

"怎么？他才是个二十六岁的青年哩！你如何说他思想很老呢？"

"他见了我，总是红着脸儿先躲开了，我有时候虽然想讨教讨教他的医学，因此倒也问不上去了。"

"罗文达是个老实忠厚的青年，我想他也许是为避一些男女间的嫌疑吧！其实呢，你才是个十八岁的小姑娘，他应该像兄长那样地照顾你教导你，那原也没有什么关系啊！"

国良听女儿这么说，遂忍不住笑出声音来回答。香妮这里刚把洗面水倒去了进来，她听了国良的话，便也插嘴笑道：

"你说罗医生真正是个老实人吧，那恐怕也不见得，他在大小姐面前，我见他们两人总是有说有笑的。"

"这……也许他们在一起工作惯了的缘故，假使菊清长在这儿实习起来，我想你们一定也会很熟悉地说话的。"

菊清微微地一笑，口里不说什么，心中却在暗想，原来罗医生和姊姊有了爱情，所以他对我就不敢亲近了。她一面想，一面伸手按在嘴上打了一个呵欠。国良很疼爱地说道：

"今天你起得太早了，上楼再去休息一会儿吧！"

"倒也不累什么，已经七点半了，我该上学校去了。"

菊清一面回答，一面匆匆上楼，来到自己的卧房。只见姊姊坐起床上穿衣服，她似乎还不够睡眠的样子，伸了两臂打呵欠。一见菊清进房，便先笑着叫道：

"妹妹，对不起得很！累你代我辛苦了这一趟。"

"嗯！要不再睡上这两个钟点，白天里还有精神做事情吗？妹妹，那个病人到底生了什么急性症呀？"

"身体胖，血压高，昨晚又喝了酒，所以中风了。险些儿没有了命，幸亏没有跌倒。爸爸给他打了两枚针，大概不会有生命危险的。"

"这种人死了也活该，难道自己不晓得体胖血压高，什么也得小心点儿才好啊！偏偏喝酒作乐，准是个糊涂鬼！"

梅邨听了，反而咒骂着似的埋怨地说。然后跳下床来，对着镜子只管把手拢着蓬乱的头发。菊清忍不住微微地一笑，伸手在写字台上取了书包，说道：

"可是，偏叫你去服侍那个糊涂鬼！"

"妹妹，你说的什么呀？"

"我不知道，你问爸爸去吧！"

菊清咮咮地一笑，一面回答，一面便匆匆地奔到楼下去了。梅邨芳心里自然有些疑惑，遂把拖鞋换了一双奶油色的皮鞋，预备下楼去问爸爸，却见香妮拿一面盆水急匆匆地走到楼上来。

第二回

旨趣不同哪堪耐清寒

梅郣正预备走下楼去向爸爸问一个仔细，忽见香妮端了一面盆水匆匆地走上楼来，两人险些撞了一下满怀。香妮连忙把脚缩住，面盆里的水已经荡漾了一地，梅郣的脚上也溅着了几点水渍，她心中不免有些生气，鼓着粉腮子说道：

"你冒冒失失地走得那么快干什么？瞧我脚上那双丝袜，才今天换上的呢！"

"脱下来再换一双吧！回头我马上给你洗好了。"

香妮只好赔了笑脸，低低地说，一面把洗脸水放到梳妆台上去了。但心中却在暗想，这件事情假使碰在二小姐的身上，她一定会原谅人，决不会向自己发脾气的。因为我一个人走得快，原也不妨什么事，谁料大小姐也会急急向房外走呢？那么这当然并非我一个人的错，然而大小姐偏把这过失推在我的身上，想想未免有些气人。但为了彼此是个主仆关系，因此也只好忍气吞声叹了一口气。不过梅郣听了这话，却仍旧十分懊恼的样子，逗了她一个娇嗔，说道：

"你难道不晓得我只有这一双丝袜比较新一些吗？那还是罗医生送我的呢！爸爸这个人是只管别人，不管自己女儿的。问他要钱，他老是说没有。诊金的收入，不是买了医药器具，便是贴补了这班

18

穷苦的病人。看看我们一天到晚忙碌不停，大多数的病人，却是不但不付诊金，连药品都是我们赠送他们的。你想，开设了将近二十四五年的医院，换了别人，早已汽车洋房买起来。只有我爸爸，越弄越穷，穷得他自己一年四季只穿了一套常青的破西装。唉！为谁辛苦为谁忙呢？"

梅邨絮絮地自言自语地说了一大套，说到后面，颓然地坐到沙发上去，却又大发牢骚起来。香妮听她这样说，方才明白她的发脾气，实在也有苦衷，一时望着她倒又忍不住好笑起来，但她却代为老爷辩解几句说道：

"大小姐，老爷这人脾气就是慈悲为怀，他替一般穷苦的病人看毛病，虽然没有一些好处，但我见他好像总是那么特别起劲而认真的样子。我常常听见人家提起老爷的名字，都称呼他为现代的上帝，因为这几年来，他老人家真不知是救了多少的世人哩！"

"别人都被他救活了，但是他自己就快要饿死的了。"

梅邨对于香妮说的，似乎有些格格不入耳，把小嘴一噘，愤愤地抢白她说。香妮听了，不便再说什么，指指面盆水，说道：

"大小姐，别生气了，快洗脸吧！"

"我也并不是生你的气，我觉得这枯燥的生活真有些过得厌了。"

"大小姐，您耐心地过吧！瞧瞧老爷的样子，他一天到晚至少要看一百多个病人，而且大半都是尽义务赔药钱的，但他老人家每天还是精神饱满显出那么高高兴兴的样子呢！"

"可是，我不能像爸爸那么一样地做傻子呀！瞧瞧我几个同学，她们现在都过着好日子，有的嫁了银行经理，有的嫁了什么百货店的小开。有几个虽然没有嫁人，但她们也衣着很阔气，看起来都十分得意。只有我苦命鬼，二十岁高中毕业到现在，爸爸不肯给我找些别的事情做，一天到晚跟着他服务病人。这五年来，好像关在监狱里似的，一些乐趣也没有。有几个病人，病得快要死了，又脏又臭，我站在旁边觉得难闻得快要呕吐了，但爸爸却还把病人吐出的臭痰，而甚至于撒下的秽物，仔仔细细地横研究竖研究，他自己不嫌脏，我跟在他的后面倒霉！"

"大小姐，一个做医生的不是应该有这种研究病人病情的责任吗？我听老爷说，要这样子才能对症下药，才能把病人救活过来呀！"

"这也不必说了，但是做了医生，救了人的性命，终不能把自己的生活不顾呀！比方说，上个月我的同学做生日，请我去吃饭，许多同学碰在一块儿，别人都是着红穿绿，手指上金是金，钻是钻，身上哪一个不是披着皮大衣呢？只有我……挤在她们中间，我真恨不得逃回家里来呢！"

香妮心中暗暗地想道，各人的性情不同，大小姐这人的虚荣心比较重一些，所以难怪她要不满意这平常的生活了。一时又想到大小姐今年已经二十五岁了，她见到同学们都已嫁到了如意郎君，也许她心中非常的眼痒吧！这就望着她神秘地一笑，低低地说道：

"大小姐，你不要难过，你也不要性急，终有那么一天，你嫁了一个好姑爷，那么不是也有幸福的生活过了吗？"

"小鬼！烂舌根的！胡说八道地倒叫你来取笑我！"

梅邨被她这两句话倒是直说到心眼儿上去了，但表面上却故作恼恨的样子，白了她一眼说，但粉脸上终掩不住地露出一丝笑容来。接着忽又问道：

"香妮，你今年几岁了？"

"大小姐怎么忘了？我比您大一岁。"

"那么你也二十六岁了，三十岁转眼就在眼前，你怎么还是定定心心地在我家中帮佣呢？难道你不预备给你终身做个打算吗？"

香妮被大小姐这么地一问，由不得红了脸儿，微微地叹了一口气，她似乎对于自己的身世也感到一些凄凉的难受，低低地说道：

　　"我从小死了爸妈，由一个寡婶抚养到十六岁，不料我婶娘又一病不起，抛了我死了。我由隔壁张婆婆介绍，才到这儿来帮佣的。那时候太太还在吧！她老人家待我真好，并没有把我当作低下人那么看待，我心里是多么感激呢！但不幸得很，太太在我进门三年后，也生病死了。……"

　　"我妈死得顶可怜，爸爸做了一生的医生，却救不了妈的命，这真是他终身的遗恨，所以爸爸也时常地伤心呢！"

　　"但是老爷叹息着说，生死大数，早已注定，非人力所能挽回的……"

　　"嗳！香妮，我问你的是关于你终身的事呀！你怎么又提起我妈的事来呢？"

　　"我……终……身……我……是个孤苦无依的女子，而且我又不知道该怎么去跟人家七搭八搭。老实说，不明不白的男人家来跟我说话，我心里终觉得有些害怕，所以我想只要老爷不讨厌我不回绝我，我就打算在这儿做一辈子的女佣，那不是已很知足了吗？"

　　梅邨听她这样说，觉得这人真有些痴头怪脑的傻得有趣，忍不住抿嘴笑起来，摇摇头说道：

　　"你这个主意是错的。"

　　"怎么是错的？老爷为痛苦的病人服务，我为老爷烧菜煮饭、洗衣扫地地在家里服务，这不是很有意思吗？"

　　"给人家做一辈子的女佣，那还有什么意思呢？"

　　香妮觉得大小姐这句话多少包含了一些讽刺的成分，一时便一本正经地说道：

　　"做女佣原没有什么意思的，不过老爷的工作，是世间最神圣最有意思的，所以我给老爷做女佣也就变成有意思的了。"

"香妮！……你没有受过什么教育，怎么你……的思想倒很好啊？"

梅邨感到有些惊奇，而且还有些惭愧的成分，情不自禁地夸奖地说。香妮微微地一笑，却很骄傲似的神气，说道：

"谁说我没有受过教育的？"

"你读了几年书？"

"我在小学里也毕业过的。"

"小学毕业有什么稀奇？"

梅邨听了，立刻又显出轻视的样子回答。但香妮却淡淡地笑道：

"可是，比中学毕业的人就强得多。"

"你这是什么话？简直岂有此理！你明明在侮辱我！"

梅邨因为自己是中学毕业的，所以她不禁恼怒起来，竖着柳眉，白了她一眼，向她恨恨地责问。香妮连忙含笑说道：

"大小姐！你不要发脾气呀！我这话说得很有意思的。"

"很有意思！怎么解释的？你若不给我说出一个理由来我可不依你。"

"我说一个小学毕业而不能升中学的人，一定是为了他的家境穷苦的缘故。越是不能升学的青年男女，他们因为受了经济压迫的刺激，使他们更知道了辛苦艰难，所以他们都会埋头苦干，不怕困难地工作，自然他们的思想也会趋向于前进一方面去的。……"

"唔！你这一篇理论多少有一些道理。"

香妮说到这里，梅邨脸上恼恨的表情已经消失了，还点点头儿，情不自禁地回答着说。香妮含了微笑，继续说下去道：

"有一部分青年男女，读到了中学毕业之后，他们的年龄当然也都在二十左右了。中学生的年龄和小学生的年龄，这一个时期的环境大有分别。比方说小学里学生，他们人小，一天到晚，只知道顽皮游戏，衣服穿得破破烂烂，也毫无问题。但到了中学，年龄由孩童而成人。为了有资格读中学的男女大多数都是富家子女，于是衣着方面自然也考究起来。所以我看你样儿，你看我样儿，课余时间，玩玩电影院、跳舞厅，这也算不了什么一回稀奇的事。因此一般中学毕业生，眼界固然比小学生高，欲望自然也比小学生大，然而只有一样及不上小学生出身的男女们，就是刻苦耐劳这四个字，这一般中学生是绝对受不了的。"

"你这话虽然也有些说得对，但也不能一概而论。读中学的人不一定个个是富家子女，比方说我和妹妹吧，家境也不算好啊！"

"就是这么说呀！那挤在中间最尴尬了。假使肯自管自地不为他们这一班富家子女的奢华所动摇，那倒也罢了。否则，心里就会觉得多痛苦呢！"

梅郇听她这样，心头别别地一阵子乱跳，两颊立刻涨得通红起来，沉默了一会儿后，方才抬头逗了她一瞥哀怨的目光，问道：

"你这些话，都是在说我吗？"

"啊！大小姐！那我怎么敢？"

"唉！你不知道，人性薄于秋云，一般世人都是多么的势利呢！我也并不是被外界的奢华所动摇，这都是为了面子问题呀！"

香妮那种慌慌张张害怕的神情，瞧在梅郇的眼里，她一时把要责骂香妮的勇气倒又消失了，反而叹了一口气，表示做人困难的意思。

正在这个时候，忽听国良在楼下高声叫梅郇快些可以动身到楚公馆去了。梅郇听了，倒弄得有些丈二和尚摸不着头脑了，遂从沙发上坐起，蹙了眉毛儿，向香妮问道：

"爸爸叫我到什么地方去呀？"

"哦！哦！我这人也糊涂，尽管和大小姐东扯西拉地空谈，倒把正经事忘记告诉您了。早晨老爷去诊治那一个中风的病人，听说姓楚，是皇宫舞厅的老板，他们很有钱，为了便利病人饮食起居，所以要请一个特别看护。……"

　　"是不是爸爸就派我去了？"

　　梅邨不等她说完，就很不乐意似的问下去。香妮点点头，一面又连连地催她快洗脸，说再不洗，水就凉了。她说完，便管自地走出房外去了。梅邨方才明白妹妹说的偏叫我去服侍这个糊涂鬼的话，一时暗暗怨恨，懒洋洋地站起身子，走到梳妆台旁边去梳洗了。一面梳洗，一面想道，今天下午五点钟，我原和罗医生约好了到外面去玩的。但如今看来，恐怕这约会是不能成事实的了。不要说是做医生的一天到晚不会有空闲的时间，连一个看护都像罪犯似的被束缚住了，这样的人生还有什么乐趣呢？梅邨心灰意懒地叹了一口气，她对镜呆望了良久，觉得自己已经是二十五岁了。韶光易逝，青春不再。假使再过上这么五年，我还跟谁去谈情说爱呢？梅邨这样想着，心头不免悲哀起来。但这时候，香妮又悄悄地走上来，说道：

　　"大小姐，已经八点半了，罗医生也早已来了，老爷在急着呢！您还不下去？"

　　梅邨一听罗医生来了，方才披上了一件半新不旧的夹大衣，匆匆地走下楼去。这时候诊室两旁的长椅子上都已坐满了病人，有的面色如纸，有的骨瘦如柴，都是一些贫穷的病人，还有几个病人，在不住地呻吟，这室内的空气是十分凄惨。梅邨的个性，她是看不惯这些凄惨的情形，所以很快地走进诊病室来。只见爸爸和罗医生正在给一个病人看病，国良不等她开口说话，便告诉她楚公馆的地址，叫她赶快地去了。梅邨没有办法，秋波脉脉含情地向文达望了一眼。罗文达对她微笑着点点头，梅邨虽然没有听见他说什么，但心中似乎已知道他的意思。他好像在说：这没有关系，我们的约会，反正随便哪一天都可以，你安心地看护病人去吧！梅邨心中既然有了这样的感觉，她才匆匆地坐车到楚公馆去了。

梅邨到了楚公馆，小茵知道她是医院里派来的特别看护，所以就很殷勤地招待她到楼上来，两人走到扶梯口的时候，碰着一个穿西服的青年，他一见梅邨，便笑嘻嘻地叫道：

"齐小姐！您来了，我们恭候好久啦！"

"这位是……"

梅邨听他竟像认识自己一般地招呼着，心中自然奇怪起来，暗想，他怎么知道我是姓齐的呢？于是微微地一笑，忙也向他请教的意思。小茵听了，在旁边先告诉着说道：

"这是我家的少爷。"

"齐小姐，这卡片上就是鄙人的名字。"

楚常明伸手在袋内也已取出一张卡片来，向梅邨递了过去。梅邨虽然觉得他这一下子举动，未免有些过分郑重其事，但人家已经递了过来，自己当然不能置之不理，遂含笑接过，一面低低还叫了一声楚先生，一面看那卡片上去。只见上面的衔头倒有好几个，第一个是武林日报的主笔，第二个是华东贸易公司的副理，第三个是皇宫舞厅的经理。其实他第一个衔头，根本是挂名的，好在他有钱，所以他这支笔可以叫人代写。至于第二个衔头呢，也是徒有虚名而已。因为这贸易公司的经理就是楚伯贤，做儿子的摆了一个副理衔头，这也算不了稀奇，事实上他根本不做事的。只有第三个衔头，可说是他的日常工作了。因为他每天晚上没有事就到舞厅里去游玩，反正这舞厅是老头子开的，于是他就荣任经理的位置了。不过他也想过这一层，一个大学毕业生，假使单做了舞厅的经理，这到底也很有些不好意思，所以他在卡片上又多添了这些虚衔头。好在那些不明真相的人见了这张卡片，还以为他果然是个文武全才能干的青年。

当时梅郖的芳心就被这些衔头所打动了，暗想，这位先生倒真可说年少英俊，能者多劳的了。这时常明把手一摆，是请她走进上房去的意思。梅郖微微一点头，一面把卡片藏入大衣袋内，一面跟他走进上房。只见房中的家具，完全是红木制成的，太阳光从窗外照射进来，把房中一切更加映得富丽堂皇。楚太太原是坐在床边陪伴着伯贤，此刻见了梅郖，便站起相迎，常明遂给她们介绍道：

"这是我的妈，这位是齐小姐，她是我们特地请来看护爸爸病的。"

"好极了，小姐！你快脱了大衣歇息一会儿，我们老爷的病千万请你要好好儿地照顾，那就叫人感激不浅了。"

楚太太很会奉承似的说着，虽然她平日是骄气冲天的，不过今天为了要使自己丈夫病体早日痊愈，她也不得不改变平日的傲慢，而对她显出殷勤的样子，伸过手去，还有给她脱大衣的意思。但梅郖脱下大衣之后，早由常明很快地先接了过去，给她在衣钩上挂好。梅郖说了一声劳驾，然后又低低问道：

"你们把药水可曾配来了吗？"

"哦！配来了，早配来了。"

常明立刻回过身子来，又抢着回答。一面把桌子上放着的那瓶药水，亲自交到了她的手里。梅郖见药水瓶外仍旧包好了一张药房的招牌纸，可想她们配了药水回来之后，连拆开来看都没有看过，一时眉头蹙起，说道：

"怎么？你们还没有给病人服过药水吗？"

"是的，因为我们不知道是用怎么样的方法服侍他喝下去的？所以我们不敢乱动，等着齐小姐来吩咐呢！"

楚太太见儿子这回子红了脸没有说话，于是小心地回答着。梅邨听了，忍不住暗暗地好笑，觉得这一班有钱人家的人儿，真像死人一样，俗语所谓：拨一拨，动一动，不拨是不会动的。假使特别看护请不到的话，那么病人就不必想喝药水的了。梅邨心里虽这样想，但口中自然不说什么。她走到床边去，先把量热表取出来，用药水棉花浸了酒精擦干净，然后塞到楚伯贤的嘴里去。一面回头向楚太太说道：

　　"羹匙、玻璃杯、开水都预备好了吗？"

　　"是，是，都预备好了。"

　　常明仿佛变成听差一样地连声称是地回答，他把热水瓶、玻璃杯、羹匙都亲自地拿到床边的夜壶箱上去。三分钟后，梅邨把量热表从伯贤口中取出来。楚太太第一个先关心地问道：

　　"齐小姐，他热度高吗？"

　　"稍许高一些，九十九华氏度。没有关系，喝了药水，热度就会退去的。"

　　梅邨看过了热度表后，低低地回答。但为了怕他们着急起见，所以后面又这样地安慰他们。她方才把药水倒了一羹匙，用温开水服侍伯贤服下。楚太太见伯贤此刻开了眼睛，呆呆地望着梅邨出神，好像有些不大明白的样子。于是告诉他说道：

　　"这位齐小姐是我们从医院里请来的特别看护，专门看护你的病，所以你只管放心，那病不多几天就会好的。"

　　"……"楚伯贤方才明白了似的，点点头，但没有回答什么话。

　　"你饿了没有？想吃些什么吗？"

　　楚太太继续地问他，伯贤却仍旧摇头没回答，他把眼皮又微微地闭下来。楚太太有些忧煎的意思，拉了梅邨走到窗边桌子旁来，悄悄地问道：

"齐小姐，他自从得了病之后，一句话也没有说过，这不知是为了什么缘故？你知道要紧不要紧呢？"

"这……个……"

"妈！你……"

常明见梅邨支支吾吾地愣住了，而且两颊微微地红起来，一时暗想，她的资格无非是个看护而已，又不是医生，她怎么知道这病的缘故呢？妈真也糊涂，问得人家回答不出话来，这叫小姐心中窘不窘呢？所以怨恨地叫了一声，似欲埋怨的意思，但这些埋怨的话却也不好意思说出口来，为的是怕无意中唐突了齐小姐。常明在女人家身上的功夫，是用得相当细心的，所以他又缩住了没有往下说。梅邨心中似乎也懂得常明有这一层意思的，不过越是懂得他的好意，自己心中却越觉得难为情。虽然对于医学方面自己并没有深刻地研究过，但跟着爸爸到底也有五年的经验，凭她经验所得，于是立刻镇静了态度，不慌不忙地说道：

"楚太太，楚先生的病，我可以告诉你，但你们不要急……"

"齐小姐，你快说，怎么啦？"

梅邨这一种语气的说法，就可见伯贤的病是很有些严重，所以楚太太不能不表示着急，惊慌地问。梅邨低低地说道：

"中风俗称脑充血，这病当然十分危险。即使像楚老先生那么比较轻一些的中风，有时候他的脑神经受震动，往往也会影响到手足和嘴巴。比方说成了半肢疯，有的厉害一些，连嘴都会歪了起来，那么在一时之间，就不会说话，不会握笔写字了……"

"啊呀！这……这……不是成一个废人了吗？"

梅邨说的倒并非是凭空虚构，因为在这五年中，她跟爸爸也医治过好多类如楚伯贤那样的病人，所以她告诉的完全是经验之谈。楚太太听到这里，已经急得忍熬不住，这就啊呀一声叫起来，急急问。

梅邨忙道："你不要急呀！常言道：得病容易收病难，尤其是像这一种病症，少说也得一年半载的休养不可。假使能静静地休养，再加上医药的调理，那当然也有复原的希望。说句老实话，这是个贵族病，要如生在穷人的身上，那么这一家以后的生活真是不堪设想了。好在这儿老太爷已经有了儿子做帮手，就是不生这个病，也该休养休养享享清福了。"

梅邨说这几句话的意思，好像对于伯贤生这个病还是应该生的样子，在她心中是根本没有一些同情的难过。常明心中是另有一种想法，觉得她至少在羡慕我是一个能干会赚钱的青年。所以他心里很得意，望着梅邨，微微地笑，这笑多少包含了一些勾引她的成分。

但只有楚太太心里，急得什么似的，忍不住深深地叹气。你道这是为什么？原来常明这个儿子根本不会做爸爸的帮手，赚钱两字谈不到，花钱的本领，倒是天字第一号。平日之间，都是伯贤一个人经营事业，一面算盘真是好得了不得。他有一个宗旨，叫作只进不出，所以这十年来，给他发足了财。现在伯贤病成了废人，假使一年半载地不做生意，那一份家产不是也会让儿子花完了吗？所以她心头的痛苦，真像哑子吃黄连，再也说不出来。因此呆呆地愕住了一会儿，忍不住流泪满颊了。常明见了，便低低地说道：

"妈！你千万不要伤心，给爸爸瞧见了，他老人家心中也会难过的。只要没有什么生命危险，那就是老天的保佑了。您一清早到现在也没有休息过，自己身子也保重些，还是到厢房里去躺一会儿吧！好在我们已经请了齐小姐来担任看护，妈也就放心是了。"

"齐小姐！那么辛苦您了。"

"楚太太！您不要客气，这是我们应该尽的责任呀！"

楚太太的伤心流泪也无非一时之间而已，现在她听儿子这样的劝告着说，心中想道：也许老头子生了病，儿子就会上进一些也未可道。因为在平日之间，她起码要十点敲过才能起身，今天在清晨四点钟闹到现在，也觉得十分疲倦，一时伸手打了一个呵欠，站起身子，向梅邨客气地说。梅邨因为自己来看护他原有权利收入，那么这义务也是理所当然，所以也微笑着回答。楚太太走出上房去了，常明的心头好像更有了一层兴奋的感觉，他望了梅邨一眼，忽然说道：

"齐小姐，您还没有用过早点心吧？"

"我……我……吃过一些的。"

常明这句话倒是说到梅邨的心眼儿上去，她的肚子立刻咕噜咕噜地叫起来。不过她当然不好意思直接回答说没有吃过，所以她就含糊了口吻说着。常明知道她真的没有吃过点心，这给自己一个献殷勤的好机会，于是匆匆地走出房外去了。

梅邨坐在桌子边，这时太阳光晒进了整个的房中，壁上那架挺大的时辰钟当当地齐巧敲了十下。她向房中打量了一会儿，觉得有钱人家对于物质上的享受，真是考究。假使有一天我也能够住到这样富丽的卧房，那是多么舒服呢！

正在痴想，小茵拿了牛奶饼干进房，放在桌子上，叫声齐小姐请用点心吧！她说着话，又匆匆地出房去了。梅邨眼瞧着桌子上的点心，她的肚子自然更加不安宁起来，因为房中除了床上躺着一个病人之外，没有第二个人，于是也不用客气，她便握了热气腾腾的牛奶杯子，放在口边呷了一口。正欲伸手去抓饼干的时候，忽见常明悄悄地进房，手里还拿了一张报纸。梅邨这时手里已拿到了一块饼干，觉得放下也不好，送到嘴里去更不好，因此红了脸儿倒是窘住了。常明见她怕难为情的神情，遂微微地一笑，一面说声您请用，一面自管自地坐到沙发上去看报纸了。

常明为了避免使她怕羞起见，他故意把报纸递得高高的，遮住了自己的脸儿。其实他的两眼，却仍旧偷偷地在张望梅邨的脸儿，觉得她们姊妹俩很有些相像，虽然姊姊不及妹妹的天真活泼那么的风韵，这当然因为其年龄的关系，不过这位大小姐自有一股子温文幽静美丽的姿态，确实也有令人心醉的地方。若和舞厅里这班庸脂俗粉相较，那当然是胜过多多的了。常明这样地想着，觉得自己非动她的念头不可。

梅邨自然不知道他在偷看自己，遂大大方方地喝完了牛奶，用手帕儿抿了一下嘴唇。回眸儿见他拿着的报纸，报头上是武林日报四个字，于是搭讪着问道：

"这张武林日报就是楚先生主笔的吗？"

"哦！不敢，请齐小姐指教。"

常明一听她这样问，立刻哦了一声，笑嘻嘻站起，也坐到梅邨坐着的对过桌子旁去，还把那张报纸送了过去。梅邨一面接了，一面逗了他一个媚眼，笑道：

"楚先生！您太客气，我怎么有资格指教呢？这张报纸办得很好，我常常想这个主笔人不知道是谁？想不到今天我却很幸运地见到了，这真叫我敬仰得很哩！"

"哪里哪里，承蒙齐小姐如此夸奖，岂不是叫我惭愧吗？"

梅邨会这样地崇仰他，那在常明心中倒是感到一件意外惊喜的事，不免受宠若惊，全身骨头顿时没有四两重地飘飘然起来，笑嘻嘻地回答。梅邨见他那种得意扬眉的态度，知道他是个爱人奉承的青年，一时心里暗暗想到：若以楚常明的人才和罗文达相较，那当然胜过文达多多了。第一，常明是个富家的少爷。第二，他的地位比文达高。就是拿学问才干来说吧，他又是报馆主笔，又是贸易公司副理，还是皇宫舞厅经理。一个年纪这么轻的人，能干这么多的事情，还不是一个好人才吗？假使有人叫我选择对家的话，那不用说，当然是舍文达而取常明的。但话虽然这么说，究竟不知道人家是否有了太太？万一他早已结过婚，那我这些胡思乱想还不是一场空吗？梅郫这么想着，两颊有些热辣辣地红晕起来，遂把秋波斜乜了他一眼，又笑盈盈地问道：

"楚先生，您怎么一见了我就知道我是姓齐的呢？"

"你觉得奇怪吗？我告诉你，因为齐医生刚才说的，叫他大小姐来到这儿给我爸爸做看护，所以我当然知道了。"

梅郫听了他的告诉，这就哦了一声明白过来，遂点头笑道：

"原来是我爸爸预先已告诉了你们，那么你一定也知道刚才早晨跟我爸爸来诊病的那个看护小姐是什么人了？"

"我知道，是你的妹妹齐二小姐，因为她正在国风女中读书，她这次跟你爸爸来做临时看护，是因为您有些头痛不舒服的缘故。不知大小姐此刻可全好了吗？"

梅郫听他这样说，知道妹妹并没有把自己不肯热心到病家来的真情告诉出来，一时倒很感激妹妹的隐瞒，遂点头笑道：

"我原没有什么不舒服，因为昨夜为了服侍一个病人，睡得迟了一些，所以今天就不能早起了。"

"做看护的事情也很辛苦吧？"

常明点点头，一面低低地探问，一面取出一只十四K的洋金烟盒子来，取了一支茄力克，送到梅郫的面前。梅郫摇头说道：

"谢谢你，我不会吸烟。"

"齐小姐从前是什么学校毕业的？"

常明把送过去的烟卷又缩了回来，衔在嘴里，一面点火吸烟，一面搭讪着问。梅郫转了转乌圆的眸珠，竭力装出娇媚的姿态，来博得对方欢心似的，说道：

"我是启秀女中毕业的。"

"啊！那真巧极了，我妹妹也在启秀女中读书，这学期可以毕业。那么说起来，你们也许是认识的吧？"

"你妹妹叫什么名字？"

"我妹妹名叫姗姗，是姗姗来迟的姗字。"

梅邨听他后面还这么地解释了一句，一时倒忍不住噗的一声好笑起来。常明莫名其妙地望着她，低低问道：

"齐小姐，你笑什么呀？"

"我想你妹妹一定是个类如古典美人那么的姿态，也许还是三寸金莲吧？"

"你何以见得？"

"咦！你不是说姗姗来迟吗？假使不是三寸金莲的话，怎么取个姗姗名字呢？"

"有道理，有道理，哈哈！……"

常明听她很幽默地说着笑话，一时觉得她的可爱，遂连连称赞着说。他也忘记了爸爸还在床上病得厉害，这就忍不住哈哈地笑起来了。梅邨被他这么一笑，恐怕让下人们听到了不好意思，于是向他努努嘴巴，手儿指了指床上，又连连摇了两摇。常明这才想起自己父亲生着病，似乎不应该有这样高兴的笑声发出来，于是立刻忍住了笑，红着两颊，讪讪地站起身子，走到床边去张望了一眼。然后回头望着梅邨，低低说道：

"你爸爸的医道真不错，瞧我爸爸此刻睡得很安静哩！"

"给他静静地睡一会子养养精神，那是很好的。"

梅邨低低地回答，心里可就想道，现在快近十一点钟了，他怎么还是恋恋不舍地不去办公呢？难道他不放心我一个人在房中吗？这也许是我自己的多心，他终不见得会防我做贼的吧！那么他心中

33

莫非对我有好感吗？所以他就忘记了办公时间了。梅郓这样胡思乱想地暗忖着，一颗芳心，多少有些甜蜜的感觉，遂悄声儿提醒他说道：

"楚先生，你今天不上写字间去了吗？"

"哦！是的，我……要去一次的，不过我家里的人手太少，我走了之后，可没有人招待你了，你千万别生气吧！"

"这是哪儿话？我来做看护的，只有帮着你们照顾照顾家里的事情才是，如何还用得了你们招待我吗？那你也客气得太过分了。"

常明被她这么一说，方才也想到自己说的话，未免太没了分寸。一时笑嘻嘻地连说了两声对呀对呀，他红着脸，似乎十分不好意思地点头，说声再见，便匆匆地奔出房外去了。

第三回

春光虚度一曲传心事

梅郇一个人坐在房中，不由暗暗地想起心事来了，觉得常明刚才说的话，倒大可研究一下。他说家里人手少，他走了之后，就没有人来招待我了。从他这句家里人手少的话中猜想，他一定还没有娶过太太，否则，他的太太一定会出来招呼我的，何必要常明自己来陪着我呢？梅郇这样想着，她的心头有些甜蜜地觉得常明假使能爱上自己的话，这才是自己一生幸福的开始了。

正在这时，小茵提了铜勺子，悄悄地走进房来，在热水瓶里充满了开水。然后又泡了一杯玫瑰花茶，送到梅郇面前，含笑说声齐小姐请用茶。梅郇见她年纪还只有十六七岁，倒也生得小巧玲珑，并没有生得讨人厌的样子。于是一面道谢，一面问道：

"你叫什么名字？"

"我叫小茵，齐小姐！有什么事情，您只管吩咐我好了。"

"好的，听说你们家里还有一位小姐是吗？"

梅郇趁此机会，预备在小茵身上问一个详细。小茵点点头，她似乎也很爱说话的样子，絮絮地告诉道：

"我们老爷太太一共养两个孩子，就是这个大少爷和二小姐，二小姐此刻读书去了。"

"你们二小姐可曾配婆家了吗?"

梅郴因为不好意思问你们大少爷可曾定亲,所以假痴假呆先问到她二小姐的身上去。小茵抿嘴一笑,摇摇头说道:

"我们大少爷也还没有定亲哩!二小姐正在读书时代,怎么就会配婆家了呢?况且这个年头儿,都在闹着自由恋爱,假使大少爷的婚姻肯让老爷太太来做主的话,我们新少奶奶也早已讨进好几年了。"

小茵这两句话听到梅郴的耳朵里,她好像吃下了一颗定心丸,暗想,照这么看来,常明一定是属意于我的了。一时欣慰地笑了一笑,却也没有回答什么。小茵于是提了铜勺子又匆匆地走出房外去了。不多一会儿,床上的楚伯贤醒了,他呜呜地响了起来,梅郴走到床边,低低地问道:

"楚先生,你要喝茶吗?"

伯贤点点头,梅郴遂倒了一杯温开水,坐到床边,一手挽起他的脖子,一面把茶杯凑在他口边,服侍他喝茶。就在这当儿,楚太太睡畅了从厢房里走过来,一见梅郴在服侍伯贤喝茶,便低低地问道:

"又在喝药水了吗?"

"不,他口渴,我给他喝些儿开水,楚太太!你们最好叫人去买些儿花旗蜜橘来,那里面含有维他命的成分,在楚先生口渴的时候吃些橘子水,对于身体多少有些利益的。"

"齐小姐,你这话说得不错,我马上派人去买。"

楚太太认为她说得很有道理,遂匆匆又向房外走了。走到房门口的时候,忽又回过身子,低声地问道:

"齐小姐,他在病中还有什么东西可以吃吗?"

"这两天他只能吃些流质的东西,所以你还是去买几瓶牛肉汁和鸡肉汁来吧!"

　　楚太太对于梅邨说的话当然是言听计从,所以连连答应。正欲回身出房,梅邨又跟出房来,关照她再买两只新鲜面包来,说病人对于面包是吃不坏的。楚太太点头答应,自去吩咐仆人购买。这儿梅邨一看时钟,已经十一点四十分,于是走到床边去,服侍伯贤喝第二次的药水了。

　　不多一会儿,楚姗姗从学校里回家了,她见了梅邨,便微笑着叫道:

　　"齐小姐,我爸爸的病情怎么样了?"

　　"比较好一些,我刚给他喝过药水。楚小姐!你放学了吗?"

　　梅邨听她直呼自己为齐小姐,于是也不必再请教贵姓大名,就含笑还叫她回答。姗姗见她年龄确实比早晨来的那个大一些,但也生得娇媚可爱,讨人欢喜。于是含笑回答道:

　　"我中午本来是寄在学校里吃饭的,今天因为有些放心不下,所以回来看看我爸爸。唉!好好儿的怎么会中风呢?"

　　楚姗姗一面说,一面微蹙了眉尖儿,忍不住又微微地叹了一口气。她轻轻地走到床边,向伯贤叫了一声爸爸,问他好一些儿吧?伯贤点点头,因为他说话有些不方便,所以忍不住流下泪来。姗姗见了,自然也很感伤心,眼皮儿也忍不住红了。

　　这时楚常明也匆匆地回家来了,一走进房中,当然先问了爸爸的好,然后又向梅邨七搭八搭地问着话。这时楚太太走到房内,见儿女们都已回来,知道时已近午,遂吩咐小茵去开饭,请梅邨先用饭去。梅邨客气地说道:

　　"我迟些儿没有关系,你们先去用饭好了。"

　　"齐小姐,你已辛苦了一上午,也该休息休息了。妹妹,这儿由妈陪伴着爸爸吧!我们陪齐小姐到饭厅里用饭去。"

常明见梅邨闹着客气，遂连忙又这么说道。姗姗似乎还有些孩子脾气，她听了哥哥的话，便拉着梅邨手儿，一同向饭厅里走了。

饭厅是在楼下会客室的隔壁那一间，里面陈设得十分清静幽雅，全是红木家具。这时那张红木镶大理石的小圆桌子旁，只坐了三个人，就是常明姗姗兄妹和梅邨三个人吃着饭。常明对梅邨是招待得相当客气，一会儿夹鱼给她，一会儿夹肉给她，并且还向姗姗告诉着说道：

"妹妹，你知道吗？齐小姐从前也是启秀女中读书的，你们实在还是同学关系哩！"

"真的吗？齐小姐！可是我们怎么不认识呢？"

姗姗很天真地问她，她倒并不是因为不相信梅邨的意思。但梅邨心中当然要误会到这一层上去，遂认真地说道：

"我在启秀女中毕业已经快五年了，那你怎么会认识我？因为你那时候的年纪恐怕还小得很哩！"

"齐小姐，你今年几岁了？"

姗姗觉得她这两句话有卖老的意思，一时心中很有些不服气，遂望着她低低地问。梅邨暗想，我若把实在的年龄告诉她，恐怕常明听了要嫌我年纪大。不过我若故意谎报小几岁，万一将来拆穿了秘密，那也很不好意思。梅邨在这样左右为难的情形之下，她便支吾了一会儿，微笑着说道：

"你倒猜一猜，瞧我的模样儿有几岁可看？"

"照我猜测，你不是二十二岁，就是二十三岁。"

"妹妹猜得不错，我也猜齐小姐最多二十三岁吧！"

常明两眼望着梅邨粉脸，也故意装作细细打量的样子，附和着说。梅邨却含笑不答，管自地握了筷子，挑着碗内的饭粒。姗姗笑道：

"怎么样？可是被我猜中吗？"

"不！你们猜嫩了一些，我已经五十二岁了。"

"什么？五十二岁？齐小姐你在大开玩笑了！"

"哥哥，你真笨呀！五十二岁掉转头来便是二十五岁，我倒明白齐小姐意思的。齐小姐，你说对不对？"

梅邨听她直说到自己的心眼儿上去，一时忍不住扑哧一声笑起来。常明这才哦哦地响了两声，伸手拍了一下额角，笑道：

"这一会子倒是妹妹比我聪明了，不过，我看齐小姐二十五岁也许是不到的，不要故意说大几岁吗？"

"哥哥，你益发笨起来了，女孩子家的年纪，只有向人家骗小几岁的，哪儿有故意说大一些的呢？其实齐小姐真的生得很嫩面，比方拿我来说，我今年才只有十九岁哩！可是看上去，和齐小姐却生得差不多的老嫩呢！"

姗姗这几句话，听到梅邨耳里，自然十分喜悦。不过人家虽然这么地赞美自己，自己终不好意思默受下来。这就逗了一个媚眼，笑道：

"楚小姐，你真会说话，我如何能和您相比呢？像我这么年纪已经是快要老了，像你才是个含苞待放的花蕾呀！"

"你们不要客气，我说你们没有出嫁的小姑娘，都是朵含苞待放的花蕾。齐小姐，你几时给我们喝喜酒呀！"

常明趁此机会，也向她笑嘻嘻地说出了这几句话。梅邨觉得他明明地在挑逗自己的意思，一时秋波斜乜了他一眼，却不免有些赧赧然起来。姗姗见梅邨娇羞的样子，遂逗了常明一个娇嗔，说道：

"哥哥！你这人说话太冒昧一些，无怪齐小姐要生气了。"

"这……这也没有关系，一个女孩儿家谁都要嫁人的，妹妹难道预备在家里住上一辈子吗？"

"喔唷！你听，你听，还没有娶嫂嫂哩，就讨厌着妹妹了，那你明儿娶了嫂嫂，还不是把妹妹马上要赶跑了吗？"

"啊！阿弥陀佛！我如何会讨厌妹妹呢？只怕再过两年，妹妹外面一有了知心朋友，那时候关也关不住你要向外面跑了！"

梅邨听他们兄妹俩互相地取笑着说，一时也忍不住哧哧地好笑起来。但姗姗被哥哥这么地一说，她不免羞得两颊绯红，恨恨地啐了他一口，扭着腰肢儿却是闹着不依起来。常明向梅邨望了一眼，嘻嘻地笑道：

"我说的倒是实话，齐小姐，你说对吗？"

"那我们可没像你们男人家皮厚啊！"

姗姗听梅邨这么回答，心里才觉得一阵子痛快，忍不住拍手连声地叫起好来。常明伸伸舌儿，也笑着说道：

"你们女孩儿家站在一条阵线上，那我可没法对付了。"

"谁教你胡说八道地欺侮我们呀？"

"天晓得，我哪儿敢欺侮你们呢？"

常明见妹妹扬眉得意好像得到胜利似的责问自己，这就用了颓伤的口吻，仿佛讨饶似地声辩。梅邨和姗姗见了，忍不住又笑了一阵。这一餐饭，大家都吃得很高兴。姗姗因为时候不早，遂先匆匆地到学校去了。梅邨也回到上房里来，见仆人已把牛肉汁、面包、橘等物买来了。于是对楚太太说道：

"楚太太，你可以用饭去了，我来服侍吧！"

"齐小姐，我见他嘴儿不能够说话了，这是为了什么缘故？我担心他不知道会成了哑子吗？"

楚太太因为刚才和丈夫说话，却见伯贤掀动着嘴唇而没有发出声音来，所以十分忧愁地皱了眉毛，向梅邨低低地问。梅邨沉吟着说道：

"变成哑子是不会的，不过，这是因为病了的缘故，我已经说过了，不是休养一年半载，恐怕难以复原的。"

"唉！一年半载的时间太久长了，真没想到他会犯了这一个讨厌的毛病。"

"病犯在身上那也没有办法，我回头去告诉爸爸，最好叫爸爸想一个急治的好法子，能够使老先生早日复原，那当然是最好的了。"

"是啊！齐小姐！我拜托你了，明天早晨，请你爸爸再来诊治一次吧！只要快些把他医好了，金钱两字，我们决不可惜的。"

楚太太颤抖地说，大有眼泪汪汪的样子。梅邨一面点头说好，一面又安慰了她几句，楚太太这才颓伤地走到饭厅里去了。这里梅邨走到床边，又给他量了一会儿热度。伯贤呜呜地响了两声，梅邨似乎也懂得他的意思，遂安慰他说道：

"你身上的热度比早晨又退了一些，你的病不要紧，放心好了。"

"哦！哦！"伯贤点点头，表示感激她的意思。

"你此刻有些饿了吧！我弄些面包给你吃好吗？"

伯贤对于那些简单的话是会说的，所以他又直声说回答了好好两个字。梅邨遂把面包用小刀切成了片，然后冲了一杯牛肉汁，坐在床边，服侍着伯贤吃。这时常明从房外走进来，他见了这一幕情形，心里倒由不得暗暗想道：爸爸的艳福可真不浅，病中有这么一个美丽的姑娘服侍着吃东西，那我明天也情愿生一场病的呢！常明正在呆想，梅邨回头过来说道：

"楚先生，你爸爸在叫你。"

"嗯！爸爸，您有什么事吗？"

常明听了，连忙挨近到床边，小心地问。伯贤掀着略为有些歪斜的嘴唇，含糊地说了一句，好像是在问他什么地方去过没有？梅邨也有些听不大清楚，常明叫他说了两三遍，方才听明白了。遂告诉他说道：

"华东贸易公司我早晨已经去过了，所有电报信件，我也叫人发出去了。会计主任小杨，他说明天早晨来望爸爸的病。"

伯贤听他这样说，点点头，似乎略为有些安慰的样子。过了一会儿，他又想说什么话的神气，可是却没有办法说出来。于是他直声地叫着笔笔，梅邨见常明还是莫名其妙的样子，遂告诉他说道：

"你把纸笔去拿来，他口里说不出话，他要用笔写在纸上跟你说话哩！"

伯贤听梅邨懂得自己的意思，心里很欢喜，伸手拍拍梅邨的臂膀，含笑点点头。常明不敢违拗，遂把纸笔取来。梅邨帮助着伯贤坐起床来，把那支笔交到他的手里。谁知伯贤握了笔杆，竟瑟瑟地发抖，笔尖儿在纸上拖来拖去，好像小孩子画花一般地连一个字也写不清楚了。伯贤想不到自己这一病，竟会病成了如此模样。他掷笔在地，长叹了一声，忍不住泪下如雨。常明见了，忙又扶他躺下床来，低低地说道：

"爸爸，你有病在身，你就别再操劳心思地东想西想了，还是静静地休养要紧。等明天好了一些，自然就能说话。"

"唉！……完了……完……了！"

伯贤颤抖地挣扎出来地说，他的眼泪益发大颗儿地滚落下来。常明红了眼皮儿，有些凄凉的神色，却默无一语地发呆。梅邨拿了手帕，给伯贤拭了拭眼泪，却用了温情的口吻，安慰他说道：

"楚老先生，你不要难过，我自从做看护到现在，曾经瞧见过患着像你同样病症的许多病人，后来他们都慢慢地复原了好起来。所以你这个病，绝对没有什么关系的。我劝你不要难过，一个已经有了病的人儿，假使再自找烦恼地伤心流泪，这对于病体当然是不大好的，所以我劝你应该保重才好。"

"爸爸，齐小姐说的全是金玉良言，你应该听从她的劝告。"

常明听了，也向父亲低低地劝慰。伯贤似乎不忍辜负梅邨这一番温情的好意，方才闭了眼睛，静静地养神，不再说什么话了。梅邨于是离开了床边，坐到窗口边的椅子上去，呆呆地似乎在想什么心事的样子，忽听常明悄悄地叫道：

"齐小姐！我妈在叫你。"

梅邨听了这话，连忙回过头去张望。只见楚太太站在房门口，向自己微笑着招手。一时不知道她是什么意思，遂轻轻地走到房门口去，问道：

"楚太太，有什么事吗？"

"我告诉你……"

楚太太说了一句我告诉你，她拉住了梅邨手儿，踮着她小脚，附了梅邨耳朵，方才悄声儿继续地告诉下去道：

"隔壁王太太差人叫我玩骨牌去，我为了他的病，心里烦得很，若闷在家中不去散散心，回头倒把我也闷出病来了。不过答应她们去玩会儿牌呢，又怕回头他要找我的人。他若知道我去玩牌了，他心里免不得就要生气的。所以我叮嘱你一声，他要如找我的人起来，你就说我在厨房里照料着家务好了。"

"哦！哦！我知道，你放心去好了。"

梅邨再也想不到她是为了这个事，竟然郑重其事十分秘密的样子来叮嘱自己，一时几乎忍不住要失声笑起来，暗想，有钱人家的家庭，想不到有趣得这一份样儿。因为这原不关自己的事，所以乐得讨个好，向她低低地连声答应。楚太太很欢喜地拉拉她手儿，便高高兴兴地走下楼去。常明这时站在房门口，眼瞧着妈的身子消失了，便微微地一笑，说道：

"齐小姐，你瞧我妈真也是个乐天派，只要一百三十二只牌摸在

43

手里，她什么忧愁烦恼都会忘记得一干二净了。"

"做人要这样子才会胖起来，瞧你妈不是还这么白白胖胖一些没有苍老的样子吗？她今年多少高寿了？"

"五十二岁了。齐小姐，我妈才是真正五十二岁，用不到掉头来叫你猜的了。"

常明忽然想到刚才午饭时候向梅邨问年纪的事，这就怪俏皮地补充了一句说。梅邨听了，倒忍不住噗地一声笑起来，接着打岔地说道：

"你妈五十二岁我一些也看不出来，我以为她还只有四十几岁哩！可不是？乐天派的人就永远也不会老的。"

"齐小姐，你难道不是个乐天派吗？"

梅邨听他这样问，就说了一个"我？"接着不由苦笑了一下，却微微地叹了一口气。常明见她那种不如意的样儿，心中不由奇怪起来，遂低低问道：

"齐小姐，我不懂，你为什么叹气了呀？"

"哦！没有什么……"

梅邨这才意识到自己的态度有些引人怀疑，慌忙又若无其事般地低低回答了一句，她别转身子预备走到房里去了。常明却立刻叫住了她，说道：

"齐小姐！……爸爸此刻不会醒来，我们就到那边书房里去坐一会儿好吗？"

"也好，我正想参观参观你府上的每一个房间。"

梅邨乌圆眸珠一转，笑着点了点头，高兴似的回答。常明于是很殷勤地陪伴她到书房里来，这里的布置，有些中西合璧，固然是窗明几净，而且也清静幽雅。梅邨抬头见上首一张琴桌，壁上一幅中堂，是一个无量寿佛。两旁一副小小对联，上面写着两句行书："绿窗明月在，青史古人空"。梅邨瞧到了这些凄寂的画和对联，似乎不感兴趣，立刻把视线转移到别的地方去，只见下首有具书橱，里面堆着厚厚的中西书籍。橱左靠窗旁有架钢琴，琴上放了一瓶鲜艳可爱的玫瑰花。走到钢琴旁边的时候，就可以闻到一阵幽香。梅邨对于这些倒表示兴奋，回头望了常明一眼，微笑着问道：

"你会玩钢琴吗？"

"我妹妹会弄这个玩意儿，我是只会听听的。齐小姐，你一定也会玩这个的。"

"你怎么知道我一定会的呢？"

常明这样肯定的猜测，梅邨心中感到奇怪，秋波斜乜了他一眼，笑盈盈地问他。常明走到她的身旁去，笑道：

"我见你一发现了钢琴，就很快地奔到琴边去，可见你对它有着一种亲热的表示，所以我猜到你一定会弄这玩意儿。"

"你倒很会猜摹人家的心理呀！"

梅邨听他这样说，因为自己见了钢琴确实有这一种意思，所以一时忍不住咮咮地一笑，秋波逗了一瞥娇俏的媚眼。常明知道自己猜得不错，遂把钢琴盖子揭开，因把椅子移了过去，笑嘻嘻地说道：

"齐小姐，能不能一献圣手，给我饱饱耳福？"

"我弹得不大好。"

"您客气什么？我连弹得不大好都不会。"

常明笑着说，拉了她一下臂膀，是请她坐下的意思。梅邨于是不再客气，在椅子上坐下，伸手先叮叮咚咚练习了一会儿指法，雪白牙齿，微咬了一会儿红红的嘴唇皮，回眸斜乜了他一眼，笑道：

"我来弹什么好呢？"

"随便什么曲子都好，只要您手里弹出来的曲子，我都爱听。"

常明的两眼，也含了无限温情的目光，脉脉地凝望着她粉脸。他有些情不自禁地，竟对她说出了这两句话。梅邨觉得他对待自己的情形，似乎显得太明显了一些，因此那颗芳心像小鹿般地乱撞起来，两颊一阵子红晕，连耳根子都有些热辣辣起来了。不过梅邨除了羞涩之外，她实在还有喜悦兴奋的成分。她见钢琴上原有一本歌选放着，于是随手翻了开来，齐巧翻到了《好春光》这一曲。常明连忙说道：

"《好春光》的曲子很好听，而且正是现在的即景，齐小姐就弹这个吧！"

"弹得不好，可别见笑。"

梅邨含了笑容，谦虚地说。常明连说了两声"哪里"，梅邨方才用了两只灵活的纤手，指法纯熟地奏起来了。同时听她口中还轻轻地唱道：

> 莫再虚度好春光，莫把良辰空荒唐，
> 你听钟声正在催，惋惜人老珠易黄，
> 瞧那花儿多美丽，瞧那月儿多明亮，
> 花好月圆度蜜月，海枯石烂共罗帐，
> 人生能有几度春，莫再虚度好春光。

常明听她唱得珠圆玉润，悦耳动听，一时情不自禁地还不住地摇头晃脑，大有无限得意的样子。等她一曲歌罢，这就轻轻地拍了一阵手，含笑说道：

"唱得好，唱得好！齐小姐，你的歌喉真是太好了。"

"不见得吧？这是你说得好，叫我听了倒有些难为情哩！"

"我并没有瞎捧你，要如齐小姐去拍电影的话，准定可以压倒金

46

嗓子!"

"你越说越不对了，要么你去开电影公司，否则我哪有资格去做明星呢？"

梅邨听他捧得有些过分，这就逗了他一个娇嗔，微笑着说。但仔细一想，倒又觉得难为情起来，红了粉脸，站起身子，把钢琴盖儿又合上了。常明心里荡漾了一下，得意地笑道：

"我倒很有意思开个电影公司，但是找不到办事的好人才，否则，我就请你做大明星！"

"你这话只好在这间屋子里说的，要如让外面人听到了，准会笑掉了牙齿！"

"怎么啦？你是说我没有资本创办电影公司吗？"

"倒不是说你没有资格创办电影公司，我是说我没有资格做大明星。"

"为什么？"

"我再过两年差不多快要老的了，人家十七八岁小姑娘才红得起来做大明星呢！"

梅邨说完这话，回过身子去，大有感伤青春不再的意思。常明听了，大胆地走到她的面前，却用诚恳的口吻说道：

"齐小姐，可是在我的眼睛里看起来，你好像还只有十八九岁一样的年轻。我觉得你的容貌、你的身材儿、你的性情，一切的一切，没有不使人感到可亲热的地方。所以……我……"

"楚先生，你别说笑话了……"

常明说这两句话的时候，他是鼓作勇气的，不过说到"所以我"这三个字的当儿，以下的话，却再也没有勇气说出来了，支支吾吾的，他的脸儿，也会涨成像喝过酒一般的红了。梅邨听他说一句，她心里就跳动了一下，等他说到说不出的时候，梅邨也难为情得有些听不下去了，这就向他横眸一笑，打岔地回答了这一句话，她的身子便走到落地玻璃窗的阳台外去了。

常明见她这娇媚不胜的意态，除了羞涩之外，可想她是并没有一些着恼的成分。于是他的胆子自然也越发地大起来，跟着她走到阳台上去，和她一同伏在石栏杆上，回头望了她一眼，低低地说道：

"齐小姐，我觉得你刚才唱的那曲《好春光》的歌，真是非常的有意思。尤其这两句：'人生能有几度春？惋惜人老珠易黄'，这好像是说到我心眼儿上一样。因为我已经是个二十六岁的青年了，假使再过四五年的话，我恐怕不能再称青年，差不多要变成中年了。你想一个人到了中年，离开老年的时间也就不远了。这短促的人生，是多么没有趣味呢！"

常明这几句感喟的话，听到梅郁的耳朵里，自然是分外刺心。她的两颊浮现了淡白的神情，微微地叹了一口气，一时情不自禁地，把心里话也说出来了，说道：

"一个男子的地位，终比女子要好得多。这句惋惜人老珠易黄的话，对你们男子的影响恐怕是极微的吧！所以我觉得像你倒是不必忧愁的。"

"齐小姐，那么照你说来，惋惜人老珠易黄这句话是对你们女人所说的吗？"

常明听她这样说，可见她对于自己的终身问题也很需要有个归宿的了，一时暗暗欢喜。心中想道：有女怀春，吉士诱之，这不是一个好机会吗？于是故作木然的样子，向她假痴假呆地问出了这两句话。梅郁还老实地说道：

"人老珠黄不值钱，这当然是对女人而说的。至于男人，我认为没有什么问题，五六十岁的老头子，讨一个十八九岁的姨太太，那也不算稀奇呢！"

"既然这么地说，那么恕我冒昧地向你问一句话，齐小姐对于终身问题不是也应该有一个打算了吗？"

梅邨听他这样问，全身一阵子热燥，两颊立刻火烧似的血红起来，暗想，我刚才说的话似乎有些失了检点，在他耳朵里听来，好像我年纪大了，现在是急于需要嫁一个人的样子，这未免太失了一个姑娘的自尊性了。梅邨对于这一点，倒胸无城府不肯坍台，遂镇静了态度，淡淡地一笑，秋波斜乜了他一眼，低低地说道：

"我和别个女人不同，我是不预备嫁人的。"

"啊！这是为什么缘故呢？"

常明被她这么一说，倒情不自禁，惊异地叫起来，向她急急地问。梅邨沉吟了一会儿，又微微地一笑，说道：

"我们做看护的女子，以服务病家为天职，所以我的志愿，就是预备终身为病家解除一些痛苦了！"

"哦！原来你是存了这个志愿，所以你迟迟地延宕到今天还不想嫁人吗？"

梅邨认为他这一句话，问得自己感觉到十分的光荣。她遂连连点头，有点骄傲的样子，口是心非地说道：

"不错，我觉得嫁人也没有什么意思，一个女子所以要嫁人，大多数是因为没有自立的能力，所以都把嫁人作为终身的职业一般。但我们做看护的，完全有能力可以自立在这个社会上，不必忧愁没有饭吃，那又何必一定地要嫁人呢？"

"这话虽然不错，但是到了年纪老的时候，没有精力，不能工作了，这时候恐怕就会感觉到痛苦了。所以我的意思，女子嫁人到底是一劳永逸的事。"

常明说这些话，就是劝她应该嫁人的意思。梅邨摇摇头，笑道：

"一劳永逸四个字，未免有些靠不住吧！你把报纸翻开来一看，什么遗弃，什么离婚，那些新闻也太多一些了。"

"你说的是这些无情无义的丈夫，不过社会上美满的家庭也很多呀！"

"你说很多，但我说很少。尤其是一般有钱人家的少爷，他们的存心，把女人当作玩具般看待。真正懂得爱情的人，能有几个呢？"

梅邨秋波斜乜了他一眼，她似乎故意用了神秘的口吻，向他俏皮地说。常明听了，不免有些儿焦急。虽然他想声明一下，但是他又不好意思自己承认是个有钱人家的少爷。所以抓抓头皮，苦笑了一下，说道：

"你说的都是社会上一部分人而已，其实那是不能一概而论的。"

"话虽这么说，但嫁人我认为终是一件麻烦的事。……"

梅邨明知道他有追求自己的意思，但她却越是显出冷淡的神情，表示自己对于嫁人并不感到十分兴趣的样子，用了若即若离的态度回答他说。一面忽又呀了一声，离开了石栏杆，笑道：

"瞧我这个糊涂人只管跟您说着空话，却把房中的病人忘记了，那我真是太疏忽一些了。"

梅邨自己责备着自己地说，一面也不再和常明说什么话，就匆匆地奔回到上房里去了。常明望着她消失了的倩影，于是怔怔地愕住了一会儿。心中暗想，这位小姐的态度，真有些儿令人捉摸不到。她好像对我有亲热的意思，但似乎也有冷淡的样子。照她的年龄而说，她应该是可以找一个配偶了。不过听她的论调，却并无意思嫁人，这到底是为什么缘故呢？莫非她的生命中，已经受过重大的刺激了吗？不错，她一定是已经上过人家当的了，所以怨恨世界上的男子都没有真爱情的了。常明想到这里，心里冷了一半，觉得她究竟是否是个处女，这倒是值得研究的问题。否则，我辛辛苦苦地把她追求到手，她却是个人家的弃女，那我不是太犯不着了吗？但是他立刻又转念想道：齐医生是个有道德有家教的好父亲，他如何会让他女儿有荒唐的行为呢？我想这一定是自己太多心了。照这情形而看，齐小姐无非是有一些搭架子而已，因为我们到底还是今天才见面的初交关系，假使一个女孩儿家马上对自己表示有相爱的意思，这不是太失了姑娘的身份吗？常明左思右想地忖了一会儿，觉得只要功夫深，事情绝没有不成功的道理。他微微地一笑，便也回到自己的卧房里去了。

因为今天早晨起身太早一些，所以他就躺到床上去休息一会儿，不料这一睡下去却是沉沉地入梦乡去了。等他醒来的时候，黄昏已笼罩了大地，房内已充满了暮霭的气氛。于是他急急地起身，对镜梳了一下头发，匆匆地走到上房里来。只见梅邨坐在床边，服侍伯贤吃着橘子。常明见了这情形，他心里终有这个感觉，爸爸真好福气，他心中简直还有些妒忌的成分。免不得意思地走到床边，低低问道：

"爸爸，您此刻好些了吗？"

伯贤似乎懒得说话，只把头微微地一点。梅邨一面把伯贤口里吐出来的橘渣去入痰盂，一面又拿剥好的橘子，送一瓣到他的口里去。回头望了常明一眼，低低地告诉道：

"他才醒来不多一会儿呢！"

"明儿，你妈……"

伯贤很简单地说，他是在问楚太太到什么地方去了的意思。常明听了，倒是支吾了一会儿，不知怎么回答才好。梅邨却很灵活地说道：

"楚太太刚才还在房中陪着我聊天哩！此刻大概到厨房里照料去了，老先生，您找她有什么事情吗？"

"爸爸，您有什么事？我给您去叫妈上楼来好吗？"

常明这才也附和着低低地问。伯贤摇摇头，常明终是不再说话，把身子退到桌子旁去坐下了，望着梅邨神秘而有趣地笑。梅邨恐怕伯贤疑心，所以故作没有看见的样子，脸上还是显出那么一本正经的态度，认真地服侍着伯贤吃橘子。不多一会儿，姗姗放学回来，走到床边也来问爸爸的好。这时小茵从厨房里烧了一盆炒面上来，给大家吃点心。姗姗不知道母亲打牌去了，遂问小茵，说太太在哪儿？小茵还没有回答，常明先连连地摇手，叫小茵别说话。一面说道：

"妈在楼下呢！齐小姐，来，我们大家吃些儿点心吧！"

"你们太客气了，还弄点心做什么呀？"

"家里现成的粗点心，只怕不合齐小姐的胃口。"

姗姗也客气地说，于是三个人在桌边坐下了。吃点心的时候，姗姗方才悄悄地问哥哥刚才为什么乱摇手？常明把母亲打牌去了的话偷偷地告诉她，并努努嘴，说不要给爸爸知道。姗姗心中这才明白过来，觉得在这时候，妈还忘不了打牌，一时未免微微地叹了一口气。

吃晚饭的时候，楚太太方才匆匆地回来。她故意先到伯贤床边，笑盈盈地问长问短地问了一会儿。梅邨常明见了这个情形，忍不住暗暗地好笑。这时小茵又来请大家用晚饭去，梅邨遂先给伯贤服下了第三次药水，方才跟着姗姗常明一同到饭厅去。

饭后，略谈片刻，梅邨便起身告别。楚太太一面付给她十元钱的看护费，一面就向她叮嘱，叫她明天早晨和她爸爸再来给伯贤诊治一次。梅邨点头答应，遂披上大衣，常明说我送齐小姐回去，梅邨连说不必了，楚太太道：

"阿明每晚也要到皇宫舞厅去，反正汽车空着，齐小姐不用客气。"

梅郇听楚太太也这么说，于是也不用再避什么嫌疑了，一面点头称谢，一面跟着常明下楼。走到客厅里的时候，常明停住了脚步，回头见身后只有梅郇一个人，于是鼓作勇气地说道：

"齐小姐，时候还早，我们一同先到皇宫舞厅里去听一会儿音乐好吗？"

"谢谢你，我不能奉陪了。"

梅郇心中虽然也很愿意和他一同去玩玩，但她却不得不摆出一些姑娘的架子来，谢绝着回答。常明有些不好意思地红着脸儿，微笑着说道：

"那没有关系呀！这舞厅原是我们开设的，所以我们去玩根本不用花一个子儿的钱。我们去稍坐一刻钟，我就送你回家好了。"

"不！对不起，我怕爸爸等着会心焦的，反正改天有机会我们可以去玩的。"

"齐小姐既这么说，我就不勉强你了，反正往后日子长哩！"

常明含了苦笑，无可奈何地说。一面吩咐车夫阿三备好汽车，遂送梅郇回医院里去。两人坐在车厢里，默默地都没有开口。梅郇恐怕他心中有生气的意思，遂逗了他一个媚眼，搭讪地问道：

"楚先生，你舞厅里每晚去的吗？"

"唔！账房里的事情也很多，我不去办理，就会弄得一团糟似的。"

"那么你报馆里什么时候去呢？"

"终要舞厅散场才能到报馆，好在我有个助编在报馆里帮我忙，没什么要紧的稿件，他会给我先发排出去的。"常明不得不圆了一个谎回答。

"那你真也太辛苦了。"

梅郇微笑着回答，大有夸奖他的意思。正在这时，汽车已开到济民医院门口停下。梅邨于是和他握手分别，推门进内。只见候诊室里尚坐着一个五十多岁的乡下老媪，她全身好像在瑟瑟发抖，而且还掩着脸儿低低啜泣哩！

第四回

心存救世苦海渡慈航

梅邨一见候诊室内还坐着一个乡下老婆子在十分伤心地哭泣，一时心头当然非常地惊奇，遂走到她的面前，皱眉问道：

"喂！老太太！你来看病吗？干吗哭得那么伤心呢？"

"噢！噢！小姐，可怜我真是苦命哪！今年五十八岁了，儿子不幸早已死了。只剩了一个十八岁的孙子，谁知老天爷不生眼睛，还是那么狠毒，教他生了这样凶险的恶疾。要如他不能活，叫我这个老苦命还做什么人呢？倒也不如早些死了的好！"

那个乡下老婆子没头没脑地诉说了一阵，一面却眼泪鼻涕地哭了起来。梅邨虽然有些明白了，但还有些弄不清楚，正欲问她孙子到底患了什么病症，忽见菊清从诊病室里走出来。她见了梅邨，低低叫声姊姊回来了。然后向那老婆子说道：

"张老太太！你这个孙子是患的急性盲肠炎，齐医生说，非开刀不可。"

"啊！我的天哪！他……要开刀吗？开……刀是多么危险呀！我……的孙子，他……他的性命不是完了吗？"

张老太一听了这个消息，益发心痛得像刀割一般，颤抖着语气，一面急急地说，一面忍不住呜呜咽咽地哭泣起来。菊清也有些同情

55

的悲哀，叹了一声，连忙劝告她说道：

"张老太，你不要哭呀！这不是哭的时候。我告诉你，开刀并不危险，开了刀你孙子也许还有活命的希望。否则，他马上就会痛死的。"

"啊！这……肚子痛有……这么厉害吗？下午他从稻田里回来，就嚷着肚子痛。我只道他是发了痧，以为给他背上刮刮痧便会好的。谁知他越痛越厉害，额角上的冷汗像雨点一般落下来。隔壁三伯伯倒是这么猜测过，说会不会患了盲……什么呀！啊！天……哪！想不到他真的生了这个病，那……叫我如何是好呢？"

"老太太！你怎么啦？人家跟你说正经话，你这些空话啰唆些什么呀？"

梅邨见她只管说着这些没关紧要的话，心里便有些不耐烦了，遂皱了眉毛，表示讨厌的样子，恨恨地说。张老太太被她一埋怨，虽然是停止了哭泣，但却是目瞪口呆地愕住了。菊清倒原谅她年纪老，心中一急，自然要急得六神无主起来。于是又补充着说道：

"张老太，你孙子这个病一定要开刀，不开刀是不成的，你快些决定呀！我们马上可以给他动手术呢！"

"小姐，开……刀……就会好了吗？"

"是的，他患的盲肠炎，一定要把盲肠割去，那么他才不会肚子痛了。"

"那……么要……花……多少医药费呢？"

张老太全身抖动得厉害，她的脸色是惨白得令人可怕。梅邨不等妹妹开口，先向她说道：

"开了刀后，还得住在医院里，至少要半个月日子才能复原出院。你身边带着钱，就先付一百元吧！反正等他出院时再结算好了。"

"啊！要一百元吗？这……哪儿来这许多钱呢？我身边一共也只有五元钱啊！可怜穷人怎么能生贵族的疾病？那……我……们……祖孙两人是只好一同死的了！"

菊清见她边泣边说，神色惨然，泪如泉涌，一时芳心甚为不忍，遂连忙说道：

"老太太！医药费你且别管他，我只问你愿意不愿意给他开刀？"

"没有钱……愿意也没有用呀！小姐！可怜我们是穷苦的种田人呀！做一天吃一天，哪儿来这么多的钱呀？……"

张老太是个忠厚的老妇人，她不肯糊糊涂涂地就答应给孙子开刀，为的是怕将来付不出医药费。就在这时，齐国良焦急地走出来，急急地说：

"怎么啦？她答应开刀吗？乡下人真没有办法，她若不肯答应，我也只好自动地给他开刀了。"

"爸爸，她并不是不愿意给她孙子开刀，她是担心没有钱付医药费。"

国良听菊清这样说，不由把脚在地上一顿，哎了一声，怨恨地说道：

"此刻不是付钱不付钱的时候，原是救人性命在千钧一发之间。我们开了医院，若为了病人没有付医药费，而不救病人的性命，这我还能算是一个医生吗？简直变成杀人的凶手了。孩子！你今天怎么也糊涂起来了呢！老太太！我不要你的医药费，我要救你孙子的性命！"

"啊！救苦救难的好医生！您是大慈大悲的活菩萨！老太婆向您叩头，谢谢好医生的救命大恩！"

张老太一听齐国良的话，真所谓惊喜欲狂，立刻趴在地上，向国良叩头不已。国良也来不及去扶起她，一眼望见梅郇已经回家，就一招手，说道：

"梅邨，你回来得正好，快跟我到手术室去！"

梅邨听爸爸这么吩咐，自然不敢违拗，遂三脚两步急匆匆地跟着爸爸奔进室里面去了。这儿菊清把张老太太扶起，拉了她一同走进诊病室，把一张家属情愿给病人开刀的自愿书放在写字台上，向她低低地说道：

"张老太，你在这上面签一个字吧！"

"小姐，我不会写字，你给我代签一个字好了。"

"你不会写字，你就画一个十字架也没有关系。"

菊清把一支笔交给她，告诉她说。张老太连怎么握笔都有些弄不大懂，她把笔杆儿当作筷子握似的，颤抖着手儿在张李氏下面画了一个歪歪斜斜的十字架。等她画好了后，方才想到了似的，望着菊清问道：

"你……叫我画了这个是什么意思呢？"

"这是医院里的规定，病人开刀，都得家属签字的。"

张老太虽然是听菊清这样告诉了，不过对于这签字究竟是什么意思，她当然还一个莫名其妙。她呆呆地站立了一会儿，忽然又想着了她的孙子，遂急急地向菊清问道：

"小姐，我的孙子呢？他……他……在什么地方开刀呀？"

"就在这里面那间手术室内开刀的。"

"我能进去看看吗？"

菊清见她一面说着话，一面却把身子向里面就要闯进去。这就慌忙地拦住了她，连连摇头，说道：

"老太太，你安静一些，不要进去。医生给病人在动手术的时候，除了助医和看护之外，谁也不能进去旁观的。你还是请到外面去坐一会儿吧！"

"我……我……看看没有关系啊！可怜这孩子他年纪轻，见了这亮闪闪的刀，不是会把他害怕死吗？我在他旁边陪伴着，也可以壮壮他的胆量呢！"

张老太太完全有些自说自话，她似乎不肯听从菊清的劝告，还挣扎地硬要入内去的样子。菊清虽然觉得这位老太太未免太讲不明白，但心中还可怜她是为了一片疼爱孙子的痴念。于是不再和她多说，拉了她身子，向外就走。走进候诊室，把她身子掀在长椅子上坐下，她自己也在她身旁陪坐了，方低低地安慰她说道：

"老太太，你想错了，医生开刀的时候，给病人先要上了麻药，使他一些痛苦的感觉也没有，而且动手术也决不让病人知道的，所以你只管放心就是了。"

"小姐，你这话可全是真的吗？"

菊清见她将信将疑地问，一时暗想，我就不妨和她聊天一会儿，使她可以忘记了焦急和忧愁。于是认真地说道：

"我说的话怎么不真呢？我们医院里的人向来不说谎的。"

"小姐，我听说你们这个医院最有慈善性质了，刚才这位老医生不要我医药费，那果然名不虚传，真叫人心里感激。"

"医院本来是救人性命的慈善机关，贫苦的病人付不出医药费来，那是没有办法的事情，所以我们这个老医生是最同情穷苦人的。"

"这位老医生姓什么的呀？"

"姓齐，他叫齐国良。"

"哦！对，对，人家告诉我过了，叫我把这个孙子要请齐国良医生救治才保得住性命，若送进别个医院里去，那就没有命的了。"

"这是谁说的呀？"

"我们隔壁的三伯伯说的。"

"他说是什么理由呢?"

"三伯伯说齐医生是救济世人的活菩萨,齐医生的宗旨,先救病人性命为第一,第二步再说医药费,付得出付一些,付不出的话,他就完全做好事。因为三伯伯去年也生了一场病,全靠齐医生把他救活的,而且没有付了多少医药费。三伯伯得了齐医生好处,逢人便诉说齐医生是个慈悲好人,所以我们村子里一有人生病,三伯伯就介绍到这儿来。只不过我们虽是得了许多好处,却苦了齐医生,费了精神不算,还赔了一笔医药费哩!"

张老太絮絮地说了这么一大篇的话,菊清方才明白爸爸这几年来下的苦功夫,终算在外界已有了一个很好的名誉。一时心里非常欣慰,遂笑盈盈地说道:

"这是做医生应尽的责任,假使做医生发财而住洋房坐汽车的话,那我认为还是痛痛快快去做投机买卖比较干脆一些。"

"我们也说不出什么话来感激这位慈爱的齐老医生,我们只有希望老天爷能够保佑他永远地健康吧!"

"是的,我们也和你有同样的希望,他老人家能够在世间多活一年,至少可以多搭救了几千个痛苦的病人。"

菊清十二分兴奋地回答,她满脸浮现了妩媚的娇笑。张老太此刻东拉西扯地说着话,真的把孙子在开刀的忧愁全忘记了。她见这位姑娘不但年轻美貌,而且性情温和,真是十分令人可爱,于是低低地问道:

"小姐,你是医院里做什么的呀?"

"我……我做看护的。"菊清认为自己的工作,无非是迟早问题而已,所以权且这么地回答。

"小姐,你贵姓?"

"我也姓齐。"

"你和齐老医生是自己人吗？"

"他是我的爸爸。"

"啊！原来你是齐老医生的大小姐吗？"

"不！我是爸爸的小女儿，刚才那个女子是我的大姊。"

张老太听她这样地告诉，满面皱纹的脸就更笑得深凹一些起来，用了崇仰而感叹的口吻，低低地说道：

"你们这一家太好了，爸爸是个好医生，两个女儿又是慈爱的看护小姐。嗳！嗳！你们将来一定会修成佛身的。"

"张老太，你把我们说得太好了，倒叫人感到惭愧。你们是住在哪一个村庄里呀？"

"我们住在涌金路尽头的那个桃花村里，那边风景很好，齐小姐要如出城去游春的时候，不妨到我们草屋里去坐坐。"

"老太太府上还有什么人吗？"

菊清这一句话问得张老太笑容收起，立刻又愁眉苦脸深深地叹了一口气，大有不胜伤心的样子，说道：

"我本来有个儿子名叫阿狗，娶了一房媳妇，生下一个孙儿就是现在那个阿发。那时候我心里最欢喜，生活也过得很好。万不料阿发八岁那一年，阿狗竟一病死了。我那媳妇真也狠心，情愿抛掉八岁的儿子，她竟跟人逃到上海去了。齐小姐，你想，那时候我们祖孙两个人是多么痛苦啊！好容易我把阿发抚养得这么大，他总算很孝顺我，勤勤俭俭地也会种田来养活我了。谁知老天没有眼睛地给他生了这个病，那不是明明要我这条老命早些死吗？"

"老太太，你不要伤心，你孙子没有什么生命危险的，所以你只管放心就是了。"

菊清听完了她的身世和遭遇，也觉得令人感到很凄惨，因为她又在扑簌簌地流眼泪了，所以便温情地安慰她说。两人七搭八搭地说一了回，时间很快地不知不觉已过了一个钟点。齐国良在手术室也早已把阿发的盲肠割去完毕，梅邨推了病床车子由手术室内出来，预备推到隔壁那间病房里去。张老太一见早已站起奔了上去，口里还叫着阿发的名字。菊清连忙把她拉住，阻止她大声叫喊。这时听齐国良在里面叫道：

"菊清！你请老太太进来。"

"张太太，我爸爸在叫你，快跟我进去吧！"

菊清拉了张老太到诊病室，只见齐国良还在脱去身上的白制服，用了药水棉花浸在酒精里擦手。张老太眼泪鼻涕地叫声老医生，要哭出来的样子，急急地问道：

"我孙子的病没有危险了吗？"

"嗯！大概不要紧了，但你孙子要在这儿住院，不能回家去，你知道吗？"

"我……我……知道的，但是……我们穷得很，没……没有钱付……住院费，那……那……怎么办呢？"

齐国良听她这样说，自不免暗暗地沉吟了一会儿。他坐到写字台旁去，拿起烟斗来，却找不着火柴。菊清见火柴被一只药水瓶遮住了，所以爸爸瞧不见，于是伸手拿了火柴，划着了给爸爸点火。齐国良吸了一口板烟，望了张老太一眼，说道：

"老太太，你孙子患的不是普通的病症，我做医生的尽一些义务原不成问题，但对于针药这一项也得花不少钱呢！"

"是……的，齐……老……医生，这……叫我如何是好呢？"

张老太听国良这样说，心中一急，除了滚滚地流泪之外，她急得连话声都有些发抖的成分。菊清因为已经知道了她可怜的身世，所以芳心非常不忍，遂也低低地说道：

"爸爸，张老太家中没有别的会赚钱的人，她们祖孙俩是相依为命的，现在她孙儿病了，以后张老太的生活也很困难呢！所以这医药费她实在是付不出来了。"

"齐……老医生！我……身边这五元钱就……先付给您吧！等……我孙儿病好出院的时候，我……再想办法来付……吧！"

张老太伸手在袋内摸出五元钱来，发抖似的把钞票放到桌子上去，眼泪还不断地从眼角旁流了下来。齐国良听了女儿的告诉，心中已经颇觉惨然，此刻又见到张老太这一种情形，心头自然格外不忍。于是连连地挥手，说道：

"算了，算了，一切医药费都由我来付吧！这五元钱你也带回去，好好儿去过几天日子。假使不够开销，我明天会再借些钱给你过生活去，你此刻好好儿地回家吧！你孙子在这儿我们会照顾他的，你尽管可以放心就是了。"

齐国良会说出这几句话来，这在张老太心中真是做梦也想不到的事情。她因为是惊喜和感动得过了分，所以反而怔怔地愕住了。菊清一听爸爸这么说，这真所谓做好事做到底，心里非常欢喜。遂很快地把桌子上五元钱拿来，亲自塞到张老太的手里去，笑道：

"老太太，我爸爸说的话你听到了没有？这钱你快拿着回去，明天再来瞧望你的孙子好了。"

"齐老医生！齐小姐！我……以什么……来……感谢你们才好呢？我……给你们叩头！"

张老太在感无可感的情形之下，她终于扑的一声跪在地上，向他们连连地叩头。菊清连忙把她扶起来，急急说道：

"老太太，您这么大年纪了，别来这么一套，倒叫我们折寿呢！"

"不……会的，不会的，你们都会长命百岁哪！"

"好了，时候不早，您上了年纪的人，夜里走路不很方便，应该早些回家吧！"

齐国良站起身子来，也劝告她说。张老太方才收束泪痕，千恩万谢地谢个不了，匆匆地回家去了。罗文达这时也从手术室内出来，他对于张老太的情形似乎听得很详细了，感叹地说道：

"穷人生这个富贵病，真也太苦了。他要如不找到您老伯的手里，恐怕他的性命早就完了。"

"做医生的宗旨，就是为医治世人的病。倘若病家付不出医药费，而坐视不救，这于良心上如何说得过去？我在上海几家大医院里服务的时候，常常发现这种情形。病人到了医院，不管是急诊还是缓诊，先要到会计处付足了钱，然后才给病人诊病。这种把病人性命当作儿戏的医院，真是我们医界的败类。所以我看不入眼，就辞职回到故乡来了。不过我很希望办医院的几个慈善家，能够注意到这一点，把这种像商业上买卖一般的规矩，赶快地改良一些，这就给一般穷苦的病家造福无穷了。"

齐国良十分感慨地说出了这一番话，他忍不住还微微地叹了一口气。罗文达和菊清听了，又感动又敬佩，大家都连连地称是。这时梅邨也匆匆地进来，她一面脱了白色制服，一面在袋内摸出十元钱来，交给国良，说道：

"爸爸，这是楚公馆给我一天看护的钱，你拿去。"

"嗯！我还没有问你，这个楚先生的病情怎么样？"

"今天一整日睡得很安静，热度也退了一些，只不过嘴巴说话有些不大灵活，我看他是犯了上个月那个林老先生一样的毛病。"

"这病……一时里怕不能复原，一个上了年纪的人，最讨厌就是犯了这个病症。所以我觉得一个青年，在年轻的时候，决不能过分地荒唐。否则，到了年老的时候，那就会感到万分痛苦了。"

齐国良点点头，吸了一口烟，慢吞吞地回答。这些话给他们三个人听来，都弄得有些儿莫名其妙。罗文达先急急问道：

"老伯，您这话是什么意思？难道年轻时候过着荒唐生活的人，和现在这个病有些连带关系吗？"

"不错，年轻时候太糊涂，比方说玩妓女，白相不正当的女人，荒淫无度，曾经生过了淋病。虽经医治，但没有断根，血液中还留着毒素。等年纪老抵抗力薄弱的时候，于是便会发作起来。这位楚先生的病，当然也带有了梅毒的成分。"

罗文达听了，方才恍然大悟。但梅邨和菊清姊妹俩因为还是没有嫁过人的小姑娘，所以她们虽然知道，却仍旧没有十分知道。不过这些事情，她们也不便多问。梅邨想起正事，遂又低低地说道：

"爸爸，楚太太的意思，请您明天早晨再去给他诊治一次。"

"我给他配好的药水，明天还可以服一天哩！我想后天去给他诊治，明天不必去。"

"爸爸，他们有钱人家不在乎诊金和药水费，你又何必替他们节省呢？病家要请您去诊病，你当然是应该去的。"

齐国良听女儿这样说，觉得这话倒也不错，遂点点头，笑道：

"也好，我明天早晨就再给他去诊治一次。你不知道，我的意思，是最好不要出诊，大家都来门诊。因为我去出诊一次，就得耽误许多门诊的病人，所以我有些不大高兴。要晓得我做医生的，并不是专为一般有钱人请了出诊的，我是为了救济世人，我要给芸芸众生造一些幸福。那么明天我就起一个早，七点钟就到楚家去，回来八点钟，也许还不至于耽误门诊的时间。

"既然这么决定了，老伯，那么您早些去休息，这个张阿发由我来照顾他，我今夜不回家去了。"

罗文达这个意思也可说是公私两便，原来他心中以为梅邨既是看护，她当然也得陪伴自己值夜，那么他们两人在空下来的时候，当然可以说些知心的话了。但事情出乎意料之外，梅邨却点头说道：

65

"爸爸，罗医生这话不错，我和您早些去休息吧！因为我明天也仍旧要去做特别看护的。还是叫香妮陪伴罗医生值夜，要茶要水，叫香妮服侍好了。"

"香妮明天要煮饭烧菜地料理家务，晚上不给人家睡畅了，白天叫人家哪里有精神工作？所以还是我来看护张阿发吧！反正我将来终要做看护，也让我先练习练习。"

菊清听姊姊这么说，遂立刻发表意见地回答。国良认为她说得有理，遂点头说好，他和梅邨便走到楼上去了。这时罗文达心中自然感到有些失望，但彼此都是为了服务病家，所以也不能怨恨梅邨。他在写字台旁慢慢地坐下，却忍不住微微地叹了一口气。菊清回身把姊姊脱下的看护衣穿在身上，回眸望了文达一眼，微笑着说道：

"罗医生，我什么都不大懂，你得随时指教我才好。"

"不要客气，我自己也还是在您爸爸身旁学习的呢！"

罗文达听了，也望了她一眼，含了微笑，谦虚地回答。菊清乌圆眸珠滴溜地一转，逗了他一个媚眼，笑道：

"就说你也在学习，那么你的经验，终也比我多一些。况且你是读医科的，你的医学知识，当然比我丰富，假使拿你所知道的指教我，那是足够有余。爸爸曾经叮嘱我若要学习看护，应该时常向罗医生讨教的。你这么客气地回答，莫非你不情愿教导我吗？"

"哪里哪里？二小姐！被你这么一说，那倒叫我不好意思起来了。并不是我不情愿教导你，我是怕不够资格。这样吧，我们有机会，互相研讨研讨，这当然是应该的事。"

罗文达见她虽然有些娇嗔的表情，但却仍旧含了浅浅的微笑，尤其这右颊上那个深深的酒窝，更令人感到了万分妩媚可爱。他心里荡漾了一下，遂忙着解释地回答。心中暗想，二小姐现在也长成个大姑娘模样了，倒比大小姐更美一些呢！菊清也在另一张椅子上坐下，她一本正经地问道：

"我先要向您讨教的，就是应该怎么样才能做一个完善的好看护？"

"做看护的人，第一要性情温和，但性情温和还不够，最要紧是有很深的忍耐功夫，因为一个有病的人，他身上的感觉一定十分痛苦，因此好好的一件事情，也会觉得这也不满意那也不满意。不过做看护的人，应该原谅他是为了有病的缘故，所以不能因病人的难服侍而感到厌恶他，照旧应该忍耐性子服侍病人。能够这样子，那就是世界上称为慈爱的白衣天使了。二小姐，您有这个忍耐性吗？"

菊清见他说到后面，又向自己低低地问。这就连连点头，笑着说道：

"罗医生，你把病人的心理揣摩得很对，我认为非常有道理。假使我没有这样好的忍耐性，但我既然存心要做看护的工作，我慢慢儿一定也要养成有这一种忍耐功夫，你说对吗？"

"不错，但是还有一点，做看护的也应该注意……"

"是哪一点呢？"

菊清不等他说完，就急急地问。文达望了她一眼，笑了一笑，说道：

"这一点就是不能怕肮脏的，假使这个病人因为呕吐了，或者拉尿了，把干净被单都弄脏了，假使你是好洁的脾气，那你就会掩鼻而逃，这样做看护当然又得发生问题了。"

"做到了看护，那自然什么都不怕了。我想这是一点小问题，我都做得到。"

"不过还有一点，我也得告诉你。"

"问题怎么这么多？"

"你嫌麻烦吗？"

罗文达用了俏皮的口吻，很快地问她。一时把菊清的粉脸倒是问得绯红起来，慌忙认真地否认。

"不！我是说还有那一点是什么？"

罗文达这才说下去道：

"做看护也和做医生一样，绝对不能有贫富的观念。像您的爸爸，唔，这上面挂着的横匾里'苦海慈航'四个字，真是当之无愧。他老人家决不因为你是个有钱的病人，他便诊治得巴结一些，周到一些，也决不会因你是个穷苦的病人，而马马虎虎地开了方子，聊以塞责而完事。那么看护也是如此，对于有钱的病人和穷苦的病人，应该一视同仁，绝没有两样的对待，那么这才是世界上最最好的医生和看护了。"

"那当然啰！有钱的病人和没钱的病人，反正都是一样的病人而已，与我们做看护的根本毫无关系。假使这一点竟要有了分别，我认为这人是太势利太没有人格了。"

"我知道二小姐是个有思想的姑娘，你当然不会这样的，我也不过随便说说而已。"

罗文达见她沉着粉脸，表示很严肃的样子，一时恐怕她心中生气，忙又含了笑容，向她分辩着回答。菊清却又正经地说道：

"不过话得说回来，在这个社会上，拿有钱人捧到天上，拿穷苦人压到地下去的势利小人，也真不知道有多少呢！"

"二小姐说的，就是这一班见上司拍马屁见下属弹眼睛的人吗？"

两人这样说着，忍不住都感叹了一会儿。这时香妮拿了铜勺，走进来充开水到热水瓶里去。她向菊清望了一眼，好意地低低地说道：

"二小姐，你明天不是还得上学校去读书吗？我说您去睡好了，让我来当一个临时看护也行哩！"

"这几天学校里在小考，明天下午考英文，上午原没有什么功课，所以我打算明天上午请假，这是没有问题的。香妮，你明天要料理家务，你管自地去休息吧！"

香妮听二小姐这么回答，自然也不便多说什么，遂拿了铜勺子自管地去安置了。这里菊清站起身子，走到药橱旁边，开了橱门，把每一瓶的药水药丸都拿来看了一会儿。有不认识名称的，都向罗医生请教。罗文达于是也走到橱旁去，把什么药水，服什么病，什么针药，治什么病症的话，详详细细地告诉给她知道。两人这样地说着问着，倒也忘记了寂寞和疲倦。

文达见她这样认真地研究着，心里对她不免起了一点敬爱的意思。暗想，二小姐好像比大小姐更有求上进的心呢！这种姑娘是多么讨人欢喜，不过自己和她姊姊已经有了相当的爱情，我终不能见了妹妹的好，就把姊姊忘了，这似乎把爱情瞧得太似儿戏了。况且菊清还只是一个十八岁的小姑娘，和自己年龄足足相差了八年，我瞧她由小孩子而长大成人。记得七八年以前我还时常抱着她玩的呢！那么我和她之间实在是隔开了一个阶段，我怎么能有非分的妄想呢？何况见一个爱一个的青年，是多么可耻呢！文达一个人呆呆地胡思乱想地忖着，他的态度始终是非常的严肃，完全把菊清当作小妹妹那么看待。

两人研究了一会儿，文达遂到病房里来视察张阿发的病态，菊清当然跟在他的身后。只见阿发双眼紧闭，脸色淡白，嘴角旁却不住地吹着白色的唾沫。菊清不免有些吃惊的样子，问道：

"罗医生！他……他……是怎么啦？"

"没有关系，他在开刀的时候，我们给他上了闷药，暂时地他已失去了知觉，至少要七八个小时以后才能醒回来。"

"那么他会不会就这样地不醒了？"

69

菊清情不自禁地，担心地问。但既问出了口，却又觉得失言了，因此红了两颊，有些羞愧的样子。罗文达听她多少还有些孩子的口吻，这就摇摇头，微微地一笑，低声说道：

"不会的，我们不要去惊扰他，还是让他静静地躺着吧！"

罗文达一面说，一面熄灭了病房里的电灯，两人又走到诊病室内来了。这时壁上的钟当当地敲了十二下，显然夜已深沉了。四周是静悄悄的，嘀嗒嘀嗒的钟声，也很清晰可闻。菊清有些忘其所以然地伸手按在小嘴儿上，微微地打了一个呵欠。文达瞧到了，便对她说道：

"二小姐，我想张阿发此刻不会就醒来，你坐在这儿也没有事，还是到楼上去睡吧！等会儿有什么事情，我会上楼来叫你的。"

"我不想睡呢！"

菊清知道这是因为自己打了一个呵欠的缘故，所以他便催自己去睡了。一时想想，很觉不好意思，红了两颊，慌忙显出很有精神的样子，低低地回答。罗文达劝她说道：

"坐着也没有事，把精神无谓地浪费，我认为很不值得。况且你明天下午学校里要考英文，要如没了精神，考了一张白卷，那不是会让教师打手心吗？"

罗文达后面这句话近乎开玩笑性质，他说着自己也笑起来。菊清的粉脸益发红了，羞涩中有些娇媚的成分，不觉也抿嘴一笑，说道：

"我们还打手心？那么大学里念书的学生，恐怕要被教师打屁股了。"

菊清这两句话说得那么俏皮，罗文达一时又忍俊不禁了。两人笑过了一会儿，文达又很正经地说道：

"二小姐，你去睡吧！没有事熬夜那就犯不着了。"

70

"我去睡了，你一个人不是更觉冷静了吗?"

罗文达听她这样关怀着自己，一时心头倒又荡漾了一下，回眸望了她一眼，见她望着自己柔情绵绵地媚笑着，于是低低地说道:

"我没有关系，我坐在这儿一个人研究研究医学，倒是越静越好呢!"

"那么我就在这儿沙发上靠一会儿吧! 我不打扰你，你只管研究医学就是了。"

菊清一面说，一面便坐到文达背后的沙发上去了。文达听她这么说，以为自己说的话，一定给她误会了，还以为我在讨厌她来缠绕呢! 因此倒又懊悔自己不该这么说，意欲向她解释几句，但也无从解释。遂只好关切地说道:

"你这样地睡可不行，回头受了凉，那可怎么办呢?"

"我靠一会儿，不睡着呢!"

罗文达于是也不好意思一定要叫她到楼上去睡，便管自地把那本医学书翻开来，静静地研究了一会儿。不知不觉的，耳听钟声已经敲了一点。罗文达听身后的菊清却一些声息也没有，于是回头去望了一眼，原来她歪在沙发上已沉沉地睡着了。一时暗暗地好笑，想这位姑娘到底还不脱孩子气呢! 口里说不睡着，但却睡得浓哩! 因为怕她受凉易病，遂站起身子，到衣钩旁去把自己那件人字呢夹大衣取下，又走到沙发旁，把大衣轻轻地在菊清身上盖了下去。

不料菊清虽然是睡着了，但她却十分机警，一有了触觉，她便睁眸醒了过来。伸手揉揉眼皮，见文达站在旁边给自己盖大衣，这就不好意思地呀了一声叫起来。文达见她醒了，也很过意不去似的，抱歉地说道:

"这真是对不起得很! 给你盖件衣服，反而把你吵醒了。"

"不要紧，我原没有睡着呀!"

菊清望着他嫣然一笑，她好胜地回答，一面却要坐起身子来的样子。罗文达连忙说道：

"你就躺会儿吧！有了衣服盖在身上，就不会着凉了。"

"我不躺了，罗医生！我们要不再去瞧瞧张阿发？不知他醒了没有？"

"此刻他不至于会醒来，大概再要过两三个钟点呢！"

"那么……你又何必这样地坐等呢？我的意思，你也可以到那张沙发上去躺会儿，你明天不是也还要给许多病人诊治吗？"

"我并不累什么，在家里有时候我也常常深夜才睡的。"

罗文达一面说着话，一面又坐到桌子旁去研究医学了。菊清这就无话可说，揉揉眼皮，只好又把身子歪了下来。起初她是胡思乱想地忖了一会儿心事，但不多一会儿，她的眼皮又慢慢地合上了。再过了一会儿，她神疲人倦地终于又睡着了。

等她这回子醒来的时候，只见室内已没有了电灯光，而且窗外的天空里也已透露了鱼肚白的颜色。想不到天已经亮了，她又惊又急，忍不住啊呀了一声，急忙站起身子时，只见罗文达却笑嘻嘻地从外面走进房内来了。

第五回

富贵能移爱情薄秋云

菊清想不到自己这一睡着了竟直到东方发白才醒了回来，她自然感到万分惶恐。尤其见罗医生走进来望着自己微微地笑，那就更加感到不好意思起来。她红晕了粉脸儿，呀了一声，笑道：

"罗医生，怎么天已亮了？你为什么不早些叫醒我呀？张阿发的病怎样了呢？"

"他已醒回来了，我给他喝过一点药水，开刀后的情形良好，大概不会有什么生命危险了吧！我见你睡得香甜，所以我不忍来叫醒你。"

罗文达一面告诉她说，一面表示很多情的意思。菊清听了，却把小嘴儿一嘬，逗了他一个娇嗔，不乐意地说道：

"罗医生，你虽然是一番好意，可是，你却害了我了。"

"二小姐，你这话是什么意思啊？"

"害了我了"这四个字太严重了一些，罗文达心里由不得吃了一惊，连忙向她急急地追问。菊清一本正经地说道：

"我虽然还没有正式地做看护，但昨夜我既然权且充了一个看护，那么做看护的就得尽看护的责任。现在我竟定定心心地在沙发上睡了一整夜，使我疏忽了做看护的职务，那不是你害我做一个不负责的人了吗?"

菊清这一番理论,倒把文达忍不住噗地一声好笑起来,望着她粉脸,低低说道:

"那你为什么要睡着呢?"

"咦!这不是你自己叫我躺一会儿吗?况且你还说过,有什么事情需要我做的时候,你便会叫醒我,可是你为什么失信用了呢?"

"对,对,这么说来,原是我的错,以后我一定叫醒你。"

罗文达被她责问得无话可答,因此连连说了两声对对,他只好承认算是自己的错了。菊清被他一承认,却忍不住又嫣然地笑了,逗了他一个媚眼,笑道:

"罗医生,你瞧我这人不是太不讲道理吗?自己疏忽了职务,还要埋怨到别人的身上去,那简直是太混蛋了!"

"……"罗文达想不到她又会明亮地自责起来,一时觉得她的天真可爱,因此只望着她微微地憨笑。

"嗳!罗医生,你为什么要承认你自己的错呢?"

菊清真也是个可人儿,她见文达不说话,偏还向他这么追问一句。罗文达要把这理由向她解释,实在也回答不出一个理由来。沉吟了一会儿,才笑道:

"女孩儿家都爱占一些小便宜,我要如一定说你的错,那你不是要哭起来吗?"

"嗯!罗医生,你这话也太看轻女孩儿家了。"

"我是跟你说着玩的,你可不要生气吧!"

罗文达见她鼓着粉腮子,又撒娇似的不高兴起来,一时又只好向她赔不是说好话。菊清这就觉得罗医生的性情是很温和的,她忍不住抿嘴嫣然起来了。遂很正经地说道:

"笑话归笑话,正经归正经,你一夜没有好好儿睡,此刻该休息一会儿了。张阿发隔几点钟喝一次药水？你告诉了我，我去服侍他吧！"

"每隔三小时给他服一次药水，到九点钟时候，你去给他喝好了。"

罗文达一面说，一面在沙发上坐了下来，显然也觉得很累了的样子。菊清因为感激他没有叫醒自己的多情，遂也情不自禁地说道：

"罗医生，你还是到楼上房中我那张床上去睡吧！这儿坐着不舒服呢！"

"我靠着养一会儿神就够了。"

菊清会这么地说，文达心中是感到意外的惊喜，由不得荡漾了一下。但她虽然是一片天真无邪的好意，我却不能不避一些嫌疑，这就闭了眼睛，低低地回答。正在这时，齐国良匆匆地下楼来，他先急急问张阿发的病情如何？罗文达一听国良的声音，慌忙又站起身子，把张阿发情形良好的话，向他报告了一遍。国良甚为欣慰，点点头，说道：

"昨夜你们两人辛苦了，现在快些休息去吧！"

"爸爸，我没有辛苦，我在沙发上本来是靠着的养一会儿神，后来竟不知不觉地睡着了。罗医生也没有叫醒我，因此罗医生一个人辛苦了一夜哩！"

"那么又是便宜了你啰！罗医生，你到我的房中去睡吧！现在可没有你的事了。"

国良望着女儿天真的表情，笑嘻嘻地回答。一面回头又望了文达一眼，认真地叫他去睡。文达觉得到国良房中去休息，这是正大光明的事情，也就不再闹什么客气，匆匆地走到楼上去了。经过梅郴卧房门口的时候，只见房门开着，梅郴也已起身，对了梳妆台镜子，正在梳洗。于是在房门口站住了步，向梅郴低低叫声大小姐早。

梅邨回眸向房外一望，见了文达，便也含笑说道：

"罗医生，你还没有睡过吗？"

"齐老伯叫我上楼来休息了。"

文达一面说，一面情不自禁地会跨步走进卧房里去。梅邨一听爸爸已经起来，遂把梳洗工作加快了一些，急急说道：

"爸爸是不是就预备到楚公馆诊病去了？"

"此刻六点刚敲过，只怕人家还在睡梦中哩！七点钟去也还嫌早哪！"

"可是爸爸回来还要赶门诊，当然早一些去的好。罗医生，你一夜没睡，脸色很不好，快到爸爸房中去睡吧！"

梅邨一面说话，一面敷粉涂脂，还拿唇膏在嘴唇皮上涂抹了一层。文达见她昨天到楚家去并没有这么地打扮，今天却修饰起来。遂笑道：

"大小姐，今天晚上你从楚家回来，先在大光明戏院门口等我好吗？我们本来昨夜约好去游玩的，现在改作今晚好吗？"

"我想等我特别看护不做了的时候，再约个日子去玩吧！反正往后终有机会一同去游玩的，局局促促的，玩着也没有趣味呢！"

"那么你还要做几天特别看护呀？"

"这连我自己也不知道，楚家若不需要我去服侍病人了，那我自然不用去了。他们假使不回绝我，我也乐得去赚几个钱，你说是不是？"

文达听她这样说，心中虽然有些怏怏不乐，但也没有办法，却颓伤的样子，呆呆地出了一会子神。梅邨从镜子里望到他这若有所失的神情，遂回过身子，向他嫣然地一笑，低低地问道：

"怎么？你心中恨我吗？"

"不！我没有恨你，我心里在想着，一个做医生与看护的人真也

76

太可怜了，连抽空去玩一次的时间都没有。你想，我们的生活不是太枯燥吗？"

"咦！你今天怎么也说出这些话来呢？过去你不是常常这么说吗？一个做医生和看护的人，他们应该认为服务病人是件最快乐最有兴趣的事情，现在你的思想如何改变了？"

"因……为……我们到底还是个年轻的人，我们大家都有感情，我们究竟也需要有一种实际的安慰呀！"

文达支支吾吾地沉吟了一会儿，方才在淡白的脸上透现了一些红晕，笑嘻嘻地说。梅邨逗了他一个媚眼，微微地神秘地一笑，却并没有回答他。一面披上了大衣，一面对镜又拢了拢拖在脑后的长发，说道：

"你别说痴话了，快去睡吧！我走了，回头见吧！"

梅邨也不等他回答什么话，就匆匆地走出房外去了。文达追上两步，意欲叫住她再说几句话，但却也想不出说什么才好，忍不住微微地叹了一口气，方才懒懒地走到国良的卧房里去了。

梅邨到了楼下，只见爸爸和妹妹正从病房里视察了张阿发病体出来，于是叫声爸爸，问他可以出诊去了吗？菊清因为姊姊对于做看护向来是不感什么兴趣的，但今天却是特别起劲的样子，居然这么早地就起身了，心里未免感到了奇怪。不过也没有加以研究的必要，就向国良说道：

"爸爸，你早些去吧！早去早回来，免得门诊的病人久等。"

"是的，我马上就去了。"

国良点头回答，他走进诊病室，穿上了那件将近有十五年历史的破大衣，又吩咐了菊清几句，方才和梅邨一同匆匆出门，赶到楚公馆去了。

父女两人到了楚公馆，这时不但楚太太、常明、姗姗，母子们都还在床上做他们的好梦，连家中大大小小的仆人们还没有起来。门房间的楚大，被一阵阵的电铃惊醒过来，心中非常地生气。暗暗骂着他妈的，大清早的来寻死吗？但身子却只好匆匆地起来，走到大门口问是哪个？当他一听是齐医生，这就吃了一惊，心想难道老爷的病又发生变化了吗？说不定是太太打电话去请来的呢！于是慌忙开门请他们进内，还笑嘻嘻地问了一声早。国良父女略为地一点头，管自地匆匆入内，走进会客室，却静悄悄的一些声音也没有。国良搓搓手，说道：

"他们都还没有起来呢！那怎么办？"

"爸爸，让我上楼去瞧瞧吧！你在这儿坐一会儿。"

梅邨因为昨天在这儿公馆里曾经住了一整日，比较熟悉一些，遂低低地回答。国良却有些委决不下地说道：

"人家都还睡着，你冒昧地上楼去，那有些不大方便吧？"

"这也没有关系，假使他们睡到九点钟方才起来，难道我们也在这儿等他到九点钟吗？"

国良听女儿这么说，觉得倒也不错，遂点头表示允许她上去。正在这当儿，只见小茵匆匆地出来，梅邨一见，遂停止了步，问道：

"小茵，你们太太起来没有？你上去报告一声，说齐医生来了。叫他们快起来，因为齐医生很忙，他看了你老爷病后，马上就要回院的呢！"

"哦！哦！我立刻就去报告，请你们坐一会儿吧！"

小茵听了这话，不敢怠慢，连声地答应，就奔到楼上去了。不上三分钟后，小茵又急急地下楼，说了一声请上去吧，她又奔到厨房去了。这里国良父女俩走到楼上，跨入上房，见楚太太蓬了头发，伸手还在扣着旗袍的衣纽。她见了国良，便先含笑说道：

"对不起！大清早又辛苦齐医生了。"

"倒是吵醒你们睡眠了，不过，我们的门诊实在太忙，假使不是此刻抽空来给你们诊治，旁的时间实在分不开呢！"

"齐医生，您太客气，还说这些话干吗？真叫我们心中不安了。"

国良这回子不再说什么，他把医药箱打开，取了听筒，走到床边。楚伯贤向他点点头，说了一声早。国良也点点头，表示招呼他的意思。一面把他胸部腹部听察了一会儿，又看了他舌苔，按了他脉息。楚伯贤很费力地说道：

"医……生！我……的嘴……不……大……灵……活，你……你给我……打针。"

"齐医生，他说话很不方便，他的性子又急，所以最好马上就痊愈起来，你就给他多打几枚针吧！只要他能够好得快，多花一些打针吃药的钱，那是不成问题的。"

楚太太还恐怕国良听不大清楚，遂在旁边像做翻译似的传达他的意思。国良点点头，遂在医药箱内取了两枚针药。梅郱知道爸爸预备给他打针，遂把针管、酒精炉、药水、棉花等应用之物取出。她拿了药水棉花，浸了火酒，先给伯贤臂上揩擦干净。国良已把针药吸入针管里，然后给伯贤注射进去。一面向梅郱说道：

"这枚针打下去，回头有些反应，你不用着急，只叫他静静地睡眠就是。"

梅郱应了一声，国良遂到桌子旁去开药方了。开好药方，只见常明也步进房来，他先向梅郱微微地一笑，然后向国良叫道：

"齐医生早，我爸爸今天的病情比昨天怎么样？"

"哦！好一些了，我又给他打过一枚针。对于嘴不很灵活这一点，恐怕不是三天两天就能医得好的，非经过长时期的休养不可。"

"那么大概要多少日子呢？"

"少说也得三四个月的日子，这种病是不能性急的。"

国良一面说，一面把药方照例地又交给常明。常明接在手里，也不得不装作懂得似的看了一遍。这里楚太太付了医药费，连十元钱的看护费也一同付了。常明插嘴说道：

"妈！我说齐小姐至少得在我家看护半个月，你就把半个月的看护费先付了吧！一天一天地付，不是很麻烦吗？"

"不！对于这一点，请你们原谅，她最多只能在你家看护三天。因为我医院里人手少，太忙一点，实在也少不了她。反正楚先生这病没有什么大不了的需要服侍，就是你们自己人服侍服侍，也不成问题的。"

国良这些话，听在大家的耳朵里，不但常明楚太太感到有些失望，就是梅邨心中也觉得有些怨恨。因为梅邨对于常明这个舒服的家庭感到了兴趣，她也很愿意在这儿有个长时期的逗留。谁知爸爸偏这么地代为拒绝人家，那是多么的怨恨呢！但这怨恨又不能显形于色，也只好低了头，默默地整理着医药箱子。楚太太是为了自己打牌可以便利起见，所以对于像梅邨这么一个看护小姐也确实是十分需要的，所以她便先急急地说道：

"齐医生，你们医院里人手少，不是再可以招考几个看护小姐吗？你大小姐人品好，性情好，我希望她多给我帮忙几天。这样吧！我先付十天的钱吧！等十天以后，看他的病怎么样？假使好得多了，我一定不再挽留您大小姐了。齐医生，您是个慈悲为怀的好人，您一定不会使我们感到失望的吧？"

"齐医生，我妈这意思也很好，您就发发慈悲心答应我们吧！"

国良究竟是个富于情感的忠厚长者，被他们母子俩这么地一求恳，也就答应下来。一瞧手表，已经七点五十分了，因为八点钟是门诊开始时间，所以他便急急地告别要走。常明为了讨好他起见，遂吩咐阿三，用汽车送他回医院里去。

这天晚上，梅邨又是常明陪送着回医院去。不过今晚他们并没有坐汽车，并肩地走出了楚公馆大门。常明原是个有心之人，所以走出大门后，先低低地说道：

　　"齐小姐，今夜我们到舞厅里去听一会儿音乐好吗？"

　　"只怕太晚了回家，爸爸会不放心的。"

　　梅邨为了提高自己的身份起见，所以不肯轻易地就答应他，还是摇摇头拒绝着说。常明听了，很有些焦急的神气，用了央求的口吻，说道：

　　"齐小姐，你又不是三岁的小孩子，难道你爸爸还把你管束得那么紧吗？此刻还只有七点半，我们只去玩一个钟点，九点钟之前，我一定送你回家去，那你就慈悲为怀地答应我吧！"

　　"这也说不上什么慈悲为怀的呀！"

　　常明说了一句慈悲为怀，倒叫梅邨忍熬不住扑哧一声笑了起来，秋波斜乜了他一眼，娇媚地回答。常明知道她已经有些答应的意思，遂笑道：

　　"你若不肯去玩一会儿，那我心中就会感到失望的痛苦。现在你答应去了，使我痛苦的心灵变成了甜蜜的愉快，那你还不是个大慈大悲好心肠姑娘吗？"

　　"你说得太过分了，我可又不高兴去了。"

　　梅邨见他不免有些油腔滑调的模样，这就鼓起了娇艳的粉腮子，又表示生气的意思回答。常明急得涨红了脸儿，连忙说道：

　　"齐小姐，我下次不敢说了，你就原谅了吧！"

　　梅邨见他低声下气，温情蜜意的样子，十二分小心地讨饶。一时觉得他真是个会体贴女孩儿家的青年，芳心不免荡漾了一下，但表面上却逗了他一个白眼，没有作答。常明知道这位小姐是个不大可以和她开玩笑的姑娘，所以不敢再多说什么，就陪伴她一同跨进舞厅里去了。

皇宫舞厅里的侍者，一见小主人到来，自然招待得格外殷勤。常明吩咐开上两瓶可口可乐，亲自给梅邨杯子里倒了一满杯。侍者们都向梅邨注意了一眼，因为小主人身旁的女朋友，他们都很熟悉的，现在换了一个陌生面孔，那当然又是新近搭上的了。梅邨记得还是五年以前，曾经到舞厅里来玩过一次，所以此刻坐在舞厅里，真有些像乡下人似的，不免向四周细细地打量起来。常明先取了一支烟卷，划了火柴，吸着了烟，然后向梅邨低低地说道：

"齐小姐，你舞跳得很好吧？"

"你怎么知道的？"

梅邨听他问得有趣，这就在霓虹灯光下绕过媚意的俏眼，逗了他那么一瞥，笑盈盈地反问他说。常明还以为给自己猜中了，遂耸耸肩膀，很得意地扬了眉毛儿，笑道：

"我一看就看得出来，因为你和朋友到这儿也好像来跳过舞的。"

"那你大概眼睛花了，认错了人吧！"

常明见她又表示生气的样子回答，知道自己后面这句话一定唐突了她，遂把眸珠一转，立刻计上心来，说道：

"这还是前个月的事情，我好像见你和许多女同学在这儿跳舞呀！难道你没有来玩过吗？"

"要么你在梦中见我和女同学来跳舞呢！"

果然梅邨听他加上了"女同学"三个字，方才又回过笑脸来，但秋波逗了他一瞥娇嗔，还是怪俏皮地回答他说。常明答道：

"那么一定是我看错人了，这且不必谈他，您舞终会跳的吧？"

"我是个笨货，我真的不会跳舞。"

"但跳舞也不是一件困难的事情，假使你有兴趣的话，我可以教你。"

常明很认真地说，他希望梅邨的回答能使自己感到满意。但梅邨却偏偏摇摇头，冷淡地回答道：

　　"我笨得很，我学不会的。"

　　"每一个青年男女，对于跳舞，绝对没有学不会的道理。你若不信，我们马上可以试一试，保险你一学便会。"

　　常明很兴奋的表情，一面怂恿她说，一面却已站起身子来了。但梅邨却没有跟着站起，还是死样怪气地说道：

　　"我不想学会跳舞，坐着听一会儿音乐不是很好吗？"

　　"嗳！嗳！听音乐，确实也很有意思的。"

　　常明有些窘住了，抓了抓头皮，一面附和着说，一面只好又坐了下来。他为了解除自己的不好意思，遂把那杯可口可乐送到梅邨手里，小心地说道：

　　"齐小姐，您请喝一些吧！"

　　"喔！谢谢你，楚先生！我听说上海舞厅里有几班乐队都很有名的，在这儿献奏的恐怕都是三四等之流吧！"

　　"那当然，在这儿是小地方，有名的乐队如何肯来呢？齐小姐，您到过上海吗？"

　　"我到上海的时候还只有七八岁，所以上海在我的印象中是并不十分清楚的。"

　　梅邨一面低低地说，一面呷了一口可口可乐。常明吸了一口烟，把烟卷头上的灰用手指弹了一下，笑着说道：

　　"上海真是一个繁华的好地方，那比杭州更要热闹十分。假使将来有机会的话，我一定邀你到上海去玩一次，但只怕你不肯赏光。"

　　"除非我不做看护的事情了，否则，我哪儿抽得出空来呢？"

　　"不过照我的观察，你做看护最多也只不过还有一年的时间。"

　　常明这句话说得梅邨有些莫名其妙起来，放下了可口可乐杯子，秋波斜乜了他一眼，低低问道：

"你这话是从何说起的？难道你会看相，知道我只有一年的寿命了吗？"

"啊！你不要胡说八道地误会我意思呀！我是说你终不见得会真的做一辈子看护呀！最多再过一年，你也得应该结婚了。"

梅邨这才知道他说的是这个意思，一时忍不住红晕了娇靥，微微地一笑。但仍旧平静了态度，淡淡地说道：

"结婚？那还早哩！"

"早？我想也不算早了，在旧式的家庭，有些女子，还只有十五六岁，父母却把她们嫁人了。要如你在十五六岁嫁人的话，现在恐怕子女也有好几个了吧！"

"难道我自己不急，倒叫你来给我代为着急吗？"

"这是俗语说的，皇帝不急，急煞了太监呀！"

常明见她听了自己的话，粉脸又沉下来，好像有些生气的样子，于是连忙又用了开玩笑的口吻，笑嘻嘻地说。梅邨逗了他一个媚眼，这才又嫣然地笑起来了。

梅邨这时表面上虽然在看着舞池里对对欢舞的舞侣们，但心头却不免暗暗地想着心事，觉得常明说的话，完全是在打动自己的心弦，换句话说，他是竭力地在追求着自己。不过仔细地想来，他的话实在很有道理，因为我已经二十五岁了，就是再过一年结婚，不是二十六岁了吗？假使女子一上了三十岁的话，那时恐怕就只能做人家的续弦了。否则，除非真的一辈子做看护了。做一辈子的看护，过着忙碌清苦的日子，那我没有这样的傻。我坦白地说，我当然需要嫁一个丈夫，作为终身的倚靠。梅邨想到这里，虽然旁人是不会知道她在想的什么心事，不过她全身一阵热臊，两颊也更加绯红起来。

常明见她呆呆地出神，好像闷闷不乐的样子，一时也弄不明白她是为了什么缘故。虽然很想对她再说些比较亲热的话，但又怕得罪了她，使她恼怒起来，那不是欲速则不达了吗？所以他有话也不敢说出来。两人默默地坐了一会儿，梅邨似乎感到有些乏味。她心里又在暗暗地奇怪着，常明既然有爱我的意思，为什么不再明显地向我表示一下呢？难道要我开口去向他追求吗？那我情愿一辈子也不嫁人了。梅邨骄傲地想着，她便站起身子，说道：

"我要回去了。"

"呀！这是为什么？还只有八点半呢！"

"我觉得没有什么兴趣。"

"在舞厅里不学跳舞，那自然会感不到兴趣的。齐小姐，你就学习学习好吗？"

"改天再学习吧！我有些头痛，今天还是早些回去。"

梅邨因为已经站起身子来了，那自然不好意思再坐下去，遂皱了眉头，用手按了额角，表示有些不大舒服地回答。常明自然不敢勉强她，遂给她披上了大衣，亲自送她走出舞厅，还给她讨好了街车，方才点头分别。

梅邨这晚睡在床上，她翻来覆去的却是睡不着，心中只管暗暗地想着心事。觉得自己第一要认清目标，到底嫁给常明呢，还是嫁给罗文达？文达虽然也是个好青年，而且这几年来他也非常爱我。就是我对他的印象也不坏，谁知半路里又走出一个楚常明来，那就叫自己有些委决不下了。常明的外形，和文达一样的英俊。就说性情吧，他也十分温和，并不输于文达。况且他的家境，比文达就要好上一万倍。若我嫁给文达，他做医生，我就得永远地做看护。从今以后，夫妻两人一天忙到晚，休想有一个娱乐的时间。假使嫁给常明，那我就可以脱离看护生活，而变成了富贵人家的少奶奶。当然啦，这生活是舒服的、甜蜜的、幸福的！一个人在世界上为的是什么？就是为了幸福才做人的，那么我终不见得放弃幸福的道路而走这条清苦之路的。……梅邨想定了这个主意，她觉得以后不该再用冷淡的态度去对付常明了。为了彼此的爱情增进快速一些，我应该用另一种手腕去给他得一些甜蜜才好啊！

梅邨既然有了这一个存心之后，于是她和常明不论在言语间或举动上就都显得亲热多了，常明自然也更存了一种甜蜜的希望，这几天来，时常偷偷地买了丝袜衣料等物送给梅邨。梅邨在需要这种东西的情形之下，于是两人的感情，也就像寒暑表那么一度一度增高起来。

这天已经是梅邨在楚家做特别看护最后的一天了，伯贤经过几次的打针服药之后，病体是好了许多，就是嘴儿也灵活了不少。照伯贤的意思，倒也很想请梅邨在家里继续地看护十天。但国良却不肯答应，他的意思，说看护并非是私人雇用的保姆可比，决不能为了赚十元一天的钱而降低看护的身份。梅邨自然不敢反对父亲的意思，她心里也只有暗暗地怨恨而已。

常明这晚又和梅邨到舞厅里去游玩，两人坐在沙发上，身子偎得很亲热。显然十天后的今日，他们已经有了很浓厚的感情了。常明望着梅邨的粉脸，微微地叹了口气。梅邨秋波斜乜了他一眼，低低地问道：

"你为什么叹气呀？"

"我想着你明天不再到我家里来了，我心里仿佛像失掉一样什么宝贵东西一般地感到空洞洞地难过，所以叫我如何不要叹气呢？"

梅邨听他这样说，一时也低下头，却没有作答。常明大胆地去握她的纤手，梅邨却并没有嗔怪他的举动冒昧，反而显出柔顺的样子。常明于是又低低地说道：

"说也奇怪，虽然只有短短十天的日子，但我的感觉上，我们的认识好像已经有了十年一样了。对于你这个人，我已认为是我一个家里人似的，我心中最好希望你永远地在我家里一同生活下去。你想我生活上是多么有意思呢!"

"这也许是你情感过于浓厚的缘故吧!"

梅邨的芳心里，是充满了甜蜜的喜悦，她微微地一笑，秋波逗了他一个媚眼，低低地说。常明抚摸着她的纤手，诚恳地说道:

"不过我的感情向来对人是很冷淡的，只有对齐小姐还是生平第一次激发出热烈来。齐小姐，你相信我吗?"

"我不相信。"梅邨冷冷地回答，她也是一种假惺惺做作而已。

"其实我说的并非甜言蜜语，我完全有事实可以证明。"

"你有什么可证明你在过去没有爱过别的女子呢?"

在这个时候，梅邨已不必再害羞了，她厚了面皮，向他问出了这一句话。常明一本正经的表情，说道:

"你瞧我不是已经二十六岁了吗? 假使我肯随随便便地爱上一个女子，那我又何必迟迟地延宕到今天还没有结婚呢? 你想，像我家这样的环境，难道还能说没有钱娶一个妻子吗? 从这一点子看，就可以知道我的眼界高，别的姑娘看不中，单单就看中了……"

"我不许你说下去。"

梅邨的两颊红得像朵玫瑰花儿似的，逗了他一个娇嗔，却命令式似的喝阻他。常明只好把说到喉咙口旁的一个你字又咽了下去，笑嘻嘻地说道:

"不说就不说，反正你心里终也明白的。"

"我明白什么呀? 我就根本不明白你在说些什么鬼话!"

"鬼话? 唉!"

常明似乎有些失望地怨恨，微微地叹了一口气。梅邨原是故意地撒娇，这无非是女孩儿对付情人的一种手段。一见他叹气，一时恐怕他真的以为自己不爱他了，于是又眉开眼笑地问道：

"你又叹气了？我瞧你家中好像没柴没米似的，愁眉苦脸，这不是好笑吗？"

"我是正正经经的一番痴心对待你，谁知你却以为我在说鬼话，那你不是一些不明白我的心吗？我心中对于这一点痛苦，实在比家里没柴没米还要难过十倍哩！"

"假使我明白你的心，那对你又有什么好处呢？"

"啊呀！你这话问得奇怪了，你明白我的心，那你就是接受我的爱。我的爱你肯接受，我的心就活了，我的生命就有救了，我的一切一切都感到多么温暖啊！"

"痴孩子！别胡说八道吧！听这么好的音乐，我们快跳舞去。"

梅邨听他一连串地说着这些神经似的话，心头真是又喜又羞，遂恨恨地白了她一眼，站起身子来说。常明巴不得般地也站起身子，笑嘻嘻道：

"你现在对于跳舞的兴趣很浓厚呀！"

"还说哩！都是你害了我的，这也奇怪，刚学会跳舞的人，不知怎么，一听了音乐声，那两只脚就会痒起来哩！"

常明听她这么说，忍不住嘻嘻地一笑，于是他们一同携手步入舞池里去了。在这灯红酒绿的场所里，时间也会过得特别地快。一转眼工夫，又快近十一点了。梅邨不敢再多逗留，遂要回家去了。常明问她后会的日子，梅邨却很坦白地说道：

"假使我在做看护的话，以后我就永远没有再和你一同游玩的时间了，除非我是不再干这看护的工作了。"

"我明白你心中的意思，我一定向我父母去要求，过几天请一个媒人来跟你爸爸求婚吧！"

常明这两句话是直说到梅邨的心眼儿里去，梅邨这就红了粉脸，向他甜蜜蜜地一笑，便很快地跳上街车，匆匆作别回去了。谁知车到济民医院门口停下，梅邨方欲掀电铃叫门的时候，忽然见墙角落里走出一个青年来，伸手竟把梅邨紧紧地拉住了。

第六回

失恋几丧生回头是岸

梅邨正欲敲门入内的时候，忽然在墙角里走出一个青年，竟把梅邨身子紧紧地拉住了。因为这是冷不防之间来的举动，梅邨当然大吃了一惊，这就忍不住呀的一声叫起来。只听那青年连声地叫道：

"齐小姐！是我，是我呀！"

"什么？是罗医生吗？你……怎么没有回家去？站在墙角落里干什么哪？"

梅邨听了这怪耳熟的声音，遂慌忙回头望去，原来是罗文达医生。虽然惊魂稍定地放下心来，但却感到十二分的奇怪，用了猜疑的目光，望了他一眼，急急地问他。罗文达惨白的脸上含了一丝苦笑，轻轻地说道：

"我在这儿等着你回来呀！"

"唉！你太傻了，从什么时候等到现在的？"

"八点钟等到现在，已经三个多的钟头了。"

罗文达哀怨地望了她一眼，他的神情有些凄凉的成分。梅邨又好笑又好气地逗了他一个娇嗔，还埋怨着说道：

"你这人真有些神经病的，就是要等我回来，也该等在屋子里去呀！怎么等到医院门口来？而且站立了这么久的时间，那你是什么意思呢?"

"我原想等在屋子,但你爸爸催我早些回家去休息,所以我不得不告别出来了。"

"我爸爸催你早些回家休息,这是他老人家的好意,你为什么喜欢在这深夜里呆等着我呢?那你真也太有趣了。"

梅邨不等他说完,便又很快地问他,在她心中只觉得文达呆得有些可怜又复可笑。罗文达低沉地说道:

"因为我想跟你好好儿地谈一会儿呀!"

"难道我们明天不再见面了?一定要等今夜回家才谈的吗?我说你这人也未免有些傻得太滑稽了。"

"虽然每天早晨我们终有一次见面,但我们说话的机会实在太少了。所以今夜我下了一个决心,非等你回来一谈不可。"

照理说,罗文达是痴心得令人有些可怜,假使梅邨和常明感情上没有打得火热的话,那么对于文达的痴心,应该是十分爱怜。不过梅邨此刻的芳心里,却只有感到他的讨厌,所以她粉脸一沉,冷笑了一声,生气地说道:

"幸亏我此刻回家来了,假使我今夜宿在楚公馆了呢?难道你在这儿就站等一夜不成?"

"那当然,我预备等着你,你就是十天不回家,我也在这儿不分昼夜地等你十天哩!终要见到了你,我才安心。"

罗文达还竭力表示那份儿痴心多情的意思,含了微微的笑容说。梅邨逗了他一个娇嗔,恨恨地说道:

"你到底有什么要紧事情和我说呢?好吧,我们就到屋子里去坐着谈。深更半夜,站在大门口外说着话,那被路人发现了,像个什么意思呢?"

"齐小姐!慢着!"

梅郐一面说，一面伸手又要去掀电铃，但文达却很快的阻止她说，并且把她手儿拉了下来。梅郐奇怪地望他一眼，表示不明白他是什么的意思。文达方才又慢慢地说道：

"我们不必进屋子里去谈，瞧这时的街上多么清静，尤其月色那么的好，我们就一面踱步，一面说话，不是很好吗？"

"罗医生，你这人是怎么啦？瞧瞧你的手表，已经十一点多了，怎么能在街上踱着步呢？半夜三更，万一遇到了什么歹徒，那可不是玩的事呀！"

"我想不会的，在杭州城里向来很太平，并没有什么强盗抢劫事情发生过，那你何必胆子这么小！有我给你做保镖，你就一些也不用害怕！"

"你不要自说自话地一些不讲道理，孤男寡女，在这深夜的时间，还在大街上踱步谈话，外界不明真相的，以为我们是对不规矩的男女哩！假使传扬开去，你不怕名誉关系，我是一个女孩儿家，可不能随着你糊涂呀！罗医生，我的意思，你此刻还是好好地回家去，我们有话明天再谈，反正明天我不再到楚公馆去做特别看护了。"

罗文达脸上本来还含了微微的笑容，他的话而且还包含了一些开玩笑的成分，但此刻被梅郐声色俱厉地一责备之后，他的脸色顿时又惨然起来，忍不住深长地叹了一口气，大有凄婉的口吻，低声儿说道：

"梅郐！恕我冒昧，叫你一声名字，我觉得你近来的人儿真有些变了！"

"我的人儿变了？你这话是什么意思呀？"

梅郐到底是个虚心的人儿，她听文达这么说，芳心别别地一阵子乱跳，两颊立刻热辣辣地通红起来，不过她还竭力镇静着态度，表示不明白的样子，向他奇怪地问。罗文达非常难过地说道：

"你不要生气，你的态度变了，也许你自己不会知道的。不过我既然感觉到了之后，我似乎不能不向你告诉几句。自从你到楚家去做了特别看护，这十天来，你的态度与之前大不相同了。你不但对我冷淡了许多，而且你又特别地爱好修饰起来。比方说，你从前不涂胭脂的，但现在两颊终是涂得红红的。比方说，你以前不搽唇膏的，现在却搽得樱桃般地鲜红……"

"得了，得了，你这人说话也太可笑，怎么连这一些事情都要管束起我来了？难道我一个女孩儿家连搽些胭脂唇膏都不可以吗？这未免太笑话奇谈了！罗医生，你的意思，是不许我这么做吗？"

梅邨听他这么说，芳心里自然大大地起了反感，这就板起了面孔，不耐烦的神气，冷笑着回答。罗文达连忙辩白着说道：

"不，不！我如何敢管束你？我……不过是那么举一个例子来说而已。"

"本来嘛，爸爸也不干涉我呢，难道你倒有这个资格？"

"梅邨！你……你……好像讨厌我似的。"

"我也并不是讨厌你，因为你说的话，太叫人生气了。"

罗文达皱了眉头，又长长地叹了一口气，好像感伤得大有眼泪汪汪的样子，凄凉地说道：

"梅邨！我说你的态度变了，这我并没有多心瞎猜疑。我觉得假使在十天之前，你是决不会拿这样性子来对待我的。……我……们……这五六年来的交谊，你对我终是那么柔情蜜意的，就是我……我坦白地说一句，我也没有一刻不在关心你的幸福和快乐……"

"罗医生，你今夜有没有喝过酒？"梅邨显出非常厌恶的样子问他。

"我……生平不会喝酒，我说的全是真话。"文达还表示十二分的诚恳。

"你说的全是疯话，你以为我不该拿这种性子来对待你，那就算我错了。我是个不懂得情义的女子，你以后就少来理睬我。"

梅邨觉得事到如此，也索性扯下面皮，大家闹翻了干净，于是沉了粉脸，表示毫无一些情感作用的，冷冷地回答。一面伸手上去，又要掀电铃了。罗文达叹息地说道：

"我想不到一个女子变起心来，比男子更快更狠哩！"

"放屁！罗医生！你也可算是个大学生，你不该拿这些话来侮辱我！"

梅邨听他这样说，气得粉脸都发青了，立刻把掀电铃去的手儿又缩了回来，圆睁了杏眼，怒冲冲地喝骂。罗文达在这个时候再也忍熬不住了，遂也冷笑了一声，说道：

"我一些也没有侮辱你，你有了新朋友，就把旧的忘了，你……还不承认你是变了心负了情吗？"

"什么？你说的什么狗屁话！谁是我的新朋友？谁是我的旧朋友？"

梅邨的全身有些发抖，她咬着牙齿，又气又急，似乎要哭出来的样子。罗文达惨然地一笑，说道：

"你不用抵赖了，我亲眼看见的。前天晚上，你和一个青年男子并肩走进皇宫舞厅里去，这就是你的新朋友。我知道，我明白，你假使在没有遇到这个新朋友之前，我想你决不会像今天这样的态度来对付我的。"

"那又是新鲜的笑话了，我交朋友，这是我的自由。不要说是你，就是爸爸也不能来管束我。我可不是一个三岁两岁的女孩，我已经是个二十五岁的姑娘，在法律上说我有自主权，我一切都不受外界的管束。罗医生！我请你放明白些，你不是我的丈夫，你没有能力可以干涉我交朋友，同时我也不需要瞒骗你。我就老实地告诉你，我确实和那个青年有了爱情，说不定我们就要结婚。那你预备怎么呢？你想利用手段来破坏我们吗？你想来伤害我吗？"

梅邨方才明白他已经发现过自己的秘密，于是索性显出坦白的态度，爽爽快快地把这些话告诉了他。说到后面这两句话的时候，还显现了凶恶的样子，向他讽刺地责问。听在文达的心头，不啻是刺中了一枚利箭那么的疼痛，他额角上青筋也暴露了，汗点像黄豆般地冒上来，嘴唇都发了惨白的颜色。他猛可地走上一步把梅邨的手臂紧紧地抓住了。梅邨还以为他要动武的意思，这就先下手为强，把她右手撩上来，在他颊上啪的一声，竟掠了一个耳光，喝道：

"怎么？你预备向我无礼吗？我可叫喊起来了。"

罗文达挨了一记耳光，仿佛兜头泼上了一盆冷水，立刻把他浓厚的情感冲淡下来。他放下抓住梅邨的那只手，很快地按到自己被打的颊上去，呆呆地不禁流下眼泪来了，凄切地说道：

"你……你……太狠心了！"

"罗医生！并不是我无礼地打了你，原是你先动手来抓我的。"

梅邨见他流着眼泪，完全暴露出他的懦弱来，一时倒又懊悔去打他了，遂把愤怒的表情消失了，放低了声音，向他辩白着回答。文达连忙说道：

"我抓住你，并不是对你有无礼的举动呀！"

"那你是为了什么？"

"我……心里着急，我……我……要向你劝告几句话。"

"你要怎么样向我劝告呢？"

梅邨这时的态度又温和了许多，她似乎很愿意听听罗文达有什么意思劝告出来，遂低声儿地说着。罗文达颊上还挂了眼泪，说道：

"我觉得你那个新交的朋友一定很有钱，因为你们那晚是从一辆簇新的汽车里跳下来的。我以为有钱的少爷，都没有什么真爱情的。他们大少爷有的是钱，把女人根本当作一件玩物那么看待。所以我不能不忠实地来提醒你一句，你可千万不要上他的当才好。"

罗文达说出来的这几句话，完全是梅邨所不爱听的，因此芳心里不免又恼恨起来，冷笑了一声，逗给他一个白眼，讥笑地说道：

"没有钱的穷小子，那就个个有情有义的了是吗？哈哈！哈哈！"

"至少比有钱的人能够懂得一些真正的爱情，梅邨，你不要被虚荣误了终身吧！我希望你快快地明白过来。"

"我什么地方不明白？我比你早就明白了，罗医生！你自己穷，你不要妒忌有钱的人。有钱的不是个个坏的，他们也有懂得真正爱情的，决不会像你理想中那么的无赖可恶。我以为一个真正有人格的青年，他决不肯背后说人家不好的。罗医生！你应该静静地想一想，你是否有资格来管束我的自由呢？"

梅邨这时候和常明卿卿我我，真所谓心心相印。你爱我的容貌美，我爱你是富家子弟，两人爱情像夏季的寒暑表一般升高起来，你想，罗文达这些话如何能听进她耳朵里去呢？当然大大地起了反感，遂以冷讥热嘲的口吻向他尽量地讽刺。但忠厚的文达，还是痴心地说：

"梅邨！你应该明白我是真心地爱你，我完全一片好意地来忠告你。你此刻忠言逆耳，将来恐怕会后悔的！"

"谢谢你，用不到你费心来忠告我，我比你更知道得多一些呢！"

"那么你已决定跟那个有钱的人结婚了？"

罗文达觉得一切都已绝望了，颤抖了声音问她，眼泪又大颗儿地滚了下来。梅邨对于他这一分痴心的神情，心头似乎也有些感动起来。但这是自己终身的幸福问题，当然不能因可怜他而又和常明分手的。于是拍拍他的肩胛，用了温情的口吻，低低说道：

"罗医生，你不要伤心，世界上女子多得很，除了我之外，难道就没有第二个来值得你的爱了吗？时候不早，我劝你早一些回家去吧！"

"……唉！穷人是不配谈爱情的。齐小姐，对不起！我耽误了你许多的睡眠时间，你进去安息吧！"

罗文达痴呆了一会儿，方才长长地叹了一口气，万分感慨地说完了这两句话，向她点点头，便转身匆匆地走了。梅邨眼瞧着他身子在黑暗里消失了后，她也微微地叹了一声，这才伸手掀了电铃，还连叫了两声香妮。不多一会儿，香妮开门出来，她似乎有些倦怠的样子，揉揉眼皮，说道：

"大小姐，你今天怎么回来得这样迟呀？"

"嗯！人家请我在瞧电影。"

梅邨圆了一个谎话回答，她便管自地直奔到楼上去了。轻轻地推开房门，开亮了电灯，把大衣脱了。一瞧手表，已经十二点零五分，恐怕吵醒了妹妹，遂轻步来到床边，脱衣就寝。正欲伸手熄灯的时候，忽听对面床上的妹妹嗳了一声，竟是醒了过来。菊清睁眼一见姊姊已坐在床上，遂蒙眬地问道：

"姊姊，什么时候？"

"十二点刚敲。"

梅邨听妹妹这句话好像问得有什么作用似的，心中不免暗暗地骂声小妮子要你问时候干吗？但口里却仍旧若无其事地回答。一面熄了电灯，一面倒身躺了下来。菊清在黑暗里继续问道：

"这么晚了吗？姊姊在哪儿玩呀？"

"我在楚公馆做了十天特别看护，今天是最后的一天。他们因为感谢我小心地看护病人，所以在临别的一夜，他们请我瞧了一场电影。"

"是楚家的儿子吧?"

菊清用了俏皮的口吻,低低地问她,在黑暗里而且还可以听到一阵细碎的笑声。梅邨想不到被妹妹一语直猜到心眼儿上去,一时芳心立刻别别地乱跳起来。好在此刻室内是黑漆漆的,所以梅邨两颊虽然有些绯红,菊清也绝对看不见的。梅邨于是还竭力显出从容的语气,低低说道:

"不是楚家的儿子,是那个女儿楚姗姗小姐。"

"姊姊,我瞧罗医生这几天的神色不大好,连工作的精神都没有,不知道他是为了什么缘故?"

"这……我哪儿知道呢?"

"他有些心不在焉的样子,有时候我问他的话,他也好像没有听见的样子。姊姊,你说奇怪吗?"

"嗯!……"

"姊姊,我想他一定有什么心事吧?"

梅邨听妹妹只管问自己研究罗医生的事,这就有些虚心地感到不安起来。本来她还轻轻地嗯了一声答应着,后来却索性装出睡着了的模样,还故意微微地发出了鼻息之声。菊清见姊姊不回答自己,于是也不再说什么,闭了眼睛又睡着了。

次日起来,菊清管自地到学校读书去。梅邨匆匆到了楼下,见爸爸早已在诊病室内配制着药品。国良抬头低低地问道:

"楚先生这两天好多了吧?"

"比较好一些,就是说话方面还有些不大灵活。"

"这慢慢地自会好起来的,就是用一百个看护去服侍他,也不见得马上就会发生效力。这儿工作多忙的,昨天又进来了两个病人,幸亏香妮这孩子兼做着看护的事情呢。梅邨,你把这两瓶药水拿去,给五号病床的病人和六号病床的病人喝吧!那个四号病床的张阿发,你给他量一量热度，昨天他就闹着要出院，我想他的热度若完全退了，那么今天就由他回家吧！这孩子也真可怜，身体生了病，还时常记挂着家里祖母的生活哩！"

　　齐国良说到后面，又转移了话题，向梅邨低低地吩咐。梅邨应了一声，拿了量热表和药水便走到病房里去了。过了一会儿，忽然见那个张阿发的祖母张老太右手里拿了一只竹篮子，左手里捉了一只母鸡，笑嘻嘻地走进来。大概是在路上走得很急促的缘故，所以她还有些气喘似的成分。齐国良见了招呼她说道：

　　"老太太你起得这么早就来望你孙儿来了吗？"

　　"齐老医生！我们乡村里人都起得很早的。可怜我们穷人生了病，若不是碰到像你那么慈悲的好医生，我的孙儿恐怕早已没有性命的了。现在我们不花一个钱，在您医院里住上了十多天，这叫我们心中除了感激之外，又怎么的好意思呢？所以我今天特地送来一只母鸡，五十个鸡蛋，请您老医生收下了吧！"

　　张老太一面把鸡和蛋放在茶几脚旁，一面用了非常真挚诚恳的语气，低低地说。齐国良听了，心里有些感动，遂微笑着说道：

　　"谢谢老太太的美意，但是我不能收你的鸡和蛋，请你回头带回去吧！"

　　"齐老医生！你这是为什么呀？难道你嫌少吗？"

　　"嗳！这是哪儿话呀？老太太！你们是很穷苦，这些鸡蛋你们可以拿到街上去卖给人家，至少也可以度几天苦日子，所以我决不能接受的，你还是拿回去吧！"

　　齐国良听老太太误会自己是嫌少的意思，这就忍不住急了起来，慌忙给她解释所以不接受的理由。张老太心里这一感动，似乎有些眼泪汪汪的样子，说道：

　　"齐老医生，你真是太好了，太顾虑我们穷苦人了。不过这些鸡蛋都是我们乡下现成有的东西，又不是花钱去买来的。因为我受了您这么大的恩惠，所以这一点点也无非是我们一点小意思而已。假使你再不肯收下，那叫我们心头不是更加不安了吗？"

"老太太既然这么说，那我就收下你的鸡蛋吧！但那只母鸡我无论如何也不收的。"

"这……您又是为什么呢？我已经送了来，终没有退回去的道理啊！"

"母鸡是会生蛋的，老实说，乡下人对于母鸡就是家产一样，所以我绝对也不能收你的。老太太！你再要客气的话，我就连鸡蛋都不收了。"

张老太听他一本正经地说着，完全是关怀穷人的一片好心，她感动得真的流下泪来，情不自禁地念了一声阿弥陀佛，说道：

"老医生！你那么救苦救难的菩萨心肠，一定会长命百岁的。"

"老太太！别说笑话了，快到病房里去瞧瞧你的孙儿吧！他的身体比前几天硬朗得多了。"

"这还不是您好心救了他吗？真是天可怜我们，才教我们会碰着了这样慈悲的好医生。"

张老太流着眼泪的脸上，含了欣慰，一面自言自语地说，一面便走到病房内去了。这时外面已有许多病人来挂号，梅邨也走进来，说张阿发的热度已完全退尽了。国良十分欣慰，他抬头一看时辰已经七点五十五分，这就奇怪地说道：

"奇怪！今天罗医生怎么还没有到院呀？"

"也许过一会儿就到了。"

梅邨口里虽然这么地回答，但心中也不免暗暗地猜疑。想着昨夜在大门口分手之后，难道他没有回家去吗？莫非他去自杀了吗？想到了自杀两个字，她那颗芳心顿时像小鹿般的乱撞起来。但齐国良此刻已坐到诊桌旁去，向梅邨吩咐着说开始诊病吧！梅邨这才点头答应，到外面去叫第一号病人进诊病室来了。

今天病人比较少一些，但也有九十八号。等病人一个一个诊治完毕，已经是下午两点多了。齐国良方才息手和梅邨去吃午饭，只见梅邨蹙了柳眉，好像心事重重的样子，遂向她低低问道：

"怎么，迟了一点时间吃饭，有些饿了吧？"

"爸爸，吃饭不能没有一个规定时间，否则，那是伤身体的。我们年纪轻轻还没有什么关系，您上了年纪的人，不是会饿出胃病来吗？下次到十二点钟时候，暂停半小时，那也没有关系。爸爸不能为了医治人家的病，倒把自己身子糟蹋成病了。"

梅邨有些怨恨的意思，向爸爸贡献着意见回答。国良微微地一笑，说道：

"今天是因为罗医生没有到院的缘故，有着他一同帮我诊治病人，这些病人恐怕在十二点之前早就诊治完毕了。罗医生今天会没有来，不知道是为了什么缘故？梅邨，你吃好饭没有事，不妨到他家里去看一次，会不会他在家中生着病呢？"

"好好儿的怎么会生病吗？也许他另有别的要紧事情出去了。我想今天不必去看他，明天他终会来的。"

梅邨心中的猜想，觉得罗医生也许是为了受一些刺激，所以没有精神来工作了，因为他的刺激原是自己给他受的，那么此刻我若再去望他，不是又会生出许多麻烦来吗？所以她表示不情愿去地回答。国良也不能一定要她去望罗文达，于是不再说什么了。

两人匆匆饭毕，这时又有几个病人来门诊，国良当然继续干着他治病的工作。他正在开药方的时候，梅邨进来，说道：

"爸爸！张阿发一定要出院了，张老太心中委决不下，所以叫我来问一声爸爸，他能不能出院回家了呢？"

"就是他回到家里，也只能静静休养，暂时不能工作的。照我意思，最好在这儿再住一星期，你对他去说，我们又不收他的医药费，他急什么呢？"

　　"齐老医生！我孙儿就是因为不花一个钱的医药费，所以他有些不好意思再住下去了。"

　　张老太原来跟在梅邨的身后，她听国良这么回答，遂连忙含笑补充着说。国良的两眼仍旧望在药方上，手里的钢笔也依然写着药味，一面回答道：

　　"那没有关系，叫他不必客气的。老太太，你回头走的时候可别忘了那只老母鸡！"

　　"谢谢老医生！那我就和孙儿去说吧！"

　　张老太感激万分地弯着腰儿，便又到病房去了。

　　下午四点钟的时候，菊清由学校里回家了。她发现罗医生今儿不在诊病室内，遂忍不住向爸爸探问。国良心中对于文达今天没到院工作，确实也有些儿不安。因为文达是个办事认真的青年，若不是发生了要紧的事情，他是决不会疏忽职务的。今听菊清这么问，遂叫她去看文达一次，说反正你是没有什么事的。菊清点头说好，她便匆匆到罗文达家中来了。

　　罗医生是个单身的青年，他没有父母，也没有兄弟姊妹，说起他的身世，是很令人凄凉的。所以他住的地方也并不大，只问人借了一间后厢房。此刻菊清轻轻地推门走进他的卧房，见里面静悄悄的一些声音也没有。回眸向床上望去，果然罗医生是沉沉地睡得很熟。菊清暗想，他是病着呢！因此不敢惊醒了他，所以蹑着脚步走到那张写字台边去坐下了。忽见写字桌上放了一只酒瓶，还有一只安眠药片的瓶，里面尚有七八片药片。菊清芳心不免暗暗奇怪起来，这是怎么一回事呢？正在猜疑，她的视线在台灯旁又发现了一张信笺，上面写着歪歪斜斜的字。菊清连忙伸手拿来，见写着道：

爱情这样东西是最伟大而最神圣的，我心里常常是在这样想着。不过，我想的并非是事实，原来爱情这样东西是最势利最卑鄙的。直到今天，我方明白，我方觉悟。有了金钱，才有爱情，黄金可买美人心，这句话倒并不是过甚其辞哩！然而我是被爱情在玩弄着的一个弱者，我的内心是多么痛苦，所以我要借酒来麻醉我这痛苦的心灵。但愿我喝下去之后，永远不要再醒回来。

菊清看完了这一张信笺上的字句，她忍不住呀的一声叫起来了。暗想，原来罗医生是遭到失恋的痛苦，所以把他刺激得连工作的精神都没有了。奇怪，他在谁的身上失了恋呢？难道姊姊和他闹翻了吗？还是他另外还有个爱人变了心呢？菊清正在呆呆地思忖，忽然又发现信笺下面尚有一张信笺，而且上面也有数行字写着，于是连忙又念着道：

"我今日才尝到了失恋的滋味，想不到失恋的滋味竟有这么的难堪啊！我以为喝了酒，可以减少一些痛苦，谁知酒后，我的心中，更觉得空洞洞的，仿佛没有了归宿，又好像没了寄托，于是我的脑海里便浮现了一个死！觉得死才可以解除我一切的痛苦和烦恼，那么这一瓶安眠药片就是我最亲爱的安慰物了……"

菊清看到这里，她没有再看下去，那颗芳心的跳跃，几乎要从她口腔飞出来了。于是她急急地放下信笺，猛可奔到床边，两手拼命摇撼着罗文达的身子，几乎要哭出声音来的神气，连声地叫道：

"罗医生！罗医生！你……你服毒了吗？你……服毒了吗？"

"……谁？……原来是齐二小姐！"

文达被菊清这一阵子摇撼着，他自不免悠悠地醒了回来。微微地睁开眼睛，向菊清淡然地逗了一瞥，模模糊糊地问了一声谁。等他看清楚了之后，这才有气无力地点点头，轻轻地招呼。菊清急急地又问道：

"罗医生！你是不是服了安眠药片？唉！你为什么这样糊涂呢？我马上送你到医院里去吧！"

"不，不！我没有服……毒呀！"

"你没有服毒？你还要隐瞒我吗？你难道存心一死吗？那你也太犯不着了呀！我给你叫车子去。"

菊清一面急急地说，一面已向房外奔了。文达连忙挣扎着坐起身子，把她叫住了说道：

"二小姐！你慢着，你慢着呀！我真的没有服毒呢！"

"你……信笺上不是明明写着服毒自杀了吗？"

菊清回过身子，慌张着粉脸儿，还有些将信将疑地问他。罗文达有些羞愧的表情，红了脸儿，叹了一口气，低低地说道：

"我原想自杀的，后来我又不想死了，你难道没有看下去吗？"

菊清听他这样一说，暗想不错，我只有看一半呢！于是走到桌子旁，把那另一张信笺拣起，又看下去念道：

"但是死虽能解除痛苦和烦恼，假使让外界知道了我是为了女人而自杀，这岂不是太懦弱、太可耻了吗？这样的死，也许得不到外界的同情，而且还会被外界笑骂的。所以我不能死，我要好好儿做一个人，做一个像齐老伯那么有精神的好医生。好！那么我就坚强地活下去吧！"

菊清瞧完了这一些字句，她方才恍然大悟了，一时忍不住倒又呀的一声笑起来了。遂很快地走到床边去，秋波逗了他一个媚眼，伸手在自己颊上一划，羞他笑道：

"原来你自杀是吓吓人的，可惜这两张信纸见的是我，假使换了那个负情的姑娘多好啊，我想至少会回心转意了吧！"

"唉！二小姐，你还来取笑人？"

文达又羞愧又怨恨地叹了一口气，他低了头，表示不胜伤感的意思。菊清这才坐到床边去，天真地用手去抬他的下巴，仍旧笑嘻嘻地问道：

"别怕难为情，告诉我，哪一个姑娘负了你？"

"……"文达暗想，叫我怎么说得出来呢？

"为什么不告诉我？难道你还给那个负心的女子守秘密吗？"

"我说出来，你不要惊奇，那就是你的姊姊！"

菊清见他支吾了一会儿，方才这么回答。因为心里原知道他只有和姊姊是很要好的，所以也并没有感到过分惊骇。不过姊姊为什么要负他？那当然得问一个清楚的。遂哦了一声，笑道：

"我姊姊怎么会负心你？难道她另有爱人了吗？"

"是的，她有了阔少爷做朋友了，所以把我们老朋友抛到脑后去了。"

"阔少爷？你指的是哪一个呀？"

"他是什么人我也不知道，我见他们曾经挽手同行，出入舞厅，十分亲热。总而言之，我和你姊姊五六年来的友谊，还不及他们初交的亲热呢！"

菊清听了，暗暗想道，那一定是楚家的儿子了！昨晚姊姊这么晚回家，一定也和他在玩舞厅，姊姊还瞒着我说和楚小姐在瞧电影呢！论姊姊的行为，虽然有些得新忘旧，不过罗医生这人，不免太似痴心一些，于是俏皮地问道：

"罗医生，我先问你，你和姊姊俩是否有过什么嫁娶的婚约呢？"

"那……是……没有的。"

"既然没有什么嫁娶婚约，你怎能说姊姊负心呢？"

"不过，这五六年来我们感情很好，虽然没有订什么婚约，但是她有嫁我的意思，而我也有娶她的存心。现在她另爱别人，还不是

105

负心了我吗?"

罗文达愤愤地说着,大有气呼呼的样子。但菊清却淡淡地一笑,摇摇头,表示他错了的意思,说道:

"我以为每一个人都有他的自由,就说姊姊和另一个男朋友去玩一次舞厅,这也不能说她是另爱别人呀!我觉得你把男女间的朋友看得太神秘一些了。也许姊姊并不爱他,无非是偶然的一次应酬,那你竟然大发神经病,几乎要闹出人命惨案来,这你不是太似糊涂了吗?"

"你……不知道,……昨天晚上,你姊姊还打了我一记耳光呢!"

"啊!这是为什么?"

罗文达觉得事到如此,也顾不得许多了,遂向她这么地告诉。菊清当然无限惊骇,目瞪口呆地向他急急追问。罗文达于是把昨夜在大门口和梅邨谈话的一番情形,向菊清说了一遍,并且叹息地说道:

"二小姐,你想,她不是已经存心嫁给那个有钱少爷了吗?"

"就说姊姊不爱你了,那你也不该闹自杀呀!难道你把生命瞧得这样不值钱吗?一个男子汉大丈夫,只要事业成功,还怕娶不到妻子?你真也太可耻可怜了。"

菊清后面这两句话把文达讥讽得满面通红,一时只好急急地辩白道:

"闹自杀这是我一时的糊涂,你不见我后面写的几句话吗?我要好好儿做个人,我要做一个像你爸爸那么有精神的好医生。"

"对呀!你这句话才说得有道理。不过……昨夜和姊姊闹翻的事,也许是姊姊一时的恼怒,因为姊姊的脾气也很不好弄,你要去干涉她的自由,她当然格外地表示和那个新朋友亲热些,也许她是故意地气气你的。照我的猜想,恐怕她心中爱的仍旧是你,因为你们到底有着五六年的友情了。"

"这恐怕不见得吧！二小姐！你别生气，我觉得你姊姊是个爱好虚荣的女子。她需要的是物质上的享受，所以她爱上这个阔少爷，就是为了满足她奢华生活的欲望。"

罗文达用了很清楚的目光，他已经看清楚梅邨是个怎么样的个性了。菊清是梅邨的妹妹，她当然也摸得姊姊是什么个性，因为从她平日的行动以及言语上是很可以看出来。菊清一时叹了一口气，却默然了一会儿。罗文达接着说道：

"有钱的少爷，他们的爱情是不会专一的，所以我倒担心你姊姊会上人家的当！"

"罗医生，姊姊既然无情无义地丢了你，你还代她多忧愁什么呢！假使她上人家的当，还不是她自己该死吗？不过，我想她也许不至于这么糊涂，所以我回家去倒要劝劝她，说不定她仍旧会爱你哩！"

菊清似乎也有些愤怒姊姊的得新忘旧，所以恨恨地说。不过说到后面，她还竭力想把他们言归于好，又笑盈盈地安慰他。罗文达觉得这是梦想，于是摇摇头，又叹了一口气。过了一会儿，忽又问道：

"二小姐，你此刻怎么会来望我的？"

"爸爸见你没有到院里去工作，很不放心，所以叫我来望望你。"

"二小姐，我求你一件事，你不要把我失恋的事情，传扬开去。"

"你这人也太多心了，难道把我当作一个十三点看待吗？"

"不是我多心，因为我有些……难为情……就是老伯的面前，你也只说我有些不舒服就是了。"

罗文达说了这两句话，立刻又脸红起来。菊清娇嗔的表情，一时又嫣然笑着，逗了他一个神秘的媚眼，笑道：

"那么你给我完全知道了，难道就不怕难为情了吗？"

"我已经被你发现了秘密，那叫我也没有办法呀！所以只好把面皮厚一厚了。"

菊清听罗文达说得那么有趣，这就益发抿了小嘴哧哧地笑起来了。过了一会儿，方才正经地说道：

"罗医生，你这一整天的日子可曾吃过什么东西没有？"

"除了喝酒，别的都吃不下。"

"那你不是在糟蹋自己的身子吗？假使真的病倒了，可怎么办呢？现在你肚子饿了没有，要不要弄一些稀粥给你润润喉咙？"

"谢谢你，我此刻不想吃。"

文达摇摇头，仍旧有伤感的意思。菊清微蹙了两条细长的柳眉，秋波脉脉含情凝望着他的脸儿说道：

"现在你是不是还在感觉失恋的痛苦？"

"不！我听了你的话，我明白了，一个有作为的青年，他是永远用不到这失恋两个字的。"

"对的！男儿志在四方，应以事业为重，岂能以儿女私情而颓唐奋斗的精神呢？我想烧稀粥嫌太麻烦，还是我给你到隔壁小馆子去叫一碗汤面来吧！"

菊清说着话，也不等文达回答，身子已匆匆地奔出房外去了。罗文达想不到二小姐会这么热心地关怀自己，一时由感生爱，觉得菊清实在比梅郴要可爱得多。她非但年轻貌美，而且思想前进，性情温柔，梅郴哪里及得她十分之一？只不过她还只有十八岁，和我相差了八年，自己向来把她当作小妹妹那么看待，所以实在有些不好意思去爱上她罢了。文达想了一会儿，因为有了菊清这么的一个多情姑娘照顾自己，所以他空虚的心灵中也会得到一些甜蜜的安慰，把他消极的思想又终于慢慢地变得积极起来了。

不多一会儿，菊清和那小馆子里的一个伙计拿了汤面匆匆地上楼来了。她向文达望了一眼，低低地说道：

"钱我已付了，明天只把碗筷给他收去好了。"

"多少钱一碗？我怎么好意思叫您来请客？"

伙计走后，文达向她感激地说。菊清把那碗汤面亲自送到文达的手里，秋波逗了他一个娇嗔，说道：

"付一碗汤面的钱，也用得着客气吗？"

"二小姐！我真感激你。可怜我无爹无娘，无亲无邻，你真像我的亲妹子一样。"

文达说了这两句话，一时倒又伤心起来，眼角旁忍不住涌现了晶莹莹的泪水。菊清却微微地一笑，温情地说道：

"你跟了我爸爸这几年来的日子，我爸爸也全靠您帮助的，所以您原像我的大哥一样。您还记得吗？从前你是常常抱我的！"

"我怎么会忘了？而且我还时常香您的面孔！"

文达终于破涕为笑起来，他似乎又感到了春天的快乐。菊清被他这么一提，粉脸儿立即浮上了娇艳的玫瑰花，忍不住啐了他一口，逗了他一个白眼，怕羞地说道：

"还亏你说得出来，不怕难为情吗？"

"那时候你才只有十一二岁的年纪，完全是个小孩子，我香香你面孔，这原也算不得什么！"

"嗯！你这人向来不大老实，所以我姊姊才会不爱你了。"

菊清噘了小嘴儿，撒娇似的嗯了声，恨恨的表情，却又开玩笑般地打趣他说。文达似乎被她刺痛了心，因此消失了脸上的笑意，不觉又微微地叹了一口气。菊清见了，忙又笑道：

"怎么？你说我这话不该说吗？"

"该说，不过，我那时候的举动并没有什么恶意的成分，无非是

109

欢喜你的意思。"

"欢喜我?"菊清故意去责问他说。

"这欢喜是和别的不同,原是大人喜欢小孩子的意思。"文达慌忙辩白着回答。

"好吧!别解释了,快吃面,当心凉了碍胃。"

菊清这才笑盈盈地说,她便坐在一旁,看着他吃面。因为时已入晚,遂方才起身告别,临走问他明天可来医院工作?文达说没有一定,也许还要休息一天。菊清点头说好,便匆匆回家。到了家中,只见一个陌生的男子,身穿西服,他坐在诊病室内正和爸爸不知道说些什么话呢!

第七回

黄昏来月老姊妹反目

叮叮咚咚一阵一阵的钢琴声音，奏弹得非常悦耳动听，而且在琴声之中还掺和了黄莺出谷般清脆柔软的歌声，在黄昏空气中流动，更加使人添了不少清雅的兴趣。原来这是楚姗姗放学回家，一个人在书房里自奏自唱，消遣着这黄昏的寂寞。当她一曲歌罢的时候，忽然听到一阵噼噼啪啪的掌声，还连连叫着唱得好，唱得好。姗姗回头去看，原来哥哥已站在自己的身旁了。这就笑盈盈地说道：

"哥哥！你算捧我的场吗？怎么和自己妹妹也开起玩笑来呢？"

"谁和你开玩笑？妹妹！你不但钢琴奏得好，而且歌声更觉曼妙动听。我想你倒可以去读音乐专科学校，将来成为一个有名的音乐家。"

楚常明却显出一本正经的样子，还是竭力地向她高捧。姗姗笑了一笑，似乎十分有兴趣地把两手更在钢琴上奏得轻快起来。一面说道：

"我也久有这个志愿，等这学期毕业之后，我一定向爸妈要求，到上海考音乐专科去，但只怕爸妈不肯放我一个人到上海去。"

"不要紧，爸妈若不肯答应，我帮你的忙，非要叫爸妈答应你不可。"

姗姗听哥哥这么热心地说，一时倒忍不住暗暗奇怪起来，芳心里想着：哥哥这人素来和我不大说话的，今天好像显出特别亲热的样子，莫非他也有什么事情需要我帮忙吗？于是逗了他一个媚眼，笑道：

　　"哥哥，你今天为何对我这么热心关怀起来了？"

　　"我帮了你的忙，那么妹妹也可以帮我的忙呀！"

　　姗姗暗想，果然不出我之所料，于是停止了奏琴，把身子转了过去，笑道：

　　"你有什么事情需要我帮忙呢？"

　　"……妹妹！你倒猜一猜。……"

　　常明似乎有些难为情说出口来，红了脸儿，故意支吾地回答。姗姗乌圆眸珠，在长睫毛里滴溜地一转，嫣然地一笑，说道：

　　"我有些知道，但我不愿意说出来。"

　　"为什么不愿意说？"

　　"你有事情要我帮忙，那当然要你自己先开口的，怎么叫我先猜起来？那你也未免太狡猾一些了。"

　　姗姗鼓着粉腮子，逗了他一个娇嗔，笑嘻嘻的表情，也怪俏皮地说。常明这就没了法儿，把手抬上去抓了抓头皮，憨笑了一会儿，方才低低地问道：

　　"妹妹，你觉得这位齐小姐的人品怎么样？"

　　"那不用我说，当然好啊！"

　　"我想……我想……"

　　"想什么？瞧你怪可怜的，我就代你说了吧！你看中她给我做个嫂嫂是不是？"

　　常明被妹妹一语道破，一时倒厚了面皮索性笑起来了，向她拱拱手儿，还鞠了一个躬，笑嘻嘻说道：

"妹妹料事如神，真可说知己知彼，百战百胜。……"

"咦！这是做什么呀？我又没和你在开战打仗呀，哪儿用得到这些话呢？"

"因为……因为……你猜我的心眼儿里去，那你一定会帮我忙的。"

"叫我帮些什么忙呀？你也不是十五六岁的小孩子，已经是二十六岁的青年了，我就不相信你难道还不会谈恋爱吗？"

"妹妹，我的意思，不是说这些。"

"那你是说什么呀？"

"我要你给我做一个说客，向爸妈先去通一个风声，瞧他们老人家心中对这位齐小姐有没有欢喜的意思？"

姗姗对于哥哥这个意思原是早已知道了的事情，她所以和哥哥这么缠绕着问话，也无非故作痴呆的意思。现在听哥哥已完全地要求出来，遂笑盈盈地逗了他一个媚眼，又刁难他说道：

"我瞧你也不必假惺惺作态了，难道你还害羞吗？爽爽快快，直接跟爸妈去说，再要我从中转了一个弯儿，那不是多此一举吗？"

"妹妹，常言说得好，与人方便，即与自己方便。假使明儿你也看中了一个俊美的少年，我做哥哥的不是也可以给你去做说客吗？所以互助，实是彼此有利的事情，我劝妹妹还是答应我吧！"

"哥哥，被你这么一说，我益发不高兴去说了。你自己想讨嫂嫂，倒还来取笑我吗？我可不依你。"

姗姗听他这样说，便也红了两颊，站起身子，却要管自地走开去了。常明这才急起来，暗想，在女孩儿家面前原不该用这种话去作为交换条件，因为她们是要怕羞的呀！于是很快地走上去，把她拉住了，笑道：

"妹妹，你别忙，我说错了话，请你原谅我。你下学期考音专的事，包在我身上。我拿这一点来给你做酬谢，那你终用不到生气了。"

"好吧！好吧！我就马上代你到上房里做说客去。"

姗姗这才嫣然地一笑，答应了他，便匆匆地走到上房来了。这时楚伯贤已能起身坐在太师椅子上休养了，他一面吸着雪茄烟，一面和楚太太说着话。楚太太把蜜橘一瓢一瓢地抽去了筋，送到伯贤的口里去，伯贤见女儿笑盈盈地进来，遂低低说道：

"姗姗，你的钢琴越发弹得好听了，我正在听着呢！你为什么不弹了呀？"

"爸爸，你现在说话灵活得多了，齐医生的医道可真不错。"

"是吗？可是我走路还有些不大方便，明后天我还想请齐医生来诊治几次。但齐医生这人脾气很古怪，他好像对于医治我这病不大起劲的样子，要我去门诊。你想，出诊比门诊不是要给他多收入几倍诊金吗？他难道是不爱金钱的？"

"齐医生是个出了名的慈善好医生，他确实不爱金钱，所以不论富人穷人他是没有两种态度对待的。他希望普遍地给人看病，因此对于出诊反而感到不起劲了。"

"你怎么知道这样详细呢？"

楚伯贤听女儿这么说着，心里不免感到了奇怪，遂望着她低声问。姗姗在桌子旁坐了下来，说道：

"是齐小姐告诉我的，她在这儿做特别看护的时候，我们空下来也常常聊天。爸爸，妈，齐小姐这人的品貌生得好吗？"

"这姑娘品貌都很好，我倒很喜欢她。"

"假使她能再来我家做特别看护，我也万分欢迎她。只不过她的老子，恐怕不肯答应的。"

姗姗听妈和爹都这样回答，遂不禁抿了小嘴儿喘喘地笑起来了，楚太太瞅了她一眼，问道：

"你这痴妮子，为什么这样好笑呢？"

"我想爸妈既然这么地欢喜齐小姐，那么干吗不请个人去做媒呢？把齐小姐讨来做我的嫂嫂，那多么好啊！"

姗姗趁此机会，这才向父母说出这些意思来。楚太太一听，乐得眉开眼笑的，叫了一声好呀，说道：

"姗姗，你这意思太好了，常明这孩子年纪一年一年大起来，提亲的人倒也很不少，可是东说西不成，我心里原是多么着急呢！假使齐小姐给我们做媳妇，她一定很会做主妇呢！我也可以把家务早些推手，乐得百事不管地享几年清福哩！"

楚伯贤听了，心里也十分欢喜。因为齐小姐若做了自家媳妇，自己的病就可以叫她服侍了，那也省得再请什么特别看护了。伯贤虽是这样的盘算，但因为儿子年纪大了，所以他又觉得非征求儿子的同意不可。常明原是躲在房门口偷听着他们说话，此刻他便走进房来，故意装作不知道的神气，含笑问道：

"爸爸，什么事情呀？要向我问明白呢？"

"常明，你来得正好，我们预备给你讨妻子，就是那个齐小姐，不知道你心中赞成吗？"

"嗯……就是她吗？……"常明做作得非常的逼真，还故意显出沉吟的样子。

姗姗看哥哥这种有趣的态度，这就笑得花枝乱抖，几乎前俯后仰直不起腰来。常明被妹妹这么一笑，脸就红了，只好向妹妹连连丢眼风，是向她打招呼的意思。但姗姗不肯放松他，仍旧含笑告诉着说道：

"爸爸，你还问他呢！老实地说给您吧，原是哥哥苦苦地央求我，叫我向你们来说这个意思的呀！他见了齐小姐早就掉了魂哩！"

"妹妹！你胡说，你……"

常明在父母的面前，被妹妹老实不客气地一说穿，不免也又羞又急起来。恨恨地白了姗姗一眼，只埋怨一句胡说，但后面也说不出什么话来了，两颊涨得像喝过了酒一般地红，连额角上都冒出了汗水。伯贤楚太太两人哦了一声，方才明白底细，忍不住都笑起来。正在这个时候，房外走进一个穿西服的青年嚷着说道：

"什么有趣的事情呀？笑得这么高兴，你们也说给我听听，好叫我大家来笑一会子呢！"

大家回头望去，原来是华东贸易公司会计主任杨永福。他因为是伯贤的下属，所以对于伯贤，自然马屁拍得很牢。自从伯贤病后，他常常来问候献殷勤。当下伯贤见了永福，灵机一动，笑嘻嘻说道：

"小杨，你来得巧极了，我们正在需要一个会说话的人去做大媒呢！我想这头婚事就非你去撮合不成功的了。"

"楚老伯！是叫我给世兄去做大媒吗？那好极了，不知道是谁家的姑娘呀？"

永福确实是个很会说话的人，他听伯贤这么说，遂也连忙笑嘻嘻地问。楚太太抿嘴说道：

"那个姑娘你也瞧见过了，前两天还在我家里呢！"

"哦，哦！我知道了，莫非就是那位看护老伯病的齐小姐吗？"

"对呀！你说她的人才怎么样？"

伯贤见他很聪明地猜着了，遂又向他笑着问。常明这时取了一支烟卷递给永福，还给他划了火。永福吸了一口烟，笑道：

"老伯，你瞧世兄恐怕我说齐小姐的坏话，所以他连忙向我拍马屁了。"

"哈哈！你这张油嘴真会说笑话！"

常明有些不好意思，遂笑了一阵，白了他一眼说。伯贤也笑道：

"你要说老实话，照你目光看起来，齐小姐是否是个好人才呢？"

"这还用我来说吗？那是有目共赏的事，况且世兄鉴别女人的目光也许比我要强得多。瞧他拣了这么多年的对象，今天拣到了这位齐小姐，那还有什么不好的呢？他们配成一对，真可说珠联璧合，天生一对，地生一双哪！"

永福说话的语气和表情，简直就有些像舞台上的小花脸样子，因此引得大家都又笑起来了。伯贤连说了两声好好，笑道：

"你这小子说话就引人捧腹，那么你的大媒是做成的了，请你要千万多费一些气力才是。"

"那当然，我今天晚间马上就去，不！回头就去吧！你们瞧我这个性子，不是比世兄更急吗？"

"好，好，你很热心，婚姻成功，二十四瓮老酒，十八只蹄子，决不少一些儿的。"

楚太太听他这样说，自然也非常欢喜，遂向他笑嘻嘻地许下了酬谢。永福向楚太太拱拱手，笑道：

"伯母，今年结婚，明年抱孙子，红蛋就要一百二十四个。"

"好的，好的，二百四十八个也要给你，你何必着急呢？"

"哈哈！我有了这么多的红蛋，倒还可以在街头巷尾做一下子小生意哩！"

大家听了，都又笑了一阵。姗姗逗给他一个白眼，笑嗔道：

"你这人说到后面，就油腔滑调起来了。"

"二小姐，你不要怨恨我，我心里明白，但事情终得一桩一桩地做。做成了你哥哥的亲事，我再想办法给你找如意郎君去呀！"

永福这张油嘴，真会说话，伯贤夫妇俩听了，忍不住又笑了。但姗姗却绯红了娇靥，啐了他一口，骂声烂舌根的，她却羞得低下头来。永福一瞧手表，快近五点钟了，于是他起身告别，说马上就到济民医院去做月下老人了。

永福到了济民医院，已经上灯时分，这时病人都已走了，国良梅邨父女俩正在诊室内休息。香妮在候诊室内先见到永福，便问他道：

"先生！您来看病吗？"

"不，不！我找齐医生有些别的事情。"

永福被香妮这么一问，慌忙连声地否认。心中暗想，到医院里来做媒，真是太触霉头了，好好儿说我看病来，要命不要命？但姜太公在此，百无禁忌，永福一面想着，同时又说明了来意。香妮望他一眼，因为他是个陌生面孔，遂不得不问得仔细一些，说道：

"您贵姓？找齐医生有什么事呢？"

"我姓杨……哦！我这儿有名片，请你拿进去通报吧！"

永福说到这里，伸手在袋内取出一张名片，交给香妮。香妮请他在外面坐一会儿，就把名片拿进诊室来，说道：

"老爷！外面有个客人来找您，这是他的名片。"

"杨永福，这是谁呀？"

国良接了名片，念了这三个字，因为不认识他，所以沉吟着自言自语地问，心中表示有些奇怪的意思。梅邨听了杨永福三字却有些耳熟，慌忙凑过身子来瞧，见上面还有几个小字写着华东贸易公司会计主任的头衔。这就哦了一声，笑道：

"爸爸！这个人我认识他的，在齐府曾经和他碰见过好多次呢。"

"哦！香妮，那么你去请他进里面坐吧！"

国良听女儿这么告诉，遂答应一声，向香妮吩咐着说。一会儿，永福含笑走了进来，先向国良很恭敬地鞠了一个躬，然后又向梅邨叫声齐小姐，我们几天没见了。梅邨代替父亲说了一句请坐吧！这里香妮送上了茶，国良望了他一眼，遂开口问道：

"杨先生到舍间来不知有什么贵干吗？"

"哦！齐老医生！我特地来向您讨一杯喜酒喝的。"

梅郴听永福突然这样地说，她的心中猛可想着了昨夜和常明分手时的一句话，这就早已明白起来了。暗想，这人倒也性急，昨夜还只有刚提起，谁知他今天就来实行了。一时虽然是万分欢喜，但却也无限羞涩，不等爸爸回答，她便借故走进手术室里去了。国良有些奇怪地问道：

"杨先生，莫非您是来说亲的吗？"

"不错，不错，我来给您大小姐做媒的。"

"哦！是哪家的孩子呢？"

"就是楚老先生的令郎，恐怕您老人家也见过他的吧？"

两人正在说话的时候，菊清齐巧从罗医生那里回来了。当下见一个陌生男子和爸爸似乎在谈什么似的，这就在旁边呆呆地站住了。香妮见二小姐莫名其妙的样子，遂附着她耳朵，低低地说了一阵。菊清这才明白了，心中暗想，罗医生刚才说的话完全是实在的情形了。这时又听爸爸说道：

"这孩子我曾经瞧见过好多次，模样儿长得不错，但不知道在哪里做事情的？"

"楚老先生的令郎，真是博学多才。他是武林日报主笔，又是华东贸易公司副理，还是皇宫舞厅经理。您想，这么轻的年纪，能够担任这么多的事，那还不是一个好人才吗？"

"我，我，我想……孩子年纪大了，男婚女嫁，这也是应该的事情。不过，我虽然赞成，这还不能作准。因为孩子已到了法定年龄，这些终身大事，都该由他们自己做主才是。所以我想回头问过了梅郴自己，过几天再给你回音好吗？"

"老医生的话对极了，这个时代，做父母的也无非是个顾问而已。婚姻大事，还得由当事人自己双方满意，那才算是好姻缘哩！……那么我走了，准定明后天再来听老医生的回音吧！"

永福觉得国良说得也很有道理，遂点点头，很表同意地回答。一面站起身子，一面告别要走。国良也没有留他，就送他出来。永福起初只管和国良说话，并没有注意到室内还站着一个菊清小姐。等他回身向门外走的时候，方才发现到了。心里这就一惊，暗想，这个姑娘是什么人呀？那不是比齐小姐更要美丽得多吗？但自己又不敢失掉礼貌地立刻探问，一时只好连连地盯住她几眼，方才匆匆地走了。

等国良送了永福回进诊病室内来，只见梅邨也在里面了。她的粉脸红得妩媚，眉梢间还有些喜气洋洋的样子。国良微微地一笑，对她低低地说道：

"梅邨，刚才杨先生和我谈的话，你在里面想也都已经听到了吧？爸爸对于您的终身，确实也常常关心。不过，天天为了忙碌着给人治病，因此也就把你耽搁了下来。现在有人来给您做媒，不知道你心里的意思怎么样？"

"……"梅邨虽然是已经二十五岁了，但到底也有些怕难为情，所以低头默不作答。

"这儿没有外头人，你不用怕难为情，只管老实地说好了。"

香妮听老爷这么说，她笑了一笑，便很识趣地退到厨房里去了。梅邨见室内除了爸爸，只有妹妹一个人，遂抬起头来，厚了面皮，说道：

"我不知道，爸爸做主好了。"

"哈哈！这……不是在专制时代，一切得由父母做主。你爸爸是个留学生，思想终不能太陈旧。况且你的年纪也不小了，你自己终身大事，也应该自己拿一些主意才对呢。"

国良忍不住笑了一阵，他非常坦白的态度，向她认真地说。梅郴心中虽然一百二十四分地愿意，但还是羞答答地说不出来。菊清站在一旁，倒有些不耐烦地开口说道：

"姊姊，你和罗医生的感情不是很好吗？我想，你应该认清目标，到底嫁给罗医生？还是嫁给楚少爷？我觉得你非要郑重地考虑不可。"

"哦！我倒忘了。菊清，你不是去望过罗医生吗？他今天为什么不来工作呢？"

国良方才想到了似的，回头望着菊清低低地问。菊清告诉他说道：

"罗医生病着哩！"

"啊！他生着病吗？我马上给他诊治去。"

这消息传到国良的耳朵里，他便急得什么似的跳起身子来，很惊异地说。菊清恐怕爸爸去了，倒反而拆穿了西洋镜，于是忙又说道：

"爸爸，你急什么哪？我话还没有说完呢！"

"你不知道，罗医生是个好青年，他帮了我这么多年的日子来，却从不计较待遇的多少。他将来很可以继续我的志愿，给一班贫苦的病人创造幸福，因为他也是个不贪财的好医生呀！所以他若病倒了，我就缺少了一条臂膀似的，你想，那叫我心中如何不要着急呢？"

"爸爸，罗医生是受了一些感冒，我去望他的时候，他已经好了，所以爸爸不必再去为他医治了，他说最多再休养一天，后天一定到医院来照常工作。"

菊清这样地安慰他，国良也就罢了。于是把话题又拉回到梅郴这头婚事上来，问梅郴究竟如何决定？梅郴听爸爸虽然没有劝自己嫁给罗医生，但他这么赞美着文达，可见他老人家对文达是相当好感的。不过爸爸是为了他自己做打算，要想叫文达做他一辈子的帮手。然而我不能为了爸爸的一心为世救苦，因此牺牲自己的幸福。老实地说一句，我过不惯这种天天侍候人的苦生活，我要步入幸福乐园，做一个世间最甜蜜的人，那我也就管不得许多的了。梅邨既然打定了主意，遂厚了面皮，说道：

"爸爸，只要你喜欢和楚家配这一门亲戚关系，那么女儿心中是没有什么异议的。"

"那你心中是愿意嫁到楚家去的啰？"

"嗯！……"

"不过，有一点问题，就是他家有钱，我家贫穷，不晓得将来……"

"爸爸，这又不是我们送上去的，是他们正大光明来求婚的，我家贫苦难道他们就没有打听清楚吗？"

梅邨不等爸爸说下去，就很老练地回答了这几句话，粉脸上大有怨恨的意思。国良听她完全愿意嫁给楚家的儿子，遂点点头，心中想道，在这十天的特别看护中，大概他们私下里已经有着爱情了。因为女儿不是十六七岁的小姑娘，终身大事，当然要她自己欢喜，虽然这头亲事自己并不十分赞成，但也没有办法，遂微微地笑道：

"既然这么说，那我就代你答应他们吧！"

"哼！"

国良说完了话，忽然又很感触地微微地叹了一口气。但梅邨听了，心中觉得如愿以偿，自然乐得眉飞色舞，心花儿朵朵地开起来了。只有菊清气得鼓着粉脸，冷笑了一声，表示非常地不高兴。就在这当儿，香妮已把晚饭开上，于是大家也就不再说什么了。

吃毕晚饭后，今夜院中因为没有特别的事情发生，所以他们父女三人便很早地各自回房休息去。姊妹俩到了房内，菊清把房门关了，回身见姊姊歪斜着身儿靠在床栏上大有万分得意的样子，于是走到自己床边坐下望了她一眼，低低地说道：

"姊姊，你决定嫁给楚少爷了？"

"嗯！"

"我想……你应该需要再考虑考虑吧！"

梅邨听妹妹这么说，心中大为不喜悦，颦蹙了柳眉，逗了她一瞥嗔意的目光，怨恨地问道：

"妹妹，你这话是什么意思？你难道不赞成我嫁给楚先生？"

"我以为一个人，不论是男是女，爱情都应该专一。你和罗医生在过去这几年中一向是很要好的，你怎么在这短短十天的日子中忽然竟又变心了呢？"

"妹妹，你这话错了，我和罗医生虽然相处多年，但原是很普通的友谊。根本说不上爱情两字，那么这变心两个字又打哪儿说起呢？"

菊清听她还这么地强辩，而且神情大有愤然的样子，这就冷笑了一声，老实不客气地讽刺她道：

"爱情假使为了金钱而转变的话，这都是没有人格没有知识的男女才这么做的。否则，决不会……"

"放屁！你……你……敢骂我！"

梅邨气得猛可坐起身子，粉脸儿一阵红一阵白地变成了铁青的颜色，不等她再往下说，就愤怒地喝骂她。但菊清却镇静着态度，冷冷地说道：

"我并没有骂你，我是好心来劝告你几句。在舞厅里，在咖啡室内，在戏院中的爱情，这片刻之中的热情温和甜蜜，那是靠不住的。我和楚大少爷没有仇恨，我和罗医生也不是亲戚，我为什么要这样

123

劝告姊姊，完全是为姊姊终身幸福在着想。假使你认为我是一番恶意，那除非是个不明事理的人了。"

"谢谢你的好意，但是我不希望你来管我的闲事。"

"那你愿意做一个负心的女子？"

"我负心什么？我就根本没有跟别的男子订过什么嫁娶的婚约。"

"姊姊，你该知道，罗医生今天的病是为你而生的啊！我再告诉你，他曾经为你喝醉了酒，并且几乎要服毒闹自杀呢！"

"啊！服毒自杀？"

菊清这句话才把梅邨心头震惊得啊呀的一声叫喊起来，忍不住慌慌张张地问她。一面心中在想道：昨夜我不该打他一记耳光，大概他受不住这重大的刺激吧！菊清见姊姊吃惊而又难过的表情，觉得姊姊和罗医生实在也有相当的爱情存在，否则何以如此着急呢？可见事情多少还有一些挽回的余地。这就故作惊人模样，说道：

"我去瞧他的时候，他正在伤心地流泪，而且还拿了一瓶安眠药片预备吞服的样子。"

"他吞服了没有？"梅邨语气相当急促。

"若不是我拦阻得快，恐怕他早已吞服下去了。"

菊清觉得这个时候就不得不说一句谎话，来使姊姊回心转意。

"你刚才怎么没有说出来？"梅邨听他没有吞服下去，心中倒又有些疑信参半起来。

"他觉悟到这是一件坍台的事，所以嘱我千万严守秘密，不要告诉别人。"

"那你为什么要告诉我呢？"

"他是为了你才要自杀的，我不告诉你，我还告诉谁去呀？"

梅邨这句毫无道理的话，问得菊清忍不住也恼怒起来，遂把粉脸一沉，冷冷地回答。梅邨想了一会儿，又毫无感情地说道：

124

"也许他是一种假的做作，故意拿这手段来吓吓你的意思，他并不是真预备要自杀的。"

"姊姊，你这么地猜测人家，我觉得你一些人心也没有，他根本不知道我这时候会去望他，他如何会做给我看呢？姊姊，你不要有了新人丢旧人，昨夜你打他一记耳光，你又说你决定嫁给那个新朋友。我此刻才完全明白，你说的那个新朋友原来就是这位楚大少爷哪！"

梅邨听妹妹全都知道了，可见文达都已告诉了她。一时恼羞成怒，板住了面孔，冷笑了一声，恨恨地说道：

"他对我无礼，我自然要打他。我和他之间没有什么爱情可说，这原是他自己痴心妄想。我爱嫁给谁这是我的自由，谁也不能干涉我！"

"我并不是要来干涉你呀！我以为嫁给有钱人家的少爷不一定会得到幸福的。"

"那么嫁给一个穷小子难道就会幸福了吗？"

"一个人穷不要紧，穷得清白高尚，比有钱人不是更好吗？"

"你懂得什么？我不许你再多开口来劝我。你若爱穷小子，那你就只管去爱他，我决不会来干涉你的自由！"

"哼！原来你是个爱好虚荣的女子，这种女子是世界上最无耻的东西！"

菊清听姊姊不但并不觉悟，反而向自己这么地讥笑，一时气得柳眉倒竖，逗了她一个怒嗔，恨恨地骂出了这两句话。这在梅邨耳朵里听来，当然认为是莫大的侮辱，所以猛可跳下床来，忍熬不住伸手在菊清颊上也是啪的一记耳光。菊清想不到姊姊会动手打人，一时把自己手儿急急按住了被打得红红的脸颊，倒是目瞪口呆地怔怔地愕住了。

第八回

赌气偏相爱娇态可人

梅郸动手打了妹妹一记耳光，这也无非是一时之间的愤怒。但既然打着了她之后，倒又懊悔起来。不过事情已到这个地步，假使再要自己认错，那当然也是不情愿的事情。所以她还表示怒气未平的神气，恶狠狠地白了她一眼，说道：

"你说我无耻吗？我做了什么下流的勾当？你要说我是个世界上最无耻的东西！你说吧！"

"……"

菊清被姊姊这么地打了一记耳光，还要被她这么凶巴巴地责问，虽然她原有许多的话要辩驳，但仔细想想，这是她自己终身幸福的事情，要我瞎起劲什么？我原不该多管什么闲账的。现在挨了这一记耳光，那不是太犯不着了吗？想到这里，一阵悲酸，所以呆呆地没有回答，反而扑簌簌地流起眼泪来了。梅郸见她流泪不语，一时有火再也发不出来，心头也不免软了下来，身子又退回到自己那张床边去坐下，逗了她一个怨恨的白眼，说道：

"你不要以为我动手打了你，可是你自己也得想一想，该不该这样地侮辱我？痛责我？我没有跟什么男子去干过苟且的行为，我为什么要让你来骂成是个无耻的东西呢？"

"可是，你为什么要三心二意地另爱别人呢？"

"笑话！我爱别人，这和你有什么相干？"

"你知道罗医生为你快要闹成自杀了，假使他真的为你牺牲了性命，你于心何忍？你的良心对得住人吗？"

菊清是为了不忍罗医生堕入痛苦的陷阱里，所以竭力地又向姊姊这么地责问。梅邨这时一心在常明的身上，所以并没一些同情的感觉，反冷笑地道：

"我没有要他自杀，他自己要寻死，这如何能叫我负责任？老实地说，每一个人都想过幸福的日子，我不能为了可怜他，而误了自己的终身。你该明白，我并不是罗医生的妻子，或未婚妻，我的身体绝对可以自由，而且是合理合法的自由。你苦苦地要我嫁给罗医生，这是什么道理？我，我明白了，莫非你看中了楚家少爷吗？"

梅邨说到这里，忽然眸珠一转，竟又误会到这一层上去了，望着她泪眼盈盈的粉脸，讽刺地问。菊清听了这话，挂了眼泪，忍不住哈哈地大笑起来，一时也讥笑她说道：

"在你眼中看来，个个女子会把楚大少爷当作一个活宝吗？可是，我却把他当作一个草包看待呢！我今生决不会去看中他，到了下世，那我就不敢保险了。因为说不定下世的我，也会变成一个欺贫重富的人哩！"

"好好！好好！你是个有思想的好女子，你是不怕穷苦的好姑娘，我看你明天还是嫁给马路上叫花子做叫花婆去吧！因为你是有情有义的好姑娘呀！你当然不会怨恨的是吗？"

"我假使先和叫花子发生了爱情，那我自然决不朝秦暮楚地半途变心，做一个爱情不专一的女人。"

菊清这"朝秦暮楚"四个字，当然又在指姊姊了。梅邨这就又恼怒起来，伸手指着她，骂道：

"你在胡嚼些什么？你当我是青楼中人吗？"

"我是比方我自己说的，你又何必多心？"

"我没有这么多的工夫来和你多缠绕，各人管各人，请你不要再管我闲事，免得我们姊妹俩徒然伤了感情。"

梅邨一面说着话，一面脱了衣服，便把身子躺进被窝内去了。菊清深长地叹了一口气，一面也脱衣就寝，一面感喟地说道：

"忠言逆耳，只怕你将来会后悔的。"

"你说我后悔什么呀？"

"你后悔不该负心了罗医生，可是等你后悔，你就来不及了。"

"我瞧你把罗医生倒有些像当作活宝贝看待呢！那你何不嫁给了他呢？十八岁的姑娘，也该是谈恋爱的时候了。"

梅邨听妹妹把罗文达当作什么了不起人物般地看待，遂冷笑了一声，俏皮地回答。菊清也冷笑着说道：

"我没有爱过罗医生，我为什么要嫁给他呢？"

"哦！你自己也不喜欢嫁给他，倒拼命劝我去嫁给他，那你这是什么存心呢？可见你完全是一番恶意，想来陷害我吗？哼！好一个没有手足之情的阴险鬼！"

"啊呀！你这话简直是太混蛋了，照你说，嫁给罗医生之后，马上就会吃苦了吗？我想那不至于会这么快吧！"

"那么我希望你去爱上他，嫁给他，我不爱他，这不是成全你们可以结成一对，将来去过幸福的光阴吗？"

"你以为我没有勇气嫁给他？"

"谁说你没有勇气呀？你是个有思想有情义的好姑娘，穷穷苦苦，你也熬得住，受得了，不要说罗医生此刻还能在爸爸医院里做助医，即使穷得在街上讨饭过日子，你也愿意给他拿只讨饭篮呢！"

菊清觉得姊姊的话，竟势利到这般地步，一时气得脸都发青了，握了拳头，把牙齿恨恨地一咬，说道：

"富的没有富到底，穷的不会穷到底，你也不该把人家看轻到街头上讨饭去！哼！在十天之前，只怕你心眼儿上还只有那个穷医生吧！现在算你碰到了一个阔少爷，你就变心得那么快，我看你啊！将来会……"

菊清说到这里，一时又停止了没有说下去，芳心暗想，我何苦去咒骂她呢？反正她的主意已经打定了，我也犯不着跟她结怨，姊妹究竟是手足啊！菊清这么地想着，她便把被儿蒙在头上，管自地睡去了。

梅邨听了妹妹这一番话，她芳心中顿时感到了一阵羞惭，两颊一阵发烧，连耳根子都红起来了。暗想，我在没有碰到常明之前，我心眼儿上确实是爱罗医生。罗医生对我终是那么温情，又时常地买东西送给我，我脚上所穿着的那双新的丝袜不也是他送给我的吗？说起来我确实不应该再去爱上常明。不过，常明固然也是个才貌双全的好青年，而且家境又那么富裕，我们结婚之后，玩玩舞厅，瞧瞧电影，这生活不是太舒服吗？假使和罗医生结婚，他既是个医生，那么我当然仍旧得做一个看护。做看护有什么意思？一天到晚，好像犯了罪一样，除了服侍病人之外，简直连一些空闲的时间都没有。这人生是多么烦恼，多么苦闷！我为了将来的幸福着想，我也管不了许多，我只好负了罗医生，我还是和楚常明结婚吧！梅邨这样想着，她熄灭了电灯，也沉沉地熟睡着去温暖她理想中甜蜜的好梦了。

次早起身，姊妹俩人因为昨夜斗过了嘴，心里都有些气愤，所以谁也没有理睬谁，大家管自匆匆地梳洗。香妮见她们态度，和往日有些不同，心中暗暗奇怪。只等菊清拿了书本走到楼下去的时候，便悄悄地跟了下来。在扶梯口旁，把菊清叫住了，低低地问道：

"二小姐，怎么啦？你和大小姐吵过了嘴吗？"

"嗯！她这人真是太没有情义了。"

菊清一面怨恨地说，一面仍旧向楼下走。香妮急急地跟在后面，问个仔细地说道：

"二小姐，你说的是怎么一回事呢？"

"她想……做楚家少奶奶去，以后可以过舒服好日子了。"

"是不是大小姐答应这一头婚姻了？"

"他们私底下早已讲好的了，那还有什么不答应的吗？"

"二小姐，你如何知道得这样详细呢？"

"我……当然知道。"

菊清要想明白地告诉香妮，但她终于又忍住了没有说出来。香妮见她已走出候诊室去，遂又说道：

"二小姐，你等一等，我弄稀粥给你吃。"

"我不吃了。"

"稀粥已经烧好了，只要盛出来就是，不吃回头要饿的呀！"

"我气也气饱了，哪里还会饿呢？"

"二小姐，你这话我有些不明白了，你和谁生气呀？照说吧，大小姐不久有新姑爷了，那不是一件欢喜的事情吗？难道你不赞成大小姐嫁给楚少爷吗？"

菊清被香妮这样一问，因此倒怔怔地愕住了，暗暗想道：这件事我倒不能不向她告诉一个明白，否则，在她心中想来，还以为我在妒忌姊姊嫁丈夫呢。于是向四面一张望，因为时候尚早，病人还没到来，所以附了香妮耳朵，说道：

"香妮，你前几天不是也对我说过吗？姊姊和罗医生感情是很好的，他们在一处工作的时候，终是有说有笑十分亲热，你说是不是？"

"不错，这是我常常见到的情形。大小姐脚上穿着的那双丝袜，

130

还是罗医生送她的呢。"

"那就是了，你以为姊姊现在要突然嫁给楚家大少爷了，那是不是太没有情义了吗？昨夜我好意劝劝她，谁知她就骂我起来，你想叫我气不气？"

香妮听了，这才恍然大悟，忍不住哦了一声，嘻嘻地笑起来。忽然她眸珠一转，很聪明地猜测着说道：

"哦！哦！那么……罗医生昨天生病，莫非就是为了这个事吗？"

"香妮！香妮！你在楼下做什么呀？我的丝袜，你给我洗出了放到什么地方去了啊？"

菊清方欲详细地告诉香妮，忽听梅邨在楼上扶梯口大声地叫着说，显然在大发脾气的样子。香妮这就不敢再说话，应了一声我来拿给你吧，她便匆匆地回身奔到楼上去了。菊清于是也管自地走出大门，到学校里读书去了。

今天是星期六，下午没有功课，菊清从学校里回家的时候，心中忽然想起了罗医生，她就挟了书本，先到罗医生家中来了。

罗文达这时仍旧躺在床上，房中此时有个老妈子站在桌边说着话，好像在劝着他的样子。一见菊清，便先说道：

"罗先生，有客人来了。"

"哦！二小姐！你从哪里来的？快请坐。"

罗文达见了菊清，脸上浮现了一丝笑容，连忙把身子靠起来招呼。菊清放下手中的书本，见桌子上还放着一菜一汤一碗饭，遂说道：

"今天星期六，我从学校里来的。罗医生，怎么样？好些了没有？"

"我全好了，原没有什么大病呀！这儿房东太太真热心，她见我孤单单一个人，还叫老妈子送饭来给我吃，其实我也吃不下呢！"

菊清听了这话，方才知道这个老妈子是房东太太的仆妇，遂点点头，微笑着说道：

"常言道，远亲不如近邻，住在一个屋子里，大家就像自己人一样，应该互相照顾照顾的。"

"这位小姐说的话就一些也不错，我们小少爷有什么不舒服，罗医生终是尽义务地给他治病。现在他自己病了，孤单单的一个男人家，要茶要水，少个人照顾，那是多么痛苦呢！罗医生，你别再闹着客气了，还是快吃了这碗饭吧！"

"罗医生，人家房东太太也是一片好意，你不要推却了。我来拿来你吃。"

菊清听老妈子这样说，遂也低低地劝告他，一面把饭菜端到床边的那只方板凳上去，是叫他吃饭的意思。罗文达对于菊清的话，似乎不忍心违背，遂把饭碗端起，当他握筷子的时候，忽又想着了似的，问道：

"二小姐，你吃过午饭没有？"

"我午饭原是学校里寄着吃的，怎么你忘了？"

"二小姐，昨天你回家去，你爸爸怎么说呢？"

"爸爸听说你病了，他很着急，马上就要来给你诊治。我说你没有什么大病，原是受了一些感冒，睡一天就好了。爸爸听我这么说，他才放心不来了。罗医生，你明白我所以叫爸爸不要来给你治病的意思吗？"

菊清一面告诉着，一面盈盈地一笑，秋波斜乜了他一眼，用了神秘的口吻，向他低低地问。罗文达是一个聪明人，他怎么会不知道呢？因此两颊也会热辣辣地红起来，望了菊清一眼，点点头，却没有作答，管自匆匆地吃饭。老妈子自然有些莫名其妙，因为罗医生已吃完了饭，遂开口问道：

"罗医生，我给你再去添一碗好吗？"

"谢谢你，我已很饱了，给我代为谢谢您的太太。"

"罗医生也太客气了，这些事情还用得了谢吗？"

老妈子一面说，一面端了菜碗，方才走出房外去了。菊清站起身子，去把房门关上。然后又坐到他床边来，很坦白地伸手去摸他额角。罗文达心头却是扑扑地一阵子乱跳，又安慰又怕羞的表情，向她微微地一笑，先开口说道：

"你摸我头上的热度不是一些都没有了吗？"

"嗯！那你应该起来走动走动才是，老躺在床上也不好呀！"

"我原想起来，但是没有精神，身子懒得很呢！"

菊清听他这样说，忍不住哧地一笑，这一笑包含了些神秘的成分。罗文达有些不好意思地问道：

"你笑什么？"

"我想你本身原是个医生，那你终有些知道你自己的病根在哪儿？你为什么不开张方子来医治呢？"

罗文达被菊清这么俏皮地一说，因此脸儿格外地通红起来，微微地一摇头，却忍不住叹了一口气。菊清觉得他真有些痴心得可怜，所以益发哧哧地笑起来。罗文达逗了她一瞥埋怨的目光，低低地说道：

"人家心里难过，你却反而高兴，那你也太没有同情心了。"

"人家嫌你是个穷小子，不爱你，你还要死心眼儿地难过，我觉得你也太没有丈夫的气概了！"

菊清见他还来怨恨自己，这就冷笑了一声，向他讽刺地责备。罗文达一阵惭愧，这会子连耳朵都红起来，低低地说道：

"那么你叫我怎么办呢？"

"这又有什么怎么办？她不爱你，你可以另爱别人的呀！难道这一个偌大的杭州市，除了我姊妹之外，就再没有第二个女人吗?"

菊清倒是个快人爽语，说得非常干脆。罗文达不免沉吟了一会儿，慢慢地抬起头来，望了她一眼，还是那么痴心地说道:

"二小姐，你昨天不是说回家去代我劝劝大小姐吗? 说不定她还会回心转意的，不知道你可曾去劝过她没有?"

"你也不要提起这件事了，一提起了，我心头就会觉得火冒。"

罗文达见她满面怒容的表情，似乎非常生气的样子，这就惊讶地问道:

"怎么啦? 她……她……不听你的劝告吗?"

"不但不听，而且还打了我一记耳光!"

"啊! 这……是真的吗?"

"难道我还说谎不成?"

"唉! ……我……真想不到你姊姊竟会变成了这么一个粗暴的女子! 就是你去劝告她几句，也不至于使她生气到动手打你的地步呀!"

"可是，她要动手打人，那又有什么办法?"

"二小姐，为了我，使你受了这么大的委屈，叫我心中怎么对得住你?"

罗文达这时心中是充满了失望、抱歉、悲愤、痛苦各种不同的滋味，他说话的声音有些颤抖，情不自禁伸过手去，握住了菊清的纤手，却扑簌簌地流起眼泪来了。菊清却毫不介意地说道:

"你别那么说，我不喜欢专怪别人的错，因为我也骂得她很厉害的! 所以姊姊就恼羞成怒起来了。"

"你怎么样骂她呢?"

罗文达把握住了她的手又缩了回去，擦了擦颊上的泪水，低低地问。菊清冷笑了一声，恨恨地说道:

"我骂她是个爱不专一，朝秦暮楚，最无耻的东西！因此她就动手打人了。"

"那你……确实骂得太厉害一些了……"

"难道你还认为她是应该打我的吗？"

"不，不！动手是下等人的举动，我们读过书的知识分子，如何能动手打人呢？所以她当然是错到了极点。二小姐，我也被她打过一记耳光，不过你挨她的打，这是我的罪孽。假使不是为了我，你也不会去劝她骂她，那么她怎么又会来打你呢？所以……二小姐，我对你真是一百二十万分地抱歉。"

"这不干你的事，你可用不到抱歉的。姊姊这人是被富贵荣华迷住了心，所以便执迷不悟地要想做公馆里的少奶奶。罗医生，你知道对方那个青年是什么人？"

"我……不知道他是谁呀！他有自备汽车进出代步，那当然是个阔少爷吧！"

"就是楚家的儿子，开皇宫舞厅的那个楚常明呀！"

"这么说来，他们过去并不认识，完全是因为大小姐在他家里做了十天特别看护，所以便发生爱情了吗？然而这短短半个月不到的日子，他们如何就会生出爱苗来？"

菊清听文达后面这句话问得有趣，遂忍不住又连声地冷笑起来。菊清摇摇头，秋波望了他一眼，说道：

"这种爱情是由金钱之中产生出来的，那又有什么可宝贵呢？并非是我咒他们，这种爱情是不会久长的！"

"可是，我希望他们能得到永远的幸福，否则，大小姐将来的痛苦，恐怕就不堪设想了。"

"你不恨我姊姊吗？"

"我……恨楚家那个小子，他不该勾引你的姊姊。"

"然而，这一半也是姊姊的错，姊姊假使有专一的爱情，有坚强的意志，那么姓楚的再用些什么手段去勾引姊姊，姊姊也不该变心呀！"

罗文达心中何尝不在怨恨梅邨，但口里不说出来罢了，他感伤地摇摇头，只是连声地叹气。菊清见他痴得可怜，遂笑道：

"我就索性完全告诉你吧！昨天我回到家里之后，只见楚家已派人来做媒了。"

"啊！这……事情发展得那么快吗？"

"这有什么稀奇？姊姊既然存心去做楚家少奶奶了，还不是速战速决吗？"

"那么你爸爸答应了没有？"

罗文达问这句话的时候，额角上露着青筋，还冒出黄豆大似的汗水来。菊清淡淡地一笑，说道：

"爸爸是个开明的长辈，他当然要征求姊姊的同意。因为这是终身大事，所以爸爸也不愿做主，况且姊姊又是个二十五岁的姑娘。"

"那么你姊姊的意思是……"

"这还用问吗？当然是一百二十分的情愿。"

"唉！完了，完了！"

"姊姊所以不肯嫁你的原因，是因为你太穷苦，而且还看你将来也不会好起来，说你将来会变成街上做叫花子的。"

"什么？她……这……未免太侮辱我了。"

菊清这些话听到文达耳朵里，方才把他刺激得愤怒起来，遂铁青了脸儿，恨恨地说。菊清笑道：

"这算不得什么，她不爱你了，她当然把你视作粪土看了。为了这一点，我又和姊姊大吵起来，不料她讽刺我，说我这样庇护你，问我为什么不来嫁给你？又说我既是个有情义的女子，那么你将来

136

做了叫花子，说我一定会愿意给你提讨饭篮的。还说我是个十八岁的姑娘了，应该也可以谈爱情了。假使不嫌穷苦的，那就叫我嫁给你，还问我有没有这个勇气？罗医生，你说姊姊这话问得有趣吗？在她心中好像嫁给了你之后，马上就会苦得没饭吃的样子，这种人的眼睛是多么狠毒呢！"

罗文达想不到菊清会这么天真无邪十分坦白地对自己絮絮地告诉出这一番话来，一时又气又愤，又感又爱。气愤的是梅邨这样势利可恶地毫无情义，爱的却是菊清纯洁多情，这么看重自己。因此握了拳头，咬牙切齿，冷笑着说道：

"我罗文达虽然贫穷，但还不至于在街上做叫花子的地步。梅邨这样地侮辱我，简直真的是个水性杨花朝秦暮楚的淫娃了！……哦！二小姐！我在你面前原不该这样地骂她，请你原谅我一时的愤怒吧！"

"没有关系，我心中也恨她的无耻呢！罗医生，你瞧我有没有勇气嫁给你呀？"

菊清见他又向自己低低地赔错，这就显出同情他的表情，一面回答，一面又含了媚笑，向他低声儿问。文达倒是被她问得怔怔地愕住了，沉吟了一会儿，说道：

"你……还是一个小姑娘，你……你……根本就没到谈爱情的时候。"

"傻话！我为什么不能谈爱情？十八岁的姑娘也不算小了吧！罗医生，你难道不爱我吗？"

菊清虽然是娇态可人地向他问了出来，但到底又觉得万分的难为情，两颊红绯得好看，赧赧然的真有无限的可爱。文达倒也为之开颜一笑，心里荡漾了一下，说道：

"我爱你是没有别的什么其他的意思，我把你完全当作小妹妹一样地看待。昨天我就说过了，我欢喜你是并没有一些儿女私情的成分。"

"可是，我愿意你爱我，像情人一样地爱我，你能不能这么做呢？"

"这……"

"难道我的品貌及不上姊姊吗？"

"不！我不是这个意思。……"

"你的意思是……"

"你还是一个小孩子，我不忍心来爱你。况且，你……和我年龄相差太多。"

"差了八年也不算多，人家相差十多年，也照样做夫妇呢！我不嫌你年纪大，你难道倒嫌我年纪太轻吗？"

"女孩儿家年纪当然越轻越好，这在我自然是万分的欢喜。不过，我不能为了自己，而忘了给你做打算。你这么年轻的姑娘，你的前途正有灿烂的光明，你犯不着嫁给我这么一个贫穷的青年。"

"我就偏偏地爱穷，你越穷，我越爱你。罗医生，本来呢，像我这姑娘，原不该谈情说爱，可是，姊姊这人太混账了，她不听我的忠告，倒还罢了。谁知还打我一记耳光，而且讥笑我没有勇气嫁给你，又说我劝她嫁给你是存心害她的终身。这话简直是放屁！罗医生，你不要感到失恋的痛苦，我非和姊姊赌这一口气不可。她不爱你，我就偏偏地爱你，你心里喜欢吗？"

罗文达这样为她着想地回答，这在菊清心中是更加感到他的忠厚诚实得可爱，遂红绯了粉脸，絮絮地说出了这一篇可人的话，一面把娇躯还倒向文达的怀内去。文达这时心头，真是感动极了，他情不自禁抱住她的肩胛，眼泪又默默地流了下来。菊清索性把粉颊去贴着他的脸，笑盈盈地逗了他一个媚眼，低低地说道：

"为什么又流泪了？是不是你不欢喜我？"

"不！我太喜欢你了，二小姐！不，不，我就叫你一声菊清吧……真不知该怎么样来感激你才好呀？"

罗文达紧紧地握住菊清的手，他虽然是流着泪，但满面却是显现了甜蜜而得意的微笑。菊清还是亲热地偎贴着他，低低地笑问道：

"你还觉得失恋的痛苦吗？"

"我没有失恋了，去了一个姊姊，补了一个天真多情的好妹妹，我的心早又活起来了。"

"你还预备自杀吗？"

"我有了你，我好像又得了灵魂，决不会再有这种懦弱的思想了。"

"那么你的身子还觉得懒洋洋的没有精神吗？"

"我此刻好像打了一枚兴奋剂的针药一般，我的精神真是太好了。你叫我马上起身去跑三百里路，我就一口气也会跑得到的。"

菊清听他一句一句这么地说，觉得罗医生实在是个痴头怪脑用情专一的青年。这次要不是自己去安慰他，恐怕他真会郁郁地忧恨得病起来的。一时又好笑，又可怜他，遂情不自禁地以嘴儿去吻他的面颊，笑道：

"你从前不是也吻过我的面孔吗？今天我也吻吻你。"

罗文达被她这么一来，鼻孔里只觉一股子幽香，令人心醉神摇，那颗心儿真的会像小鹿般地乱撞起来。一时涨红了脸儿有些木然似的，笑嘻嘻地说道：

"从前你是个小孩子，现在，你已经是个大姑娘了。"

"大姑娘就不能香你面孔吗？因为我却只把你当作一个小孩子看待呢！"

"小孩子？哪有这么的大？"

"瞧你一会儿流泪，一会儿笑了，这还不是个小孩子吗?"

菊清媚意的秋波，逗了他一个媚眼，掀着浅浅的酒窝儿，忍不住又嫣然地笑起来。文达眼望着她的樱桃小口，就在自己嘴旁不到一寸远的光景，一口一口地呼吸，喘气如兰，幽香扑鼻，实在使人有些儿神魂飘荡。于是他再也忍耐不住地略为地一侧脸儿，随手把她脖子勾来，就在她两瓣桃花般红的嘴唇皮上紧紧地吻住了。

窗外柳枝儿在随风飞舞，显出那么婀娜的姿势。

小鸟儿在歌唱着优美的调子，是那么悦耳动听。

暖和和的阳光，照临着他们嘴对嘴的脸上，显得格外的温情了。

这整个的春天好像是已经属于他们所有的了。

乱世风波

第一回

小别又重逢情味更浓

虽然是已经交秋的季节了，但天气仍旧相当的火热，白天里太阳光的淫威，不减于仲夏时候的猛烈。人们不论是行走或是工作之间，大家都会流着盈盈的汗水，尤其是一班漂亮的太太小姐们，还是袒胸裸背地把她们雪白的肌肤显露在外面，包含了诱惑性的成分，这在一班爱色的青年们眼睛里看起来，至少是会引起了一些想入非非的感念。

皇宫舞厅里虽然还没有冷气的设备，但四周的电风扇，是不停地舞动着。兼之在暗蓝色的灯光下面，置身其中，也会有一种阴凉的感觉。这时舞厅里坐满了男男女女的青年，有的促膝谈心，有的婆娑欢舞，各人脸上无不满面春风，笑容可掬，好像不知道世界上有什么忧愁和痛苦的样子。

楚常明穿了一套淡湖色凡立丁的西服，由经理室慢步地踱进了舞厅内来。他看到了这么好的营业，心里万分的得意，嘴角旁老是挂了笑意，在舞厅四周团团地踱了一个圈子。正在这时，忽然一个座桌旁的沙发椅子上站起一位花信年华的女太太。她很快地赶上去，伸手在常明肩胛上轻轻地一拍，掀动着两片红红的嘴唇，叫道：

"小楚，你近来可得意啦？"

"哦！我道是谁？原来是徐太太。好久不见了，今夜怎么有空来玩呀？一个人吗？"

常明回头望去，原来是社会闻人徐大魁的姨太太方曼静，这就含了笑容，连忙向她招呼着说。曼静逗了他一瞥哀怨的目光，一面拉了他在座桌旁坐下，一面鼓着粉腮子，显出娇嗔的意态，说道：

"我当然只有一个人啦！谁像你娶了新太太，进进出出，总是挽手同行呢！"

"嘻嘻！徐太太，你这话说得不大对了，你和徐大魁不也时常挽手同行的吗？老实说吧，我是因为你不常来玩了，所以我只好另娶一个太太来安慰安慰了。否则，我若常能和你相会的话，谁高兴结婚呀！所以你不用怨恨我，这原是你丢了我，并不是我忘了你呀！"

曼静的表情，和她说话的语气，显然是包含了醋意的成分。常明听了，这就不得不向她解释了几句，来表白他所以要结婚的苦心，一面取出烟卷，递给曼静，并且亲自给她划了火柴。曼静吸了一口烟卷，微蹙了细长的眉毛儿，轻轻地叹了一口气，说道：

"我也并不是忘了你，我心里实在也有不得已的苦衷啊！"

"你有什么苦衷呢？"

"唉！断命这老甲鱼不放我出来，而且还带了我一同又到宋庄去避暑，这两个月的日子，我天天伴着死人一步也不能离开，仿佛在狱中吃官司一样的苦闷。你想，我心中又何尝不痛苦呢？所以你也应该原谅我才好。"

曼静说完了这几句话，把手儿伸过去，紧紧地握住了常明的手，大有怨恨得眼泪汪汪的神气。常明被她手儿热情地一握，全身顿时感到异样的变化起来，情不自禁地把身子靠近了她，低低地笑问道：

"那么你今天怎样可以一个人出来玩呀？难道这个老甲鱼倒肯放你一个人来舞厅玩吗？"

"香港来了电报，嘱他动身前去，老甲鱼今天早晨动身走了，所以我才能自由哩！谁知我到这儿一打听你的消息，原来你已结了婚。唉！我的希望，我的幸福，不是一切都完了吗？"

常明听她说到这里，秋波水盈盈地逗过来一瞥哀怨的媚眼，她这回子在眼角旁真的涌现了一颗晶莹莹的热泪来。常明倒是愕住了一会儿，遂只好含了笑容，安慰她说道：

"徐太太，不要伤心，我虽然已经是结了婚，但我们之间仍旧是好朋友，假使有机会的话，我们不是依然可以……嘻嘻！明人不必细说，难道我会不喜欢和你一同去……哈哈！你说是吗？"

常明的表情，十足显出了油腔滑调，他一面说，一面伸手在徐太太的胸部有了一个轻浮的举动，而且还哈哈地大笑起来。曼静听了，粉脸儿浮现了一层红晕，虽有娇嗔的意思，但却眉开眼笑十二分甜蜜地白了他一眼，把娇躯偎在他的身上，故作撒娇的意态，低声地说道：

"你已经有了太太，你的环境和从前就不同了，我说我们一同寻欢的机会恐怕是很少的了。假使你在外面宿了夜，那你的太太不是要跟你大起交涉了吗？"

"我太太是很贤德的，她绝对不会管束我的行动，所以对于这一点，你倒是不用担心的。"

"真的吗？我还没有向你问清楚哩！你那位太太是谁家的姑娘呀？"

"就是济民医院齐国良医师的大小姐。"

"你们是自由恋爱，还是人家做媒的？"

"半新半旧，我们的结合，也可说自由恋爱，但也可说是媒妁之言。"

常明笑嘻嘻地说，故意说得这样的滑络。曼静知道他们一定是自由恋爱的，心里不免有些酸溜溜的难过，遂又低低地探问他说道：

"这位齐小姐今年青春多少了？"

"二十五岁，比你大三岁。"

"我以为你娶一个十七八岁的大小姐呢！原来也有二十五岁了，那么和我也就相差无几了。并非我在搬弄是非，像你这么俊美的青年，就应该讨一个含苞待放的小姑娘才对，否则，我代你可惜。"

曼静口里虽然声明着不是搬弄是非，但心中实在是存了一份妒忌的恶意，怪俏皮地说。常明暗想：梅邨虽然二十五岁了，不过她到底是个处女，况且她的容貌可生得美丽呢！但他口里却也表示不很喜欢的神气说道：

"可不是？当初我也不大赞成这头婚姻，但父母既然做主给我定亲，那叫我也没有办法呀！"

"你这话可说得不对了，你说一半是自由恋爱的，既然是自由恋爱，那你当然也欢喜的了。"

"这……这……因为他们给我们预先介绍认识了，所以我们两人曾经先走动着交起朋友来了。"

常明倒被她问得愕住了，连说了两个"这"字，支支吾吾地方才鬼话连篇地圆着谎回答。曼静笑了一笑，秋波斜乜了他一眼，说道：

"那么这位齐大小姐的迷汤功夫一定很不错，所以把你灌得浑淘淘起来了，你说我猜得是不是？"

"迷汤功夫哪里及得来你？"

曼静见他嬉皮笑脸地回答，一时恨恨地伸手过去在他大腿上拧了一把，嗯了一声，发嗲地说道：

"我是最最笨蠢的老实人，如何会用什么迷汤呢？假使我真的有迷汤功夫来迷住你的话，你也不会另外再去娶新太太了。"

"你这话也太以自私了，我喜欢坦白地说，你这个女人我虽然把你爱到一百二十分，但你也不能永远地陪伴着我，等老甲鱼一到来，我马上就做陌路人了。老甲鱼一天不离开杭州，我就一天不能和你见面。上次你整整地两个月不来找我，我就整整寂寞了两个多月。在这苦闷的情况之下，你想，我就是个木头做的人吧，我也过不下这种孤独的生活呀！所以我的结婚，也就是解决我性的痛苦，你说是不是呢？"

常明这些话听到曼静的耳朵里，一时倒忍不住横眸一笑，赧赧然地红了粉脸儿，神秘地说道：

"那么你简直是夜夜少不了女人的了？"

"这我并不否认，就是你们女人吧，又何尝少得了男人呢？假使你能过得惯孤独生活的话，那么老甲鱼到香港去，你又何必马上地到舞厅里来找我呢？可见男女之间彼此都是一样，需要性的安慰。"

曼静被他直说到心眼儿上去，一时连耳根子都红了，只好啐了他一口，也不禁为之嫣然地笑起来。常明见她那种羞人答答的意态，颇能引起自己心头中的青春之火，这就情不自禁地站起身子来，说道：

"徐太太，我们空话少说，还是去跳一次舞吧！"

曼静当然没有拒绝他的要求，遂很快地跟着站起身子，笑盈盈地和他一同步入舞池里去了。两人在舞池里紧搂着腰肢，娑娑地欢舞。常明手儿按着的地方颇觉柔若无骨，遂微笑着说道：

"徐太太，你好像胖得多了。"

"何以见得呢？我坐监牢似的坐了两个多月的日子，心里郁郁闷闷的，只会瘦，哪里还会发胖？你又在瞎说了。"

"真的，我从前和你跳舞的时候，觉得你腰间还摸得出些骨头，但今天我却觉得全是肉呢，软绵绵的，真可说是柔若无骨。我想那

147

个老甲鱼一天到晚吃补品，所以也灌到你的身上来了。"

常明起初还一本正经地说，但说到后面，却又油腔滑调起来。而且他的手，从她肋下直摸到她的胸部上去了。曼静骂了一声短命鬼！烂舌头的！但她却并没有阻止常明的轻薄举止，反而把身子侧转一些，把他手大大方方地覆到自己乳房上去，小嘴儿去吻他的面颊，低低笑道：

"色鬼！你现在可满足了吗？"

"还觉得不够满足。"

"那……只好等离开舞厅的时候，我再给你一个痛快的满足吧！"

曼静水汪汪的眼睛，眯成一条线似的，斜睨着常明，笑盈盈地说。常明点点头，正欲有一个大胆的动作，忽然音乐停止，两人也只好回到座桌旁来了。常明一面吸着烟卷，一面望着她玫瑰花般的娇靥，呆呆地出神，而且还微微地笑着。曼静不好意思地问道：

"你为什么瞧着我出神呢？"

"我正想呢！"

"你想什么？"

"我想你这两个月的日子里，和老甲鱼一定很恩爱吧？"

"恩爱？别提了，别提了，提起来了，我心中就生气。"

"啊！那是干吗？"

"哼！我告诉你，我是一朵花，他是一块冰，我只觉得冷清清的感到残酷，怎么还说得上恩爱两个字？"

曼静蹙了眉尖，无限怨恨地冷笑了一声，好像有说不出痛苦的样子，愤愤地回答。常明忍不住笑道：

"我不相信，这个老甲鱼难道是死人不成？见了像花朵儿般的美人，难道只是看看而已，竟不会享受吗？"

"你不听我把他当作一块冰看待吗？说句老实话，他这块冰就是融化了，也不够我的劲。"

常明听她这么说，忍不住哈哈地笑起来了。曼静被他一笑，自然羞涩万分，秋波恨恨地白了他一眼，说道：

"我跟你说老实话，你还笑我！"

"那么我给你介绍一个印度阿三，你总觉得够劲了吧？"

曼静这就益发娇羞万状地啐了他一口，伸手在他大腿上死劲地拧了下去，撒娇地不依着说道：

"你这死坏！说得这么下作，你把我当作什么人儿看待呢？"

"哦！哦！下次不敢，下次不敢，你就饶了我吧！"

常明一面嘻嘻地笑，一面只好连声地告饶。曼静虽然放了手，但她绷住了粉脸，却表示生气的样子。常明偎过身子去，低低地说道：

"说句笑话，你何必认真呢？"

"你也不该这么地看轻我，我虽然是人家的姨太太，但到底还有我姨太太的身份，你把印度阿三来取笑我，难道我就下贱到这一份地步吗？"

"我不是向你赔错了吗？你就别生气了。"

常明小心地说着，他的嘴儿差不多要吻到曼静颊上去了。曼静方才嫣然地一笑，秋波逗了他一个娇嗔，说道：

"我不要你来向我赔小心，我只要你来给我一些安慰。"

"徐太太，你把那个老甲鱼当作一块冰看待，那么你把我当作什么东西看待呢？"

"我把你当作春天里的太阳光一般看待，晒在我的身上，我是感觉到多么温情，多么暖意啊！"

曼静说到这里，整个的娇躯，几乎倒向他的怀抱里去，纤手去抚摸他的脸，表情是分外的娇媚。常明心头像小鹿般地乱撞着，他的神魂真不免有些飘荡起来，笑嘻嘻说道：

"你这个比方虽然好，但我的比方还要好呢！"

"你怎么样的比方？"

"我说你是一朵将要枯萎的花儿，我是一瓶万分宝贵的甘露，你这朵花蕊若没我这瓶甘露灌溉下去，恐怕你就要枯燥死了。徐太太，你说我这个比方不是比你更说得好吗？"

常明一面说，一面还笑嘻嘻地问她。曼静被他说得两颊热辣辣地发烧，秋波斜乜了他一眼，赧赧然地说道：

"那么今天夜里，你就给我灌溉几滴甘露吧！否则，我真的要干燥得活不下去了。"

"今天夜里恐怕不能够。"

"为什么？"

曼静一听他这么说，心里不免大大地失望，一把抓住了他的手臂，急急地问，满面还显现了怨恨的神色。常明也显出为难的样子，说道：

"因为……因为……今天我和太太说好了原是回家去的，所以……我不能失约的，我想……反正往后的日子很长，过两夜我们一同再……"

"喔唷！你不要肉麻当有趣好吗？和自己太太原是天天碰见，夜夜相会，哪还有什么约好不约好的事呢？我真不知道你太太长得怎么样的千娇百媚，连偶然一夜不回家都舍不得。哼！你这个人见了新人，就丢了旧人，可怜我这一番痴心，也是白用的了。"

曼静不等他说完，就很生气地向他抢白了这两句话，但说到后面，真的倒又勾引起无限心事来了，一阵子悲酸，眼泪竟像雨点儿般地滚落了两颊，大有哽咽欲泣的样子。常明被她一流眼泪，不免感到有些左右为难，伸手抓了抓头皮，温情地说道：

"徐太太，你不要伤心呀！我如何会忘记你？你待我的好处，我永远记在心里，只要你的那个老甲鱼不在杭州，我们幽叙的机会可多着哪！"

"哼！你也不要花言巧语地来哄骗我，老甲鱼虽然不在杭州了，但是你可有着监视人了，我们碰头的机会如何会多呢？今夜难得相遇了，你尚且推三阻四地拒绝我，那么往后你不是故意会避开我吗？我是一个苦命女子，原不值得你的爱怜。但你也想想我们过去的恩情，我是怎么地对待你？只要你说一句话，我什么全都依顺你，现在你有了太太，固然可以不需要我了，但我求求你，今夜无论如何就答应我吧！"

常明见她身子紧靠着自己，一面苦苦哀求地说，一面那眼泪益发滚滚地落下来了。常明被她一提起过去恩情的话，心中立刻想到她那种柔顺得像一头绵羊似的表情，一时心里不住地荡漾，遂握了她手儿，低低地说道：

"徐太太，你且收束了眼泪，我们有话总好商量。"

"这是用不到什么商量的，你认为我们之间没有一些情义的话，那你只管把我丢到脑后去，你立刻站起身子走好了。否则，我们就一同去找寻一些快乐。"

"此刻几点钟了？"

常明有些委决不下的样子，沉吟了一会儿，低低地问。曼静一瞧手表，遂把秋波斜也了他一眼，低声问道：

"你问钟点做什么？还只有九点半哩！"

"我想……假使你一定要我……那么我们此刻就走吧！"

曼静听他忽然又这么说了，一时由不得破涕嫣然起来，感到无限惊喜的神情，两手攀住他肩胛，笑盈盈地问道：

"怎么你又性急得这一份模样了呢？"

"你不知道我的意思，我预备给你一些安慰之后，十二点之前再回家去。这样在你身上固然是尽了义务，就是在太太面前也可以有交代了，你说这不是个两全其美的办法吗？"

常明这两句话听到曼静的耳朵里，一半是喜悦，一半是妒恨，但她也没有办法，只好点点头，说声马上就走，便开皮匣取钱，预备付茶账了。常明连忙把她拦阻了，笑道：

"这些你还客气吗？难道我开了舞厅，还要你付茶账不成？那似乎也太以笑话了。"

常明一面说，一面就向旁边站着的侍者吩咐了一句，于是和曼静一同走出舞厅去了。两人坐了车子，到中国大旅社门口跳下。常明在账房间一问，知道三楼三百〇五号有个房间空着，于是由茶房陪到三楼，两人走进房间，里面很是宽敞，而且还有浴间设备，曼静非常满意，点头说这间很好。常明遂付了房金，茶房给他们泡上一壶香茗之后，便悄悄地退出房外去了。

曼静见房内只有他们两个人了，她觉得自己非用一些手段来迷住他不可，这就亲自给他脱去了西服上褂，又把床底下拖鞋取出，给常明换去了皮鞋。常明见她这样温情蜜意地服侍自己，心里自然十分欢喜，遂情不自禁地把她拉到怀内来，说道：

"徐太太，你服侍男人家的功夫可真不错呀！"

"这是每一个女人应该做的事情，难道你的太太就没有这样服侍你吗？"

曼静老实不客气地把她软绵绵的屁股就坐到常明的膝踝上去，一面趁此机会，故意向他这么地问。她的目的，是想破坏夫妇间爱情的意思。常明见她露了两条雪白的臂膀，仿佛嫩藕似的可以榨得出水来的样子，遂伸手摸住了她，觉得柔若无骨。一时勾住她的脖子，在她粉颊上喷喷地吻了两下。曼静一面笑，一面扭捏着腰肢儿，又低低问道：

"我对你说的话，你为何不回答我？是不是你眼睛看花了，把我当作太太看待吗？"

"我太太虽然也很会服侍我，但怎么及得来你的温情可爱呢？徐太太，你的皮肤多白嫩多细腻呀！我摸着也高兴哩！"

"你不要灌我迷汤吧！我知道你太太一定比我美丽的。"

"不见得，不见得，像你这么美丽的妇人，谁还能比得上你？就是西子复生，王嫱再世，恐怕也要望尘莫及了。"

"你不是真心话，我不要听。"

曼静虽然是万分得意，但她还撒痴撒娇地说，而且把她的一条腿儿也搁到常明的身上来了。夏末的天气，还是炎热得厉害。大多数女人，都是光着腿不穿袜子的。曼静是个风流的女人，当然更不会例外，常明在她腿儿搁到自己身上来的时候，眼睛自然看到了这一段富有引诱性的白肉。于是他的手，会放弃了她臂膀，而摸到她的大腿上去，笑嘻嘻地说道：

"你们女人真是节约得很，连双丝袜都舍不得穿。"

"傻子！哪里是舍不得穿丝袜？"

"你说是为了什么？"

"我老实告诉你吧，是为了引诱色眯眯男子才不穿丝袜的。"

常明听她一面说着，一面又咯咯地笑得花枝乱抖。因为她是靠在自己怀内，被她一阵子颤抖着浪笑，自己浑身都不免感觉到性感起来。这就益发把她搂紧了，手慢慢地探上去，笑道：

"那么你的裤子一定也没有穿着吧？"

"啐！别胡说八道，不穿裤子那还像什么样子呢？"

"可是，我这么一直地向上摸，却摸不着裤脚管在哪儿呀？"

"难道你太太穿的裤子裤脚管是挺长的？"

曼静秋波白了他一眼，似乎有些娇嗔地回答。常明的手仍旧向上面进行，口里却笑着道：

"我太太的裤脚管在这地位我的手应该摸到了，但是你……却仍旧摸不着呀！莫非你真的不穿裤子的吗？"

"要死快了！你再摸上去，那不是裤脚管吗？"

"哦！哦！原来你穿的是条三角裤，其实，这也算不了是裤子，好像小孩子兜了一块尿布哩！"

常明的手直扑到她的小腹上面，这才摸着一条丝质的三角裤，一时五指也不免有些迷醉起来，哦了两声，笑嘻嘻地说。曼静被他扰得痒丝丝的，两腿动了一动，说道：

"城市里的太太小姐们哪一个不穿三角裤？除非是乡下女子，才穿长长的裤子哩！我想你太太一定也穿三角裤的。"

"我太太不爱穿三角裤，前儿我在百货商店买几条给她穿，她也没有穿上去哩！"

"你太太思想一定很陈旧的，她读过书没有？"

"人家还是个高才生哩！"

"哼！这种人就枉读了一辈子的书。"

曼静冷笑了一声，讥笑地讽刺着说。但忽然又啊了一声，想到了什么似的，赔了笑脸，望着常明脸儿，低低地说道：

"对不起！我不该在你面前，说你太太的不好。"

"没有关系，我太太的思想确实很陈旧的。瞧你是多么的开通呀！假使你不是穿一条三角裤，我的手指哪里能享受得到这样的艳福呢！"

常明嬉皮笑脸地说，他的手便更加地顽皮起来。曼静连忙把他手儿拉了出来，樱口里娇喘着，吹气如兰的，还把秋波白了他一眼，低低地说道：

"你这人只知道肉欲之爱，不懂得真情真意的。假使我们之间真的有一些爱情的话，你不该拿这种玩弄的手段来对付我。因为我们有两个多月的日子不见了，今日好容易叙在一起，那我们不是应该好好儿地谈谈吗？"

"什么真情真意，这些都是骗人的假面具，男女间的爱，假使不发生肉欲上的关系，那还不是和同性朋友一样吗？所以我喜欢坦白一些地说，假使你不是为了要我来给你效力的话，那你又何必要我陪你到旅馆内来呢？谈心什么地方都可以呀！你说是不是？"

曼静被他这么一说，两颊红得发烧，雪白的牙齿微咬着殷红的嘴唇皮子，秋波逗给他一个娇嗔之后，却把脸儿藏到常明的怀内去，忍不住咯咯地笑起来。常明见她淫得可爱，遂捧了她的粉脸，在她小嘴儿上紧紧地吻了一个够，然后迫不及待地说道：

"徐太太，我们共图好梦吧！"

"嗯！我不要你叫我徐太太。"

"你要我叫你什么呀？"

"亲热些，好听些。"

"哦！我亲爱的曼静好妹妹！我太爱你了，我恨不得把你一口吞下去哩！"

常明被她挑拨得几乎疯狂起来的样子，他把曼静像小孩子似的高高地擎抱起来，预备走到床边去了。但是曼静勾了他的脖子，附了他的耳朵，低低地不知又说了一阵什么话，常明欢喜得连声叫好，他便抱了曼静，很快地一同走进浴间里去了。

第二回

巧语虽伶俐病显原形

当当，时辰钟敲了十下，四周是静悄悄的，只有电风扇叶子在很快地转动，发出了呼呼的声响。室内的太师椅子上坐了一个五十多岁的老者，他口里衔了一支雪茄烟，两眼呆呆地望着桌子旁边站着的那个花信年华的少妇出神。那个少妇一手拿了汽水瓶，一手握了玻璃杯，把汽水倒了一满杯，回过身子，交到老者的手里，微笑着说道：

"爷爷，您喝汽水吧！"

"哦！梅邨，自从你做了我家的媳妇，这几个月来的日子，我全亏你小心地服侍，使我的病体好了许多，我心里真是十分感激你。"

原来这个老者就是常明的父亲楚伯贤，他对于这个美丽贤惠的好媳妇，心里也会起了一些感情作用，望着她红晕的粉脸，低低地说。梅邨听了，连忙含了笑容，摇摇头，说道：

"爷爷，您这些话也未免说得太客气了，做小辈的服侍尊长，那不是应该的事情吗？怎么用得到感激两个字呢？"

"话虽不错，但……你的婆婆，她就没有这样关心我了，瞧她一天到晚忙着的就是一百三十六只的牌。此刻已经十点敲过了，她还没有息手回家，我猜她又得十二点以后才能回来呢！"

伯贤这几句话中大有妻子不如媳妇的意思，忍不住微微地叹了一口气。梅郇笑了一笑，低声说道：

"一个爱好赌钱的人，往往会忘记了时间，甚至于玩牌玩到了通宵，这也是算不了什么稀奇的事情。不过大热的天气，时候太早也睡不着，婆婆上了年纪的人，玩玩小牌解个闷儿，也就由她去吧！"

"我说你真是一个大贤大德的好媳妇，一个做小辈的最难得就是能懂得孝道，无怪你婆婆非常疼爱你哩！"

伯贤不好意思说自己非常疼她，遂含了微笑，推到楚太太身上去。梅郇自然非常得意，扬扬眉毛，也忍不住嫣然地笑了。这时伯贤指了指桌子上尚有半瓶剩下的汽水，望了梅郇一眼，说道：

"梅郇，这半瓶汽水你喝了吧！我不要喝了。"

"哦！我……也不要喝。"

梅郇摇摇头，支吾着回答，不知她为什么，粉脸儿却益发绯红起来了。伯贤问了一声为什么不要喝？忽然他想过来似的，忍不住哦了一声。梅郇被他这么的一声哦，更加娇羞万状地赧赧然起来。伯贤觉得翁媳之间似乎应该避一些嫌疑，于是也就不提什么了。过了一会儿，才表示很关怀地说道：

"时候不早，你回房去休息吧！常明从舞厅里大概也可以回家了。"

梅郇因为自己女人家的秘密，无形之中被爷爷知道了，芳心也正在感到万分难为情，一时巴不得他有这一句话，遂答应了一声，道了晚安，管自回房去了。梅郇到了自己的房中，一瞧梳妆台上那架意大利石的座钟已经十一点了，暗想：再过一刻钟，常明便可以回家了。因为他照例在十一点一刻回家，回家后他还照例要吃一点儿点心。今天自己给他预备好的是凉绿豆汤，想九点钟凉到现在大概也已冷透的了，于是走到窗口旁去，把窗槛上放着的那只小锅子盖儿揭开，拿了羹匙舀了一匙，凑在嘴旁尝了尝滋味，觉得又甜又凉，很是不错。她微微地一笑，又回到沙发边去坐下。随手取了一本小说，翻阅着细看，也不知经过多少时候，忽然当当地敲了起来。这把梅郇惊醒得急忙回过头去，向时辰钟一望，不禁啊了一声叫起来，自言自语地说道：

"什么，已经十二点钟了吗？他……他……今夜怎么还没有回来呢？奇怪得很，难道舞厅里发生什么意外的事情了吗？"

梅郇一面说，一面把手中那本小说丢下，不由自主地站起身子来，走到房门口去张望了一眼，齐巧小茵从上房里出来，遂低低地叫道：

"小茵，太太回来了没有？"

"刚回来不多一会儿，少爷呢？"

"还没有回来呀！我担心他在舞厅里会出什么乱子吗？"

"那是不会的，也许舞厅里生意很忙，所以还没有结好账哩！新少奶，你若不放心，可以打个电话去问一问的。"

小茵为了讨好主人起见，转了转乌圆眸珠，便想出这个主意来安慰她。梅郇被她一语提醒，觉得这办法很好，遂匆匆走到电话间，握了电话听筒，拨了号码，问道：

"喂！你们是皇宫舞厅吗？"

"是的，你找哪一位？"

"我请楚经理听电话。"

"楚老板已经走了，你是哪儿打来的？明天晚上十一点之前来电话，楚老板是在这儿的。"

"哦！他今天什么时候走的？你知道吗？"

"这个……我没有知道。"

梅郇再要问他，那边已经把电话挂断了，一时只好也把听筒放下，懒洋洋地走回到房中来。这时小茵在房内打扫地板，见新少奶愁眉不展地进房，于是开口问道：

"新少奶，大少爷在不在舞厅里呀？"

"他们说大少爷已经走了，奇怪，他又到什么地方去了呢？"

梅邨满腹狐疑的神情，一面在沙发上坐下，一面很烦闷地回答。小茵打扫完毕，给梅邨倒了一杯冷开水，说道：

"说不定约了三朋四友到旅馆内玩牌去了。"

"就是玩牌去了，也该打个电话回来告诉一声，那么也不用叫人家在家里等得性急，这人真是太糊涂了。"

小茵见新少奶脸上颇有生气的样子，这就不敢多说，站在桌子旁倒是呆呆地愕住了一会儿。梅邨闷闷地想了一会儿心事，偶然抬头望见了旁边呆站着的小茵，于是向她挥了挥手，说道：

"时候不早，你管自地回房去睡吧！"

"新少奶睡吧！我给少爷等门好了。"

"你明天起来要收拾两个房间，太迟了睡觉，明天做事就会没有精神，你还是管自地先去睡好了。"

小茵听新少奶这样说，遂也不敢违拗，掩上房门，悄悄地退出去了。这里梅邨一个人坐在沙发上，暗暗地想道：常明到底约了朋友去玩雀牌呢，还是带了女人去寻欢作乐呢？这倒是一个值得研究的问题。照理说，我们新婚才四个月不到，夫妇之间爱情正浓，他绝不会另找新欢去胡调的。那么说来，他一定是约了朋友赌钱去了。梅邨左思右想地忖了一会儿，一时有些疲倦，她靠在沙发背上，不知不觉地竟是睡着了。

梅邨睡着后，竟做了一个梦。梦见常明和一个女子拥抱着在甜甜蜜蜜地亲密，见了自己，不但一些没有躲避的意思，反而显出凶恶的样子，向自己怒骂，好像怨恨自己不该撞破他们好事的神气。

梅邨心头这一气愤，真觉得无限的痛苦，这就忍不住哇的一声哭起来了。

"梅邨，梅邨，你梦魇了，快醒醒吧！"

梅邨正在哭得无限伤心的时候，忽听耳边有人急急地呼唤，于是睁开眸珠来望，只见沙发旁站了一个西服青年，正是自己的丈夫常明，他还用手不住地摇撼着自己的身子。这就揉揉眼皮，问道：

"啊呀！你什么时候回家的？我竟一些也不知道呢！"

"你睡着了在做梦，那如何会知道我已回家了？你梦见了什么呀？干吗哭得这一份的伤心？"

常明一面脱了西服上褂，一面含了笑容，低低地问她。梅邨被他这么地一问，那梦境中之事，便立刻在脑海里浮了上来，一时心头尚有余恨，她把面色沉了下来，却低头不答。常明瞧她这个神情，他心中原是怀着鬼胎，此刻当然更加地心虚起来，只好低声下气显出特别温情的样子，也坐到沙发上去，偎抱了她娇躯，笑问道：

"怎么啦？你不高兴吗？是不是怨恨我回来得太晚了？"

"也不算太晚，天还没有亮呢！"

梅邨用了俏皮的口吻，向他讽刺地回答。这时钟声刚敲了两点，梅邨秋波斜乜了他一眼，接着又冷笑了一声，说道：

"我真没有想到我们结婚才只有三个多月，你就在外面玩女人了！"

常明想不到梅邨已经知道了自己的秘密，一时大吃一惊，忍熬不住慌张了脸色，啊了一声叫起来。但仔细一想，今夜自己和徐太太的幽会，绝没有第三者知道，那么梅邨无非是瞎猜猜而已。女人家的门槛最精，往往冒三冒四地会使男人家露出真情来的，那我可不能上她的当。常明这么地一想，他立刻又镇静了态度，故意笑嘻嘻的神情，说道：

"你这话是打哪儿说起的呀？可别太冤枉我了。"

"我真不会来冤枉你，原是我亲眼瞧见你抱了一个女人在亲嘴。"

"这……这……除非在做梦吧！"

梅邨说的话，听到常明耳朵里，还以为自己的秘密真的被她发觉了，他这一焦急，那颗心跳跃得几乎要从口腔里蹿出来了，而且额角上的热汗，也会像珍珠般地冒上来。不过他当然还是竭力地否认，支吾了一会儿，才说出了这一句话。

常明说这一句话，在事先并没有经过考虑，也没有什么特别的作用，无非是急得无可奈何中的强辩而已。但万想不到梅邨听了之后，她那薄怒娇嗔的粉脸上竟会嫣然地笑起来。常明见她这一笑，笑得分外的妩媚，好像在告诉自己，她的生气完全是和自己开玩笑而已，因此他的胆子立刻又大了起来，抱住了梅邨脖子，凑过脸要去吻她的小嘴，低低地说道：

"我有了你这么一个美丽多情的好妻子，我实在心满意足，我如何会去再爱别的女人呢？瞧你这张樱桃般的小嘴儿，还有哪一个女人能及得上你的可爱呢？亲爱的好妹妹！你就赏我一个甜甜蜜蜜的香吻吧！"

"我不要，我不要，你……花言巧语的不用骗我，我知道你将来在外面有了新欢，恐怕还要凶巴巴地骂我哩！"

梅邨根据梦中的情形，不禁恨恨地说，而且把手去推开他的嘴。常明听了，不觉又惊又奇，并且又有些莫名其妙的样子，急急说道：

"我见了你，仿佛见了玉皇大帝一样，我怎么敢骂你呀？你这些话都是怎么想着了才说出来的？"

"我刚才梦中清清楚楚挨了你的骂，而且还明明白白瞧见你跟一个女人在亲嘴，我想你这人将来一定会变心的。"

梅邨鼓着红红的粉腮子，方才向他告诉出梦中的一段事情来，她似乎还感到十分怨恨的样子，恨恨地逗给他一个白眼。这使常明心头才落了一块大石般地安定了不少，忍不住哈哈地大笑了一阵，说道：

"呀！我道是怎么的一回事情，原来你把刚才梦中的事情当真了，那不是太有趣了吗？好妹妹，你真也太以孩子气了。"

"我无事端端地怎么会做这一种梦呢？可见你将来会变心的。"

梅邨虽然也觉得自己有些过于认真得没有道理，但她是个好胜的女子，表面上当然仍旧不肯认错，口里还这么的回答。常明笑道：

"日有所思，夜有所梦，那是必然的事。因为我今夜回来得太迟，你一个人一定胡思乱想猜测我玩女人去的，所以你睡着后糊糊涂涂地就做起这种梦来了，其实这完全是由猜疑而凝成了梦境，所以你千万不能信以为真。否则，我们恩爱的夫妇之间，不是要由误会而发生感情上的破裂了吗？"

常明很会说话的，滔滔不绝地说出了这几句话，而且紧紧地偎了她的身子，表示特别亲热的神气。梅邨心中这才疑窦冰释，把怨恨也消失了大半，秋波赧赧然地逗了他一瞥媚眼，却含笑不说什么了。常明一见难关已经逃过，心中大喜，伸手去搂她粉颈，又想和她接吻。但梅邨却把他推开了，蹙了眉尖儿，忽又问道：

"那么你这样晚地回来，到底在什么地方玩呀？是不是舞厅里生意很忙，算账算到此刻才回家吗？"

"嗯……舞厅里生意确实很忙……"

常明也是一个很细心的人，他一面敷衍着回答，一面心中又在暗想：莫非她已经打电话到舞厅去问过了吗？那我可万万也不能说谎，万一露了马脚，那岂不是糟糕了吗？于是接下去又说道：

"我本来也走不开的，谁知上海来了一个老同学，他说他住在中国旅社内，而且同来的还有几个朋友，叫我到他们房间里去游玩游玩。我想老同学见面，那是没有推拒的道理，因此只好跟了他去了。不料到了中国旅社，谈了一会儿之后，又提议玩骨牌了，我若不答应，就扫了他们的兴趣，因此也只好应酬了八圈。但偏偏又是我独赢，他们要再打四圈翻本。你想，自己朋友，我赢了钱，能不答应吗？所以这也是没有办法的事情，累你等候到这个时候，我心里真觉得对不起哩！"

常明鬼话连篇，说得那一份的认真，梅邨当然也相信起来。一时默然了一会儿，但又包含了埋怨的口吻说道：

"朋友之间的应酬，原也是应该的事情，不过你也该打一个电话回来关照一声，那叫我在家里也好放心一些。现在你自己在外面定定心心地玩牌，叫我心里是多么的着急呢！"

"好妹妹，我何尝不想到打电话回来关照你呀！但是他们一听我已经结了婚，便先取笑我，说我不敢在外面玩牌，一定是怕老婆，又说我要不要先回家来打一张通行证。你想，我被他们这样取笑之下，我还好意思真的向你来打通行证吗？况且我的脾气，怕老婆情愿怕在房间里，男子汉大丈夫，在外面总要扎一些面子的，你说是不是？梅邨，我情愿此刻跪在你的面前，向你讨饶，赔不是，你就原谅我吧！"

常明倒是说得出做得到的能屈能伸大丈夫，他一面说，一面向梅邨真的跪了下来，抱住了她的两膝，还嘻嘻地笑。一个女子见到丈夫跪在自己的面前，这是最能使自己心头会软下来的。所以梅邨把刚才一肚子的不高兴也就忘记了，秋波恨恨地白了他一眼，娇嗔地说道：

"这像个什么样子呢？你快起来吧！"

"你要饶了我，我才敢起身哩！"

"奇怪，你又没有什么错处，我饶你什么呀！"

"我累你等得那么久，歪在沙发上打瞌睡，这不是我的错吗？"

　　"一个人只要肯认错，这也就是了，不过下次你和朋友们玩牌的时候，请你先来个电话，好叫我不用为你担心。"

　　"是，是，谢谢玉皇大帝的恩典，小子感激万分。我赢来的这两百元钱，就全数送给你吧！"

　　常明见她这么温情地说，心中真有说不出的欢喜和得意，觉得下次和徐太太幽会的时候，可以先打电话关照梅邨，假意说我和朋友在玩通宵骨牌，那么我不是和徐太太可以一整夜的欢乐了吗？常明这样想着，立刻又取出两叠钞票来塞到她的手里去，竭力地拍马屁。一个做妻子的女人，在丈夫身上要得一些爱情固然需要，但在丈夫手里能得到一些金钱，这和爱情可说是同样的需要。假使苛刻地说一句，有些做妻子的，简直把金钱看得比爱情更加重视一些。梅邨是个爱好虚荣的女子，她的个性，当然和社会这一班普通的妻子一样。当时见了这两百元钞票，心中已经就欢喜。又听他这么拍马屁地叫着玉皇大帝，当然格外得意，这才笑盈盈地伸手把他从地上拉起。常明趁此机会，也就倒向她的怀抱里去，抱住她的颈项。这会子，梅邨没有拒绝他的勇气，那张小嘴儿终于被他紧紧地吻住了。

　　"好了，好了，别太顽皮了，我可恼了。"

　　"一个做丈夫的，在闺房之内，对一个做妻子的，应该有顽皮的举动，要像小孩子在慈母怀抱里一样的顽皮，那么夫妇之间的爱情，才会永远地甜蜜和浓厚哩！好妹妹，你再给我多吻一会儿好吗？"

　　梅邨被他吻得有些透不过气来，遂恨恨推开他身子，娇嗔地说。但常明却还说出一篇道理来回答，他一面凑过嘴去，又想去亲她的小嘴儿。梅邨在丈夫热烈的温存之下，自然也只好又被他热吻了一会儿。

"够了吧！你现在总可以满足了。正经地我问你，你在外面吃过了点心没有？我给你备好了凉绿豆汤，你此刻想吃一些吗？"

"亲爱的太太给我备好的点心，我如何能不吃一些呢？当然要吃的呀！"

常明向她一味地奉承，梅邨自然满心的欢喜，秋波逗了他一个娇嗔，一面笑盈盈地站起身子，一面把凉绿豆汤盛在碗内，亲自端到常明的面前，温情地问道：

"你倒尝一尝味儿，假使不够甜，我给你再放一些白糖下去。"

"太太手里做出来的点心怎么会不甜？我吃在嘴里，不但觉得甜蜜蜜，而且还有些香喷喷哩！"

常明说着话，端了碗，低着头唏哩呼噜地喝着绿豆汤。梅邨坐到他的身旁去，伸手去拧他的耳朵，笑盈盈说道：

"你此刻把太太太太地只管放在口里叫得好听，但将来不要见花爱花地再去爱上别的女人吧！"

"我若去爱上别的女人，那你也只管像现在一样拖了我耳朵骂我打我好了。"

"只要你没有野心思，我如何舍得骂你打你哩？"

梅邨慌忙放下拉住他耳朵的手，柔情蜜意地去抚摸他的脸颊，笑嘻嘻地回答，表示那一份疼爱他的意思。常明觉得梅邨也是个可人儿，若和徐太太相较，一个是娇憨，一个是放浪，当然自己太太是更觉得可爱一些。一时想起刚才和徐太太在浴间里的一幕情形，他心头颇觉惭愧不安。这就拉了梅邨的手，站起身子，一同起到床边去，笑嘻嘻说道：

"太太，时候不早，我们睡吧！"

梅邨点点头，遂伸手熄了室内的电灯，两人躺到床上去了。夫妇俩睡在一个枕上，面对面地忍不住又接了一个吻。常明恐怕冷淡了新太太，所以附了梅邨耳朵，低声地笑道：

"刚才累你等得那么久，我心里真觉得抱歉，此刻我来向你赔一个不是好吗？"

"不要，快近三点钟了，过一会儿天都要亮哩！"

"天亮了也不要紧呀！反正下午没有事情，我们尽可以睡中觉哪！好妹妹，鸳鸯戏水多快乐呀！"

常明色眯眯地偎了她身子，却是动手动脚起来。梅邨并不抵拒他，却动也不动地睡着，于是常明的手就摸到了一样东西，由不得呀的一声叫起来。梅邨却早已扑哧的一声笑了，把他手轻轻打了一下，说道：

"忙什么？睡吧！睡吧！这么晚了，身子也得保重些才好。"

"妹妹，你这是什么时候来的？昨夜还……没有呀！"

"下午刚来的，这种事情，你男人家别多管闲账吧！"

梅邨赧赧然地回答，她转了一个身子，表示要睡着的样子。常明暗想：幸亏她这个东西帮我的忙，否则，我的精神也够不到呀！于是不再和梅邨说话，合上眼皮，静静地睡着了。

他们夫妇两人这一睡下去，直到十一点钟才醒来。不料常明却满身发热，口喊头痛，竟然是生了病。梅邨当然十分着急，一面起身，一面问道：

"好好儿的怎么会病了？莫非昨夜窗子没有关，受了寒吗？"

"没有关系，你不要害怕，我睡一会子，就会好的。"

常明口里虽然这样地安慰她说，但心里却在暗暗地担忧着，觉得自己这个病不是闹着玩的，也许是乐极生悲的结果。万一真的如此，那病势可就不轻了，因为他只觉得头昏脑涨，全身发烧，实在有些说不出的痛苦。梅邨听他只管哎哟哎哟地呻吟，好像生着重病的样子，于是蹙了眉尖儿说道：

"我打电话去，请爸爸来给你开张方子好吗？"

"我……我……想……到了明天再说吧！"

"为什么要到了明天再说呢？早些吃了药，自然早些好起来，难道你还舍不得付医药费不成？"

常明心中是恐怕给岳父知道了自己生病的原因，所以不愿意他来诊治。但梅邨当然不知道他心里有这一层虚心，还以为他是舍不得医药费呢，于是一面说，一面也不再征求他的同意，就匆匆出房打电话去了。谁知齐国良接到了这个电话，却并没答应马上就来，只说等门诊完毕，大约下午六时左右，来给他诊治。梅邨听了这话，芳心里有些怨恨，遂急急地说道：

"爸爸，常明的病也很不轻呀！你为什么不肯马上就来给他诊治呢？"

"你不知道，我这儿有一百多个病人等着我医病呢！叫我此刻怎么分得开身？你们把常明陪着来门诊好了。"

"常明到底是你的女婿，就是你对女婿没有什么好感，那你也该瞧在女儿的脸上呀！"

"我做医生的，是为了要救大众的病人，并非是为了单救个人的病。况且，我此刻根本不是出诊的时候，我不能为了私事而误了公事呀！梅邨，你应该原谅我的苦衷。"

"爸爸，这时候还谈什么公呀！你要害女儿做了寡妇，你心里才满足了。"

梅邨听爸爸这样说，心里恨得什么似的，遂愤愤地说了这两句话，把电话挂断了，一时越想越气，越想越恨，忍不住哇的一声哭了。当梅邨打电话的时候，小茵齐巧在电话间门口经过，所以当时听得十分清楚，此刻见新奶奶哭了，便连忙说道：

"新少奶，你别哭呀！少爷到底生了什么病呀？假使是很要紧的

167

话，那你可以坐了汽车把齐老爷去硬请了来的。"

"不错，我亲自去把爸爸请了来，你快告诉老爷太太去，说少爷病了，你们在家里好好儿地照顾他吧！"

梅邨被小茵一语提醒了，遂连连地点头，一面吩咐着说，一面便匆匆地走到楼下去了。小茵于是急急来到上房，向伯贤夫妇报告，说少爷病了，新少奶已亲自去请齐老爷来给少爷治病。伯贤和楚太太听了这个消息，连忙奔到常明房中来看个仔细，只见常明两颊血红，额角上像火一般烫手，还不住地呻吟。楚太太坐到床边，愁眉苦脸的表情，问他怎么病了？有什么东西吃坏了？抑是受了风寒呢？常明真所谓哑子吃黄连，有苦说不出，也只好含糊地回答了两句，说这病不要紧的，请他们老人家放心。不多一会儿，梅邨真有本事，竟把她父亲硬拖着到来了。齐老医生到了房中，也来不及和伯贤夫妇打招呼，就先坐到床边给常明诊病。当他按了常明脉息的时候，他的眉毛就皱了起来，心中暗想：怪不得女儿急得这个样子呢！原来她自己也已知道夫婿的病根了。唉！年轻的夫妇们，真是太……糊涂一些了。国良心中这样想着，但表面上当然不好意思说什么，遂给他打了一枚针药，然后开了一张方子。伯贤请他吸烟休息一会儿，说午饭吃了去。国良连说对不起，我不能耽搁，医院里还有许多病人等着哩！伯贤夫妇自然不敢留他，遂叫梅邨送她爸爸下楼，并吩咐阿三，把汽车送亲家老爷回去。梅邨一面答应，一面送着父亲下楼，还低低问着常明这病要紧不要紧。国良回头见四下没有什么人，遂低声对她说道：

"孩子！年轻的夫妻们，固然应该要恩爱，但也得小心些，顾全到各人的身体才好。"

梅邨被爸爸没头没脑地说了这两句话，一时还弄得莫名其妙，因此目瞪口呆地倒是怔怔地愕住了。

168

第三回

含冤受屈一心为争气

梅邨被父亲没头没脑地埋怨了这几句话，一时还弄得莫名其妙，但经过了一阵子出神之后，她终于恍然明白过来了。这就绯红了两颊，虽然想要辩白几句，不过一个女孩儿家，在爸爸的面前，这种羞人答答的事情，又怎么能够声明出来呢？因此我我……地支吾了半晌，还是没有说出什么话来。齐国良心中倒又误会女儿害羞，所以无话可答了，于是也不再与她说什么话，向她挥挥手，说声你上楼好好儿地去服侍他吧，这便匆匆地坐上汽车回医院去。

梅邨眼瞧着爸爸走后，站在大厅前的石阶上，不禁又暗暗地想了一会儿心事。觉得爸爸的意思，好像说常明这个病是因为我们夫妇间太恩爱之中一不小心而生起来的。这实在是冤枉我们了，因为昨天自己齐巧来了经期，根本没有和常明行过房事，那么他这个病又从哪里生起的呢？想到这里，忽然灵机一动，由不得喔了一声叫起来，自语自言地说道：

"不错，不错，昨天夜里，他这么晚回来，一定在玩女人，我被他花言巧语地瞒住了。谁知他不争气，今天自己显出原形来了。"

"新少奶，你在说什么呀？"

小茵拿了药方，是楚太太吩咐她到药房里配药去的。一听梅邨

169

站在石阶上独个地说着话，心里不免感到了奇怪，遂走到她的身边，低低地问。梅邨回头向小茵望了一眼，因为她还是一个小姑娘，觉得这种事情，也有些不方便对她说。即使告诉了她，她也不懂得什么，于是摇头说道：

"没说什么，你上哪儿去？"

"我撮药去。"

"你快去快回来吧！"

梅邨这么地叮嘱了她一句，就匆匆地回身走到楼上来了。刚到房门口的时候，听房内楚太太和伯贤在说着话，好像有些埋怨的口吻，梅邨这就没有走进房去，站在房门口，听楚太太说道：

"年轻的人就一些也不懂得什么，夜里睡觉，总要关了窗子才好。尤其小夫妻在一块儿之后，那千万不能吹风才是呀！瞧阿明这病情，还不是伤寒的底子吗？做丈夫的不懂事，这做妻子的应该爱惜丈夫的身体才对。"

"我说你怪到媳妇身上的不好，那你也未免有些偏心。总而言之，这是阿明自己不小心，他也不是什么小孩子了，难道连这一点儿常识都不知道吗？"

梅邨听到这里，觉得自己真是太受委屈了，意欲奔进房去向他们辩白，但自己是个刚进门不久的新媳妇，羞人答答私底下的事情怎么好意思公开地说呢？于是故意把身子退到扶梯口旁去，表示并没有偷听他们说话的样子，假痴假呆地一面叫着小茵，一面走进房来。楚太太见了梅邨便低声问道：

"你叫小茵做什么？"

"我想叫她到药房里配药去。"

"已经去了，你在下面没有碰见她吗？"

梅邨假装含糊地点点头，她望着床上的常明，满面显出不高兴的样子，呆呆地出神。常明有些虚心，他却连连地哼着，好像十分不舒服的神气。梅邨在翁姑面前，不得不挨近床边去，低低地问道：

"你什么地方不舒服？"

"我有些头痛。"

"谁叫你昨夜两点钟才回家的！"

梅邨握了纤拳，虽然在他额角上轻轻地敲着，但口里却哀怨地回答，她是有心说给翁姑知道的意思。果然伯贤听了，奇怪地问道：

"什么？昨夜你两点钟才回家的吗？你在什么地方玩呀？"

"我……我……在武林日报馆里发稿子，因为……我那个助编有事请假，所以我只好自己去发稿了。"

常明平日也有些怕他父亲，所以支支吾吾地只好圆了一个谎话回答。梅邨在旁边听了，自然十分的生气，忍不住咦了一声。常明一见事情不对，只好把她手偷偷地一拉，还向她连连地丢了两个眼风。梅邨知道他在向自己打招呼的意思，因为夫妇到底有结发之情，情愿回头和他私底下办交涉，在翁姑面前，也只好委屈地帮他一点儿忙的了，于是恨恨地逗给他一个娇嗔，也就不说什么话了。伯贤却仍旧表示着生气的样子，吸了一口雪茄，埋怨他的口吻，说道：

"我早就对你说过了，这种报馆里的事情少干为妙，没有好处，只有坏处，花了钱办报，有些什么收获呢？我劝你这次病好后，不许再办报了。"

"爷爷，我说办报倒是件好事情，这舞厅里经理一职，还是叫别人去担任吧！这种灯红酒绿的场所，青年人是最容易被引诱坏的。"

梅邨这些话就是说常明在舞厅里做了经理之后难免就有荒唐行为的意思，但伯贤却没有理会到这一层，觉得媳妇这些话，自己有些听不入耳，因为这是自己得宠的媳妇，所以一时也不忍去反对她，只含混地向常明劝说了几句。他拉了拉楚太太衣角，两人便回到上

171

房里去了。梅邨见翁姑走后，她自然再也忍熬不住了，遂开口问道：

"你在爷爷面前，为什么要说谎话？"

"你不知道，我爸爸最恨的就是赌博，假使他知道我在外面玩骨牌，那他一定会责骂我的。"

常明一面低低地告诉缘故，一面握了她纤手，温情蜜意地抚摸了一会儿，似乎很感激的口吻，接着说道：

"刚才多亏你帮了我的忙，你真是我亲爱的好妹妹呀！"

"哼！我觉得你这人对我太不忠实了。"

梅邨却冷笑了一声，把手恨恨地缩了回来，薄怒娇嗔的表情，显然是十分的生气。常明心头别地一跳，虽然是有些吃惊，但他竭力镇静了态度，故意装作不明白的样子，咦了一声，说道：

"我天地良心地说一句话，对别人我也许还有些谎话，但是对你，我实在是再忠实也没有了。"

"你知道爷爷不爱赌钱，所以你骗他在报馆里发稿。那么你知道我是不允许你在外面玩女人的，所以你就骗我在和朋友玩骨牌了，对不对？"

"这……这……你也太冤枉我了，我……我……真的和朋友在玩骨牌呀！"

常明的两颊本来有些发烧，此刻心中一急，这就更加通红起来了。梅邨撇了撇小嘴儿，冷冷地一笑，俏皮地说道：

"你能够圆谎骗爸爸，那么你当然也能够骗妻子，这是一样的道理。况且你昨夜在玩女人，根本已经有了证据，你还抵赖到什么地方去呢？"

"有了证据？你这话是打哪儿说起的？"

常明显出无限惊骇的表情，向她急急地问。梅邨伸了手指在他额角上恨恨地一戳，娇嗔地说道：

"你自己不争气，偏偏会生了病，要如你不生病的话，谁会知道你昨夜在外面瞎胡调呀！"

　　"一个人小病小痛终归免不了，尤其在夏末秋初的季节，不是受了热，就是着了冷，那也算不了什么稀奇呀！为什么我的生病就咬定我在外面玩女人呢？好太太，你不要冤枉好人吧！"

　　"你还要不承认地强辩吗？告诉你，你这病是夹阴伤寒，这就是玩女人的证据。哼！你这人真是自己寻死！"

　　梅邨说完了这两句话，她心里不免有些酸溜溜地难过，遂恨恨地白了他一眼咒骂着。常明虽然非常惊慌，但他还不肯老实地承认，说道：

　　"这个病并不是一定玩女人就会患起来的，比方说，在非常热的地方，受了风寒，或是吃了冷食，往往也会生这夹阴伤寒。我想起来了，那一定是我曾经吃过一块冰砖，所以吃坏了。梅邨，你怎么就误会到我玩女人头上去了呢？"

　　"我想爸爸做了三十年医生，对于这一点儿经验，不至于会没有吧！"

　　常明听梅邨这样说，一时把镇静的态度立刻又慌张起来。梅邨继续急急地说道：

　　"爸爸倒不是说你在外面玩女人，听他的语气，倒好像是我的错呢！就是刚才婆婆说的，也在怪我们夫妇之间太恩爱了。其实呢，天晓得的事情，我为你蒙受了这么多冤枉。你自己说吧，你的良心可对得住我？"

　　梅邨说到这里，忍不住一阵心酸，女人家没有第二样法宝，当然是眼泪来了。常明被她一流泪，而且又听她这样说，一时觉得自己确实很对不住她，心中十分悔恨，因此也把眼泪滚落了两颊。梅邨因为自己这头婚姻，完全是自己看中意的，在爸爸和妹妹的心中，根本是并不赞成，假使新婚不到三四个月就吵闹起来，这爸爸和妹妹不但不会同情自己，说不定还要讥笑自己呢！为了要争这一口气，所以她把心中愤怒和怨恨是竭力地忍熬着，她想用柔情蜜意的手腕去感化丈夫做一个有为的好人，此刻见常明也流泪了，芳心里倒又觉得一些安慰，遂故意奇怪地问道：

"你为什么伤心呀？"

"我……见你伤心，所以我……也伤心起来了。"

常明被她问得愕住了，支吾了一会儿，才低低地回答。梅邨轻轻地叹了一口气，秋波逗了他一瞥哀怨的目光，说道：

"我觉得你变心也未免太快一些了，才结婚不到四个月，难道你就把我讨厌起来吗？可见你当初是并没有真心地爱我。"

"不，不！我根本没有讨厌你呀！你这么美丽贤惠的好妻子，我心里是多么的爱你呀！梅邨，你……不要哭，我……我没有变心啊！"

梅邨说到后面，低了头，抽抽噎噎地哭泣起来。常明这就急得了不得，拉了她纤手，竭力地说好话。梅邨哽咽着说道：

"你既然没有讨厌我，那你就不该跟别的女人去发生关系。我们才只有三个月的夫妻呢！假使结婚三年了的话，你还不是把我抛到脑后去了吗？我想不到你竟是个这样不忠实的青年，那你当初不是明明欺骗我吗？"

"我……我……实在……没有和别的女人去发生过关系呀！你不要疑心我了，我除了你，什么女人都不放在心上的。"

"常明，我不希望听你说这些花言巧语的话，我只希望你忠实一些。你做错了事情，你应该承认，你应该改过，那么才是个好人。假使你一定还要掩耳盗铃那么的假装含糊，这使我心头更会觉得万分的痛苦。"

常明被她这样地一说，自己这就再也没有抵赖的勇气了，愁眉不展地显现了一副尴尬面孔，亲热地拉了她的手，用了讨饶的口吻，说道：

"梅邨，我错了，你……你……就原谅我这一遭吧！"

"哼！你果然在外面玩女人！"

梅邨听他向自己讨饶，可见他荒唐的行为已经证实了，一时醋性勃发，猛可站起身子，冷笑了一声，预备向房外走出去的神气。这么一来，可把常明急得满头大汗，也很快地从床上坐起，狠命地把她手拉住了，气喘喘地说道：

"梅邨，你……你……上哪儿去？"

"我告诉你的爸妈去，好叫他们老人家知道你这次的生病，并非是为了我的缘故。否则，我的责任太重大一些了。"

梅邨涨红了两颊，气呼呼地说，她满心眼儿全觉得酸溜溜的滋味。常明方才知道自己上了她的当，悔不该向她承认在外面玩过女人的，一时只好苦苦地哀求道：

"梅邨，你就做做好事饶了我吧！这不是你自己说的吗？一个人做错了事，应该承认，应该改过。现在我情愿改过，我以后不再荒唐了，你……你……怎么又不肯原谅我了呢？"

梅邨见他颤抖地说，眼泪却扑簌簌地落了下来。女子的心肠，到底是软弱的。于是愤怒的表情，也就慢慢地消失了，有气无力地在床边坐下了，还把他身子好好儿扶着躺下，怨恨地说道：

"你不要我去告诉爷爷和婆婆那也可以，但你得立一张悔过书，免得你病好之后，又去胡调。"

"那又何必呢？我说不再荒唐，以后一定不会荒唐了，你若不相信，我可以发咒给你听。我若再去胡调女人……"

"我不要你发咒，口说无凭，我非要你写悔过书不可。否则，你

175

就是没有诚意改过做人，你将来仍旧会荒唐的。"

梅邨不让他说下去，就坚持着自己的意思回答。常明在这情形之下，一时也没有办法，只好哭里带笑地问道：

"那你要我怎么样写法呢？"

"你听着，立悔过书人楚常明，兹因不守夫道，抛了新婚未久的太太竟在外面荒唐嫖妓，以致受寒成疾，害得太太蒙受不白之冤。现在觉悟自己行为失检，理应洗心革面，重做好人，恐后无凭，特立此悔过书为证，交付太太齐梅邨女士收执，俾便存照……"

常明见梅邨一本正经地念着，一时忍不住倒又扑哧一声笑起来了。梅邨把秋波斜乜了他一眼，很认真地问他说道：

"你笑什么呀？"

"我想这样写法还有些靠不住，最好请个律师来做个证明，那不是更稳当吗？"

"我的意思，用不到律师做证明，只要给你爸爸去瞧一遍也就够稳当了。"

梅邨怪俏皮地回答，又逗了他一个娇嗔。常明伸了伸舌头，表示说她好厉害的意思。摸着她手，亲热地说道：

"好太太，等我病好了之后，我一定写悔过书，现在我坐起身子就觉得有些头晕目眩的，你想，我如何还能握笔写字呢？"

"我问你，昨儿晚上，你玩女人玩得快乐吗？"

常明听她冷言冷语地讽刺自己，一时厚了面皮，只好嘻嘻地苦笑着，一面又连连讨饶地摇头，说道：

"我下次再也不敢了，好太太，请你别挖苦我了。我的头脑子痛得厉害，你给我再敲一会儿好吗？"

"叫昨夜那一个女人来给你捶敲好了，她是住在哪里的？我给你打个电话去请她来好吗？"

"这个害人精，杀掉我的头，我也不愿再见她了。"

常明为了要使梅邨心中感到舒服起见，遂故意显出讨厌的样子，恨恨地骂着。梅邨冷冷地一笑，说道：

"你算骂些给我听听吗？只怕你在这贱人的面前，就会骂我的不好了。"

"这是天地良心的事，我要如背后说你的坏话，那我就没有好死的。"

"那么你得老实告诉我，这女人是何等样人？是不是皇宫舞厅里做舞女的？"

"不是。"

"不是舞女，难道是人家公馆里的大小姐吗？"

"是……一个交际花。"

常明被她这么地逼问着，因此支支吾吾地只好圆着谎话回答。他恐怕说了真话，事情闹开来，被徐大魁知道了，那么大家还得打官司不可了。梅邨一听是个交际花，心里更有些不受用，遂连忙问道：

"她叫什么名字？"

"你问得那么详细做什么？这种女人根本是个下贱货色，我上当只上一次，难道再会去搅七念三吗？"

"哼！你既然知道她是个下贱货色，那你怎么会和她去胡调呢？可见你这人叫花子吃死蟹，是女人就都中你的意了！"

"这是我一时的糊涂，现在我已完全地觉悟了。从今以后，我就守着你一个人，不再和别的女人去七搭八搭。"

"老实说，以后也不允许你再去荒唐，否则我可对你不起，非和你大闹一场不可。"

梅邨绷住了粉脸，怒冲冲地逗了他一个白眼，警告他说。正在这个时候，小茵把药水配来，梅邨接过看了一看，然后吩咐小茵拿上玻璃杯和羹匙，倒了药水，服侍常明喝下。常明见梅邨不但给自己瞒住了这个秘密，而且还毫无怨意地服侍着自己，一时非常感动，心里也就更加的爱她了。

这天下午四时敲过，梅邨的妹妹菊清匆匆地到来了。自从梅邨嫁给了常明之后，菊清还是第一次到姊夫家里来。在过去她们姊妹俩虽然感情上曾经发生一点儿裂痕，但现在她们既然各自的在不同的环境里生活，姊妹究竟也有手足之情，所以今天见面，大家都显得非常的亲热。当时梅邨拉了她手，紧紧地握了一阵，一面叫她坐下，一面开了瓶汽水给她喝，还低低地问道：

"妹妹，你今天怎么倒有空来我家玩呀？"

"爸爸叫我来的，他老人家回家后，对于姊夫的病很是关心。因为他说姊夫的病若有什么变化的话，那是很有一些危险的。"

菊清向床上望了一眼之后，附了梅邨耳朵，放低了声音，轻轻地告诉。梅邨听到了这个消息，自然暗暗吃惊，蹙了柳眉，忧煎地说道：

"他这一下午的时间里，就是昏昏沉沉地好睡，妹妹，你说他这情形要不要紧呢？"

"爸爸因为自己抽不出空来，所以叫我带了一枚针来给姊夫再注射一针，看他到明天的情形怎么样，再作道理。"

菊清说着话，把针药盒子取出，放在桌子上。梅邨听了，心里自然十分感动，觉得爸爸到底是疼爱女儿的，他这么的关心地叫妹妹到来，也还不是为了女儿终身幸福着想吗？只是不争气的常明，自己作孽，竟去做成了这个疾病。假使爸爸知道他是为了在外面荒唐而得来的病，那么他老人家心中一定要十分生气哩！但自己这个话又如何能向妹妹实说？因为妹妹本来是不赞成自己嫁给常明的。

她听到了常明在外玩女人的消息，不是反而讥笑我该死吗？所以她心中的苦楚，只有自己一个人知道。由不得深深地叹了一口气，站起身子来，走到床边去，伸手把常明额角一摸，觉得像火炭般的一团，遂低低叫道：

"常明，常明，你醒一醒吧！"

"嗯！叫我做什么呀？"

"妹妹给你打针来了。"

"谁啊？"

"是我的妹妹，因为爸爸抽不出空，所以叫我妹妹来给你打针的。"

常明这才听明白是小姨来了，他虽然全身热得有些昏昏沉沉，不过一听了这个如花似玉的小姨来了，他的精神也会勉强地振奋了一些。点了点头，把眼睛却注意到桌子旁去了。

菊清身上穿得非常朴素，一件淡湖色的泡泡纱旗袍，脚上一双白鹿皮皮鞋，完全是个女学生装束。她把针药吸入针管子里后，回头望了梅邨一眼，低低叫道：

"姊姊，你给姊夫注射到臂上去好了，我给你药水都弄舒齐了。"

"妹妹，你给他注射好了，我……几个月没动手，恐怕不行了。"

菊清所以叫姊姊给常明注射针药，因为姊姊的本身原是看护出身，而且病人又是她的丈夫，那当然她自己动手比较妥当，就是在自己这方面，也乐得避一些嫌疑。谁知姊姊竟这么地回答，因此就没有了办法，只好拿了药水、棉花和针管子，走到床边来。常明见了这位美丽的小姨，就含了一丝笑容，低低叫道：

"菊妹，你怎么不常来我家玩玩呀？"

"在学校里时候，功课太忙，出了学校，服侍病人太忙。你想，我哪儿有空闲的工夫来游玩呢？"

菊清一面回答，一面先用药水、棉花在他手臂上擦了一擦。常明见菊清的容貌，真是有沉鱼落雁、闭花羞月之美，她两条粉嫩玉臂又白又胖，仿佛可以榨得出水来的样子，心中觉得爸爸患中风病的时候，自己第一次碰见的原是菊清，为了想爱她，所以才转起她姊姊的念头来，谁知菊清却好像是昙花一现，从此不再见面，故而反造成了和她姊姊的姻缘，可见天下的事情往往出乎意料之外。常明呆呆地想着，他的两眼也就望着菊清出神。菊清在给他打针，两人脸的距离当然很近，所以对于常明这种色眯眯的神情，菊清看得很清楚，芳心里不免又好气又好笑，但她故作并不注意的样子，自管一本正经地打针药。常明因为想和这位小姨多说几句话，但一时间又不知从哪一句说起，才故意眉头一皱，表示有些痛苦的神气。果然菊清中了他的圈套，立刻放松了一些针推进的速度。

"有些痛吗?"

"还好，你的手法很不错。"

常明抓住机会向她奉承了一句，菊清听了，秋波斜乜了他一眼，倒忍不住嫣然地好笑。菊清叫姊姊揉摸常明臂上被打过针头的地方，她自己走到桌子旁去收拾针筒、药箱。梅邨说道:

"菊清妹妹是第一次到我家来，我去吩咐厨房里弄一些点心来吧!"

"还是不要客气，我马上就要走的。"

"妹妹，你也是难得来的，假使常明不生这个病，也不知你什么时候才会来呢!我觉得我们姊妹俩似乎太生疏一些了。"

"我不是有意生疏，因为姊姊出了嫁，爸爸更少了人手，你想，我还能分身常到外面来吗?"

"唉!养女儿终是白辛苦的事，妹妹，你姊姊真不孝顺。"

菊清这些话听到梅邨心头，她感到万分的羞愧，尤其是常明这样的不争气，她更觉得对不住爸爸，所以深长地叹了一口气。菊清见姊姊大有眼泪汪汪的样子，这就连忙说道：

"姊姊，你别这么说，将来爸爸年纪老了，还全靠姊夫、姊姊多多照顾哩！"

"常明，你瞧爸爸为了你的病，特地又叫妹妹来给你打针。世界上只有做长辈的记得小辈，做小辈的可有这样的关心长辈吗？所以你要如不好好儿争气做人，你怎么对得住人呢？"

梅邨后面这两句话是说给常明听的，菊清当然不知道其中还有这一件事情。常明恐怕秘密拆穿，所以红了脸儿，连忙说道：

"那当然啦！岳父和自己爸爸一样，况且女婿有半子之分，我们如何能忘记他老人家的好处呢？梅邨，今天绿豆汤可曾烧过吗？"

"妹妹，你坐一会儿，我到厨房里去瞧瞧。"

"姊姊，你别忙呀！我要回去了。"

"妹妹你连点心都不肯吃一些去，那你也太不把我当作姊姊看待了。"

菊清被梅邨这么一说，自然不好意思再说要走的话了，于是在桌子旁就坐了下来，梅邨遂到厨房去了。常明见房内只有他们两个人，遂笑嘻嘻地说道：

"菊妹，我希望你常来走动走动，自己的姊姊家中不走动，那不是更没有地方走动了吗？"

菊清听了微微地一笑，却没有作答。常明哦了一声，开玩笑地说道：

"我想过来了，菊妹没有空的缘故，一半固然是为了工作忙，而一半也许常和知心朋友在一块儿玩吧！所以姊姊家里自然没有兴趣来了。"

"你不要胡说八道取笑人吧！我哪儿来什么知心朋友呢？"

菊清被他这么一说，因此不得不开口回答了，粉脸儿红得像朵玫瑰花儿似的，秋波羞答答地逗给他一个妩媚的娇嗔。常明见她意态，真是美丽到了极点，心中不由得荡漾了一下，方欲再和她说些笑话，却见楚太太走了进来。菊清连忙含笑站起，很有礼貌地向她鞠了一个躬，低声地叫道：

"伯母，您好吗？"

"啊！我道是谁？原来是二小姐！什么时候来的？我们好久不见了。"

"刚来不多一会儿。"

"二小姐，请坐吧！难得你过来的。二小姐，你越发长得好看了，现在什么地方读书呀？"

楚太太拉了她手，显得十分亲热的样子，向她问长问短地说。菊清因为她说自己长得好看了，心里不免有些难为情，遂赧赧地笑着，一面又低低地告诉她说道：

"我这学期毕业后，就在医院里帮着爸爸做些工作。早晨爸爸来瞧了姊夫的病，也很不放心，所以此刻叫我又来给姊夫打一枚针。"

"真难为你们这样的关心，叫我们心里感激，针打过了没有？"

"针已打过了，自己人，伯母还说什么感激的话呢？"

菊清笑了一笑，也很客气地回答。这时梅邨从厨房里回来，楚太太忽然想着了似的，便对梅邨说道：

"梅邨，早晨你爸爸来诊治常明的病，我们糊糊涂涂地连诊金还没有付过呢！现在你给二小姐一块儿带去吧！"

"伯母，您也太客气了，我们是至亲，还谈这些诊金做什么？爸爸是不肯收的。"

菊清不等姊姊开口，就先笑盈盈地回答。梅邨沉吟了一会儿，说道：

"诊金不收，那么这针药费我们是原该要付的，妹妹，这两枚针药一共多少钱呀？"

"梅邨，你这人也太老实了，你这样问她，菊妹怎么肯说出来呢？回头你给她皮包里放五十元钱就是了。"

常明听梅邨这样问她，遂在床上插嘴回答。菊清见姊姊果然数了五十元钞票，要藏到自己皮包里去，这就把皮包抢了回来，说道：

"这么多干吗？难道我们还赚钱不成？好吧！我也不和你们客气，就付二十元钱吧！"

"不会太少吗？"

梅邨连忙向她问着，菊清摇摇头，伸手就接了二十元钱，这才藏入皮包里去。这时小茵端上一盘什锦冷拉面来，放在桌子上，把筷碟分在桌子四周。楚太太拉了菊清手，大家在桌旁坐下，梅邨陪着妹妹也吃了一点儿。正在这当儿，常明的妹妹姗姗从学校里回来了。她一走进哥哥的卧房，也来不及向菊清招呼，便先愤愤地告诉道：

"上海中日军已经开战了，你们知道了没有？"

"啊！这消息可是真的吗？"

菊清一听这话，立刻放下手中的筷子，猛可站起来，粉脸失色地向她急急地问。楚太太原是坐在她身旁，这就拉了拉她手，说道：

"二小姐，上海虽然开战了，但是我想一时里还不至于会打到杭州来，所以你不要这样的害怕呀！"

"我倒不是害怕打仗，因为我二哥还在上海大学里读书没有回来呢！"

"是的，我二弟还在上海呢！他这人真也糊涂，一听上海风声不好，不是早就应该回家来了吗？"

梅邨皱了眉尖儿，也很忧愁地说。楚太太见她们姊妹俩脸上都罩了不安的愁云，遂只好安慰着她们说道：

"你们不要着急，也许他明天就回来了。"

"沪杭路客车早已停驶了，此刻车站上情形很紧张，他怎么还回得杭州来呢？"

姗姗心直口快地告诉说，她也表示代为焦急的样子。菊清很难过地愣住了一会儿，拿了她的皮包，说道：

"我要回去了。"

"妹妹，你把这消息还是不要给爸爸知道了好，因为他老人家上了年纪，恐怕会急得受不住的。"

"二小姐，吉人天相，你哥哥一定太太平平不会发生什么意外不幸的。我说你也不要急急地就回家去，事到如此，急着也没有用呀！你是难得到我家来的，我说你就吃了晚饭再走吧！"

"菊妹，我妈这话说得很不错。你就在我家多玩一会儿走吧！"

常明听菊清要回去了，心里也是很感失望。所以一听妈这么地留她，立刻也急急地劝留她。姗姗不等菊清开口，便也说道：

"这倒是我的不好了，不该回来告诉你们这个消息，叫你心里难过。"

"呀！你别这么说呀！那如何能怪得了你？"

"你不怪我，你就用了晚饭走吧！"

姗姗微微地笑着，秋波逗了她一瞥温情的目光。菊清这就很不好意思再要说走了，只好又坐了下来。姗姗方才理会到似的，奇怪地问道：

"哥哥怎么睡在床上呀？病了吗？"

"可不是？早晨我爸爸也来给他诊治过了，此刻妹妹也是爸爸吩咐她来给你哥哥再打一枚针呢！"

"哦！哥哥生的什么病啊？"

姗姗听了嫂嫂的话，方才明白过来似的哦了一声，一面又低低地问着。梅邨俏皮地一笑，望了常明一眼，说道：

"一冷一热，总是他自己不小心呀！"

"受了些感冒，没有什么关系，睡一两天也就好了。"

常明恐怕梅邨再要露出马脚来，所以慌忙补充着回答，表示他无非生一些小病而已。这时楚太太连连地请菊清快吃冷拌面，一面也叫姗姗来陪着吃些。菊清免不得意思的，稍许吃了几筷子，又坐了一会儿，方才匆匆告别地回去了。

晚上，楚太太把梅邨叫到一间厢房里，这儿静悄悄的，没有第三个人。楚太太方才温颜悦色的表情，望着梅邨，低低地说道：

"梅邨，你们小夫妻在闺房中的事情，我本来是不愿多管闲事的。但常明这孩子太小孩子脾气了，所以有时候，一切还得你小心地管教他才好。否则，传扬开去，被外界也笑话哩！"

梅邨听婆婆这么地叮嘱，她一时又羞又恨，心头别别地乱跳着，连耳根子都涨得血红的了。不过事到如此，她觉得自己再要受委屈下去，那也未免太不值得一些了。所以含了哀怨的目光，瞟了楚太太一眼，微微地叹了一口气，说道：

"婆婆，您误会了，常明这个病，是他昨夜在外面自己招来的。"

"什么？你……这话可是真的吗？"

楚太太吃了一惊，忍不住急急地问。梅邨于是把常明昨夜在两点多才回来的话，向她告诉了一遍。楚太太连忙握住了她的手，赞美地说道：

"梅邨，你真是一个大贤大德的好媳妇，险些我们还委屈了你哩！这孩子太荒唐了，我非好好儿地教训他不可。"

"婆婆，他已向我讨饶过，说下次再不敢荒唐了，所以我希望他能够改过做人，此刻他病着，我们就别提这事了，等他明儿病好了，

185

婆婆教训他一顿就是了。"

楚太太听梅邨这样说，心中益发十二分地敬爱她了，情不自禁喷喷地称赞了她一会儿，一面又恨恨地埋怨着常明，说他生病受苦，也就活该的了。婆媳两人谈了一会儿，方才各自回房安睡去了。

第二天早晨，梅邨见常明身上的热度仍旧很高，她心里十分着急，遂向楚太太告诉了一声，她又坐了汽车到爸爸那儿去求救了。

第四回

甜情蜜意愿早结并蒂

菊清回到家里，已经五点敲过。门诊的病人都已散去。齐国良和罗文达坐在诊病室内，休息着谈天。国良见女儿回来，便先开口问道：

"菊清，你姊夫的病可曾好一点儿吗？"

"热度还是很高，我给他注射了一针，看他明天的情形怎么样再作道理吧！"

"明天他假使热度还是不肯退去的话，我想叫他住到医院里来诊治，那我就可以随时地治疗他了。"

菊清听爸爸这么说，却也没有表示什么意见。她红红的粉颊上似乎又笼罩了一丝忧愁的表情，望了爸爸一眼，说道：

"爸爸，听说上海已经开战了，您知道这消息吗？"

"嗯！我知道。"

齐国良沉着脸色，点点头回答。菊清惊奇地问道：

"爸爸，您没有到外面去过，您怎么也知道了呢？"

"傻孩子！难道一定要到外面去过了才能知道吗？告诉你吧，你哥哥从上海刚有封信到来哩！"

"哥哥信中说些什么呀？我也正在急着他呀！上海开战了，他可怎么办?"

菊清又着急又欢喜的样子,慌慌张张地问。国良遂把写字台上的那封信,交到菊清手里。菊清抽出信笺,连忙读道:

爸爸,久未来信问安,甚为想念,敬维福体康泰为颂。自七七卢沟桥事变发生以来,上海形势也日趋恶化,据可靠消息,上海市政府已迁移到枫林桥。松江一带,我军已有二十余万,可见政府已决定与敌抗战了。今天是八月十一日,我与同学数人曾到北四川路去巡视一周,果然见来去车马,里面所载的均为箱子铺盖。搬场汽车,在马路上驶行占十分之七八,自施高塔路至蓬路,两旁商店早已打烊,完全入战时状态。虽然天空中尚炎日高悬,但睹此恐怖景象,也令人不寒而栗,至为凄凉。想此次战争爆发,乃是我国存亡之最后关头,我辈青年,身为国民之一,岂能不奋发自强为国效劳乎?故我同学数人,已决定投笔从戎,而脱离上海,前去受训,唯恐爸爸记挂,特来函奉告,想爸爸思想超人,当亦不怨此行为之不孝也。敬请
福安!

菊清瞧完了这一封信,忍不住啊呀了一声叫起来,好像非常着急的样子,抖着两手,眼泪汪汪地说道:

"爸爸,哥哥他……当兵去了呀!那……那……不是太危险了吗?"

"小良说的话很不错,这次战争爆发,乃是我们国家存亡之最后关头,一个有志气的青年,怎么还能够贪生怕死地苟安下去呢?所以我赞成小良的行动,他才不愧我的好儿子呢!"

国良却微微地一笑，很欣慰地说出了这几句话。菊清听了，想到自己的胆小，不免有些羞愧的颜色，于是放下手中的信笺，也就不再说什么话了。这时香妮走进来，说二小姐回来了，可以洗浴去了。菊清点头答应，遂匆匆地到楼上去了。国良等她走后，望了文达一眼，说道：

　　"菊清平日的思想也很前进的，可是女孩儿家心灵究竟是脆弱的，她听了小良当兵去的消息，也会感到害怕哩！"

　　"这是兄妹间感情深厚的缘故，我说这倒怪不了她。"

　　罗文达表示同情菊清的意思，微笑着回答。国良拿起了烟斗，划了火柴，慢慢地吸着斗烟，沉吟着说道：

　　"上海一开战，我以为战事就会有蔓延到全国的可能。比方那么说，杭州也变成了战区的时候，那你预备怎么地打算呢？"

　　"我觉得我们做医生的完全以救世为目的，假使在枪林弹雨之中，我始终还是干着给世人解除痛苦的工作，不知道老伯的意思以为怎么样？"

　　"不错，所以我已打定主意，就是炮火响到了这里，我也绝不离开杭州这个老家。倘然你也有这个主意，那么我希望你始终给我做一个助手。"

　　"只要老伯需要我的话，我当然终身跟随在老伯的身旁。"

　　国良听他这样说，心里非常欢喜，情不自禁地走过去，和他手儿紧紧地握了一阵，表示两人合作到底的意思。

　　夏末秋初的季节，天日特别的长，所以吃过晚饭之后，天色也还没有黑暗下来。菊清禀明了父亲，约了文达一同到湖滨公园去散一会儿步。国良也看得出他们之间的感情很好，因为文达是自己看重的青年，所以对于他们的亲热反而感到十分喜悦。自然，他们一块儿出去游玩，这是没有不好的道理。

湖滨公园里的游人很多，都是三三两两的青年男女，不是携手偕行，就是促膝谈心，每个人的脸上都浮现着热情的笑意。文达拉了菊清的手，一同在树蓬下的长椅子上坐下。菊清向四周望了一眼，似乎很感慨地叹了一口气，低低地说道：

　　"你瞧这儿四周的情景，好像还是一个乐园似的，哪儿想得到上海已经是炮声隆隆了呢！假使炮声响到这里来了，真不知又是怎么的一番样子了呢。"

　　"对于这问题，刚才你爸爸对我也讨论过，我们的意思，都不愿离开杭州。假使在枪林弹雨之中救人的性命，那不是更有意义吗？"

　　"你们不离开杭州，我当然也跟在你们的身旁。"

　　"否则，你预备怎么打算呢？"

　　"我想哥哥这么有勇气地投笔从戎去了，那么我们不是也应该为国家去出一份力吗？所以我倒有意思和你一同到战地服务去。"

　　"你这意思很好，不过我们走了之后，你爸爸一个人未免太孤独一些了。他老人家已经快六十岁了，所以我们应该侍奉在他的身边才好，你说是不是？"

　　"我就是也想到了这一层问题，所以我这意思没有在他老人家面前说出来。要不然，他心里一定会难过。"

　　菊清蹙了细长的眉毛，低低地说。罗文达把她纤手温情地抚摸了一会儿，点点头，却没有作答。两人静默了一会儿，文达忽然把话题拉扯到别的地方去，微笑着问道：

　　"你今天才算到姊夫家里去过了，他们待你客气吗？"

　　"我给他治病去的，怎么还敢待我不客气呢？"

　　"他们住的地方很不错吧？房间里家具是不是红木的？"

　　"你问这些做什么呀？"

　　罗文达问出这两句话，那叫菊清心头倒是感觉奇怪起来，秋波脉脉地凝望着他，猜疑地反问他说。文达红了脸，支吾了一会儿，才低低地说道：

"假使我们结了婚，那就比不上像你姊夫那么好的环境了。"

"你这话是什么意思？难道你把我当作一个爱好虚荣的女子看待吗？假使你以为我欺贫重富的话，那你马上还可以去另找一个好对象。"

菊清气愤地说出了这两句话，想想有些心酸，眼皮儿一红，却是流下眼泪来了。文达这就急得满头大汗的神情，说道：

"菊清，你不要误会呀！我并不是这个意思呀！"

"那你是什么意思呢？"

"我的意思是……"

"是什么呀？干吗吞吞吐吐呢？难道有什么不好对人告诉的话吗？"

菊清泪眼盈盈地逗给了他一个娇嗔，还表示有些生气的样子。罗文达抓抓头皮，有些不好意思地沉吟了一会儿，方才低低地说道：

"你虽然是这么的爱我，但你爸爸心里不知道可赞成？就是他也赞成的话，我也不知道什么时候才有力量可以举行婚礼。倘然马虎了一些，我觉得太委屈了你。而且你姊夫瞧到了，说不定还会讥笑我们呢！我想到了这个问题，所以我心中是常常地感到了忧愁和烦恼。"

"你这人也太会自寻烦恼了，结婚是我们两人的事情，这和旁人又有什么关系呢？我不是早就跟你说过了吗？我爱穷，我爱嫁给贫穷的丈夫，我根本不怕什么人来讥笑我。只要爸爸不说话，谁还能来阻挡我们的相爱呢？不过，我觉得我还年轻，结婚似乎还太早，难道你就不能再等待两年吗？"

罗文达见她偎靠了自己身上，说到后面，有些报报然的，粉脸红得像朵玫瑰花那么的艳丽，这就拉了她手，笑道：

"你的年纪确实还轻，不过我的年纪可不轻了呀！假使你真心地爱上了我，那你当然也得为我着想呀！"

"嗨！原来你是等不及的急于需要结婚了吗？真是个老面皮，假使我不爱你呢？你预备怎么办？"

菊清听他这样说，方才猛可地理会过来了，暗想：我这人说话真有些自私，照我年龄而说，就是再过五年结婚，那也不算迟。但文达若再过五年，不是已经三十一岁了吗？那就无怪他急于需要结婚了。菊清心里虽然很表同情地想，但表面上却啐了他一口，还拿手指划到他脸上去羞他。文达的两颊，也红得像喝过了酒似的，笑道：

"你若不爱我，那我倒死去了这一条心。既然承蒙你可怜我，偏偏地爱上我，那我的意思，就很想早一些和你结婚。"

"你这意思，有什么充分的理由呢？"

"第一个理由，战事爆发之后，将来兵荒马乱，一定到处都不太平，那么早些结婚，也可以放下一头心事。第二个理由，我们结了婚后，我和你爸爸就有岳父和女婿之关系了，那么我们就是在一块儿，也不会给旁人说闲话了。你想，这两个理由不是很充足吗？"

罗文达一面说，一面拉了她手，轻轻地抚摸着，表示那份温情的样子。菊清低了头，却是默默地想了一会儿心事，并没作答。文达接着又低低地问道：

"菊清，你怎么不回答我呢？"

"我想回家去和爸爸商量商量之后，再给你答复可好？"

菊清方才抬起头来，秋波斜乜了他一眼，羞答答地回答。文达很感激她似的笑了一笑，说道：

"不过，你可住得惯那些简陋的屋子吗？"

"你又说这些话了，假使我也和姊姊一样爱好虚荣的话，我如何还会答应嫁给你？只要爸爸肯给我们结婚，我总可以给你称了心愿。"

"你猜你爸爸会不会成全我们一对呢？"

罗文达见她秋波水盈盈的真有说不出的妩媚可爱，一时心里不住地荡漾，凑近一些脸过去，低低地问。菊清羞涩地一笑，说道：

"我猜爸爸一定会成全我们的，因为他老人家平日说起你来，他总会赞美你是个忠厚诚实的好青年。"

"假使有一天我们两人能够洞房花烛了，这叫我心中真不知道该快乐到何种程度才好呢。"

菊清见他如醉如痴的样子，一面笑嘻嘻地说，一面把手来抱自己的肩胛。这就得意扬眉地啐了他一口，忍不住也赧赧地笑了。文达这时鼻管里闻到一阵如兰如麝的香味，从菊清身上发散出来，他更加有些神魂飘荡地把鼻子几乎碰到她粉颊上去，笑道：

"好香，好香，你身上洒了不少的香水精吗？"

"别胡说八道地乱讲吧！我身上从来也不用香水精的。"

"那么你身上这香味是哪里来的？"

"谁知道？我根本没有什么香，还不是你造的谣言！"

"真的，我没有造谣言。哦！对了，那一定是所谓处女香了。"

罗文达一本正经的表情，哦了一声，忽然想着了似的回答。菊清伸手打了他一下子肩胛，恨恨地逗给他一个娇嗔，忍不住抿了嘴也味味地笑起来了。常言说道：花是将开的红，人是未婚的好。这句话就一丝也不错。瞧他们这一对情人，并肩而坐，笑语盈盈，真所谓郎情如水，妾意如绵。真不知羡煞了多少还未尝过恋爱滋味的青年男女哩！

夜之神狰狞着面目终于踏进了整个宇宙，使大地上美丽的风景，在黑漆漆的空气里模糊得看不清楚了。菊清伸手理了理被夜风吹乱了的云发，站起身子，低低地说道：

"我们还是回去吧！时候不早了。"

"好的，已经九点多了，再不回去，你爸爸以为我把你拐了。"

罗文达一面看了一下手表，一面跟着站起，笑嘻嘻地说。菊清白了他一眼，笑着说道：

"这一点我爸爸倒相信你的，因为你是一个老实人。不过……照我眼睛里看来，你在我面前老是那么的顽皮，可见你也不是一个真正的老实人！"

"在过去我对你从来不说笑话，现在就不同了。"

"有什么不同呀？"

"过去我一本正经想做你的……"

"是不是想做我的姊夫？"

菊清不等他往下说，就笑盈盈地代为说出来，而且还逗了他一瞥神秘的媚眼。罗文达被她这么一说，心里不免有些感触，忍不住微微地叹了一口气，说道：

"你这时候还拿这些话来挖苦我？"

"谁挖苦你？你不想做我的姊夫，那你要做我的什么人呢？"

"我本来想做你的老大哥，谁知道现在我竟做你的……"

罗文达说到这里，他心中又甜蜜起来，微微地一笑，却有些不好意思的样子。菊清雪白的牙齿，微咬着红红的嘴唇皮，粉颊上也浮现了甜蜜的笑，故意低低地问道：

"做我的什么人？是不是还想做我的姊夫呢？"

"该打，我要做你亲爱的丈夫哩！"

罗文达轻轻地打了她一记手心，接着向她直接地说出了这一句话。菊清嗯了一声，顽皮地向他扮了一个兔子脸，于是两人都得意地笑起来了。

到了济民医院门口，两人站住了步，都有些恋恋不忍舍去的意思。菊清情意绵绵地瞟了他一眼，低低地说道：

"要不要再到里面去坐一会儿呢？"

"不好意思再进去坐了，回头你爸爸要笑我的。"

"笑什么？是不是笑你成个呆女婿了？"

菊清也有些得意忘形地说，但既然说出了口，倒又难为情得绯红了两颊，垂下了粉脸儿来。文达笑过了一会儿，方才拉拉她的手，低低地说道：

"菊清，明天我想请假一天。"

"为什么？"

"因为你今夜不是预备和爸爸去商量我们结婚的事情吗？那么明天我见到你爸爸的时候，不是很难为情吗？"

"难为情？省省吧！我瞧你这张厚面皮还怕什么难为情呢？况且明天不见我爸爸，后天还是要见的，总不能就此一辈子不见我爸爸了呀！所以我说你明天只管照常地来院工作，你只当没有这一回事情好了。"

罗文达沉吟了一会儿，方才含笑点点头，和她握了握手分别回家去了。这儿菊清敲门入内，香妮开门，似乎有些神秘的样子，含笑叫道：

"二小姐，你回来了。"

"嗯！老爷睡了吗？"

菊清被她笑得有些难为情，遂红晕了脸，搭讪着问。香妮回答说老爷已到楼上房中去了，却不知道他可曾睡了没有。菊清于是三脚两步急匆匆地奔到楼上，推开爸爸的卧房，见他老人家坐在洋台口边的沙发上，在一盏落地柱灯旁静静地看书，于是低低叫了一声爸爸，接着天真地跳到沙发旁，坐在沙发臂胳上，一手按了爸爸肩胛，笑盈盈说道：

"大热的天气，爸爸您辛苦了一整天，还不想休息休息吗？"

"孩子，你爸爸能够安安闲闲坐下来看书，这就是在休息了呀！"

国良放下书本，把她手拉来很慈祥地抚摸了一会儿，笑着回答。一面又接着问道：

"你和罗医生在哪儿玩了一会儿？"

"在湖滨公园里散了一会儿步……"

菊清秋波盈盈地逗了国良一个媚眼，她想开口和爸爸商量自己的婚事，但到底因为害羞而支支吾吾地说不出口来。国良见女儿红着粉脸，好像欲语还停的神气，心里不免暗暗地奇怪，遂低低地问道：

"孩子，你有什么事情要和爸爸说吗？"

"事情是有一些，但我不敢说出来。"

菊清被父亲这么一问，两颊益发海棠花般娇红起来，故作顽皮的神情，笑嘻嘻地说。国良更加奇怪得目瞪口呆，正经地问道：

"到底是什么事情呢？你只管说出来，爸爸不会见怪的。"

"爸爸，嗯！啊！叫我怎么样说才好呢？"

国良见女儿那种羞答答的表情，一会儿嗯，一会儿啊，结果，却仍旧没有爽爽快快地说出来，心中这就猜到了几分，望着她娇艳的粉脸，笑道：

"我已经有几分猜到了。"

"爸爸，您猜到了，那很好，您就代我说出来吧！"

"可是，我还不知道可猜得对不对？"

"爸爸，您就说出给我听听吧！"

国良见女儿天真顽皮的样子，他忍不住呵呵地笑起来，拍拍她的手十分喜悦地说道：

"我猜罗医生他一定爱上了你，是不是?"

"咦！爸爸，您……怎么知道的呀?"

菊清被父亲一句话直说到心眼儿上去，一时又羞又喜，赧赧然的表情，却惊奇地问。国良在袋内摸出烟斗来，菊清慌忙给他燃着了火，一面又笑盈盈地问道：

"爸爸，您说我该不该接受他的爱呢?"

"这还有什么不该的道理呢? 对于你们这头婚姻，爸爸完全赞成。"

国良吸了一口烟，把烟圈儿吐去了之后，很得意地回答。菊清芳心里这一欢喜，真所谓把心花儿也朵朵地乐开了，遂亲热地偎了爸爸肩头，娇羞万状地红了脸，低低地说道：

"爸爸，可是罗医生……他……想预备结婚，您……瞧女儿的年纪是不是还太小?"

"哈哈！菊清，你也有十八岁了，一个十八岁的姑娘，结婚也不算太早吧！我答应你们现在结婚，也好叫我放下这头心事。"

菊清问得那么的有趣，这倒叫国良又忍熬不住大笑起来，遂拍拍她的肩胛，表示毫无阻拦他们的意思。菊清却又沉吟了一会儿，低低地说道：

"可是，我舍不得离开爸爸。"

"那我们可以想一个两全其美的办法。"

菊清说着话，把纤手顽皮地抚摸着爸爸的脸。国良连连地吸烟，想了一会儿后，抬头望了她一眼，接着说道：

"罗医生这个人才我向来很看重他，当初我的意思，原想把你姊姊嫁给他的，可是你姊姊却嫁给了楚常明。这是各人终身幸福的问题，所以我也并不参加什么意见。现在你既然也愿意和罗医生结婚，那我当然非常欢喜。刚才我也曾经和罗医生谈起战事若蔓延开来作何打算的问题，他的意思预备永远跟着我为人群谋幸福。此刻我想起来，他大概也就是因为爱上你的缘故吧！所以那当然是很好的事情啰！我想你们结婚之后，就住在我的身旁，这样子我固然永远地有了帮手，就是你也永远不会离开爸爸，这在我们三个人说来，都是件两全其美的事情呀！你说好不好呢？"

"爸爸这样地爱护罗医生和女儿，那叫我们心中真是太感激您了。不过，我们结了婚之后，住到这儿来，明儿给我二哥知道了，他心中不知道会不会生气的？所以我认为这倒也是一个问题哩！"

国良见女儿年纪轻，却也考虑得非常仔细，遂微微地一笑，望着她的娇靥，低低地说道：

"那完全不成问题，你尽管放心是了。你二哥是个很孝顺的孩子，他自己为国出力去了，他若知道你能代他来侍奉我照顾我，恐怕他心中还十二分地感激你哩！"

"爸爸，那么您明天就把这意思向罗医生说吧！"

"好的，我有你们这一对好女儿好女婿在身边帮助我，我心里是多么的安慰呢！"

"我有您这么一个好爸爸，女儿心中也多么的快乐呢！"

菊清一面说，一面却顽皮地把小嘴儿在国良面颊上吻了一下，忍不住咪咪地笑着逃回到自己卧房里去了。国良也笑起来，说了一声淘气的孩子。他慢慢地站起身子，伸手打了一个呵欠。一见时候快十一点钟了，这才走到床边去，熄灯安寝了。

次日，国良起来，还只有七点敲过。他走到楼下诊病室内，出乎意料之外的，罗医生却已经到来了。这就咦了一声，笑道：

"罗医生，今天这么早啊！"

"睡不着，所以早些起来，就早些到来了。"

罗文达红了脸儿，似乎担着虚心的样子，低低地回答。但国良听了，觉得这孩子真有些老实，遂忍不住笑起来了，说道：

"我告诉你一件事，你今天晚上准会睡得着。"

"啊！什么事呀？"

罗文达听他这样说，知道婚事没有问题了，他心里欢喜得什么似的，忍不住啊了一声叫起来。但他表面上还故作莫名其妙的样子，低低地问。国良笑了一笑，遂把菊清昨夜对自己说的话，并把自己心中的意思，向他详详细细地告诉了一遍，并且又低低地问道：

"罗医生，你觉得我这个办法好不好呢？"

"老伯这样地抬举小侄，小侄真是感激万分，那如何还有什么不好的道理呢？只不过小侄能力薄弱，未免委屈了二小姐罢了。"

"不要这么说，男女间的彼此相爱，完全是至诚真挚的，绝不是为了身外之物的金钱关系。菊清不是个虚荣的女子，那我倒可以相信她的。"

两人正在说话之间，忽见梅邨急匆匆地奔了进来。她见了父亲，有些眼泪汪汪的样子，口吃了语气，说道：

"爸爸，常明身上的热度还没有退呢！那可怎么办？你……此刻就再劳驾一次，跟我去给他诊治吧！"

"梅邨，我的意思，你就去把他送到这儿来住院吧！那我就可以随时地给他打针服药了。"

"这样也好，那么我马上就去送他来吧！"

梅邨沉吟了一会儿，觉得爸爸这主意原也是一番好心，于是点点头回答。她立刻翻身出外，匆匆地坐了汽车又回到家里去了。

第五回

异想天开为报复自取其辱

这几天已经是有些秋天的寒意了，风儿吹在脸上，多少也包含了一些凄凉的意味。病房的四周是静悄悄的一丝声音也没有，只有窗外的树叶被风吹动着发出了飒飒的音韵，听在床上睡着常明的耳朵里，更有些凄寂的感觉。就在这静悄悄的时候，菊清拿了一杯药水，轻轻地走进房来，挨到床边，方才低声地叫道：

"姊夫，我先给你试试热度，然后喝了药水吧！"

"哦！菊妹，对不起，为了我的病，天天辛苦了你。"

常明回头见了菊清，连忙含了满面的笑容，低声感谢地说。菊清把量热表放在他的口里，微微地一笑道：

"这是我做看护应尽的责任，你别说这些客气话吧！"

常明因为有了试热表衔在口里，自然不能开口说话，只把两眼望在她粉脸上呆呆地出神。菊清被他看得有些难为情，红了脸，假装并不理会的自管注意到手表的长针上去了。过了三分钟后，菊清才把试热表从他口里取出，看了一会儿。常明先急急问道：

"还有热度吗？"

"你热度昨天就没有了，爸爸说，明天可以出院了。"

"哦！真是谢天谢地，这次的病，足足有了两个月的日子，要不

200

是你小心地看护我，我心里真是太痛苦了。"

"有什么痛苦呢？姊姊不是天天来望你的吗？"

菊清秋波斜乜了他一眼，一面抿嘴嫣然地笑，一面给他喝药水。常明喝了药水后，微微地叹了一口气，说道：

"她来望我有什么用呢？她的脾气哪里及得来你的温柔呢？"

"你这话当心让姊姊听见了，那可不得了！"

菊清见他色眯眯的样子，心里不免有些生气，一面警告他说，一面回身要走。不料常明伸手却把她拉住了，低低地说道：

"菊妹，你别走呀！我有话跟你谈谈哩！"

"有什么可谈的，我还有许多事情呢！"

"让我说一句话，你再走好吗？"

"你说吧！别拉拉扯扯的，被人家见了，像什么样子？"

"姊夫和小姨拉拉手那又有什么关系呀？"

常明见她一本正经地说，遂嬉皮笑脸地回答，这种神情多少包含了一些浮滑的成分。菊清很不高兴地挣脱了他的手，向外就走，说道：

"你这人只配生病生得厉害一些，那么躺在床上就很安静了。瞧你才好了一些，就胡说八道地满嘴里乱嚼了。"

"菊妹，你别走呀！我正经的话还在后面没有说出来呢！"

"那么说吧！到底有些什么事情？"

"记得第一次我倒是先碰见了你，那时候我心里就爱上了你，所以我才想出请你做特别看护的主意来。谁知道你还在读书，结果，我和你姊姊爱上了。不过，我心里最最爱的，还是你菊妹呀！难道你没有明白我这一番痴心吗？"

菊清听他大胆地竟说出了这几句话，一时又好气又好笑，立刻又走到床边来，伸手按着他的额角，俏皮地道：

"你身上莫非又有热度了吗？"

"没……有呀！我……我的病完全好了！"

"既然没有热度，如何昏昏迷迷地说出这些热话来呢？"

"菊妹，你不要误会，我说的完全是真心话，我心里爱的原是你，我和你姊姊无非是弄假成真才结婚的。菊妹，这次我的病，也是为了你而生的，因为我终日相思你，所以我便病起来了。"

常明胡说八道地一连串鬼话，听到菊清耳朵里，由不得恨恨地恼怒起来。柳眉一竖，秋波逗了他一个白眼，冷笑地说道：

"你这人说话简直在大放其屁了，那么你和姊姊结婚，难道是存心把我姊姊当作玩物看待吗？哼！我老实对你说，你想来爱上我，那你真在做梦。告诉你，后天就是我结婚佳期，你有空来吃我的喜酒吧！"

"啊！什么？后天你要结婚了吗？对方是谁呀？"

"对方是我最心爱的情人，当然不会是你啰！"

菊清怪俏皮地回答，她这会子故意又哧哧地笑起来了。常明听了这个消息之后，满面显出失望的样子，深深地叹了一口气，说道：

"这是什么人呀？竟有如此好福气能娶你做妻子呢？那不是前生敲碎了十七八只的木鱼才修来的吗？唉！我太福薄，我做人还有什么滋味呢？"

"姊夫，我觉得你这人说话太不知足，而且又太没有情义了。像我姊姊哪一处生得不好？老实说，你当初若不是千方百计用尽手段地去追求姊姊，我姊姊恐怕还不会嫁给你呢！既然把我姊姊追求到手了，照理说来，你应该尽丈夫的责任，去爱护她，去怜惜她才好。谁知道你见一个爱一个，今天又想爱到我的头上来了，那你这人不是太没有心肝了吗？我现在好意地劝告你，你绝不能贪得无厌，虽然你很有钱，不过金钱是买不到真爱情的。你应该把你的热情，完

202

全爱到姊姊的身上去，那么你们夫妇之间才会有快乐幸福的家庭。否则，你将来就懊悔不及的了。"

在菊清的意思，本来要把常明痛痛快快地责骂一顿，以消心头之恨，但恐怕事情闹开来之后，使姊姊和他夫妇之间会发生一种感情上的裂痕，所以她为了顾全他们幸福起见，竭力耐住了愤怒，还温情地拿了这些话去劝告他。常明听了，良心似乎有些发现，他满面显现了羞愧的红晕，却呆呆地说不出什么话来。菊清于是不再多说，就匆匆地走出病房外来。

这是出乎菊清意料之外的事情，谁知在病房门口却遇见了姊姊梅邨，一时倒吃了一惊，芳心不免别别地乱跳起来，遂镇静了态度，低低地叫道：

"姊姊，你刚来吗？姊夫病已好了，明天可以出院了。"

"哦！他赶着好起来吃你的喜酒呀！"

梅邨淡淡地一笑，低声回答。菊清有些难为情似的红了脸儿，秋波逗了她一个娇嗔，便笑着回到诊病室里了。梅邨于是走进病房，在常明病床边坐下，向他望了一眼，俏皮地说道：

"你的病好了，心中又在操野心思了吧？"

"哪……里？哪里？梅邨，你别开玩笑呀！"

常明的心像小鹿似的乱撞，他全身一阵燥热，两颊像喝过酒般地绯红起来，慌忙口吃着语气，急急地辩白。梅邨又俏皮地说道：

"你的脸色为什么又这样红了？莫非热度又升上来了吗？"

"不！不会的，我明天要出院了，你心里高兴吗？"

"嗯！我太高兴了，因为我有了你这么一位多情的好丈夫，那叫我心中如何还不高兴呢？哈哈！哈哈！"

梅邨一面说，一面却失常地狂笑起来，她粉脸有些灰白的颜色，她的神情显得非常悲痛。常明担着虚心，他非常害怕，拉了拉她手，低低地说道：

"梅邨，你怎么啦？"

"我没有什么，我……十分地悔恨，我……觉得我是走错了路！"

"梅邨，我不懂你这话是什么意思。"

"你懂也好，你不懂也好，反正我已经上了人家的当！"

"你……这是什么话？梅邨，我……对你没有什么不良的存心呀！"

常明见梅邨神色有异，好像她在房门口已经偷听到自己刚才向菊清求爱的秘密似的，这就非常着急，连忙向她急急地辩白着说。梅邨突然冷笑了一声，恶狠狠地白了他一眼，说道：

"你对我没有不良的存心，所以你才会异想天开地要爱到我妹妹身上去呀！哼！原来你对我都假情假意，完全欺骗我。你和我结婚，是弄假成真的，你心中所爱的，原不是我，这些话全都是你自己说的，我可没有听错呢！我今天才知道了你的狼心狗肺！我……这种苦处向谁去诉说好呢？我简直是瞎了眼睛，才会被你这么地玩弄了！"

原来梅邨躲在房门外的时候，她把常明追求菊清的话全都听到了。你想，她是多么痛心呢！因为妹妹对待常明的态度是十分合理，而且还非常为自己着想，所以她当然怨不了妹妹。她只恨自己当初爱慕虚荣，丢了罗医生，而接受了这个狼心人的爱。到如今真所谓哑子吃黄连，心中的苦处，竟没有人可以诉说。她一时心痛已极，因此再也忍熬不住地掩了粉脸，悲悲切切地哭起来了。常明被她这么一哭，心中自然万分着急，遂坐起身子，拉拉她手，说道：

"梅邨，你不要哭呀！我……和你妹妹是说着玩笑的，哪里是真的向她求爱呢？你……千万不要误会吧！"

"误会？哼！常言道，耳闻是虚，眼见是实，我亲眼目睹发现了你的秘密，你还抵赖到什么地方去？"

梅邨虽然是停止了哭泣，但她眼泪依然滚滚地落了下来，秋波含了无限怨恨的目光，白了他一眼，向他责问。常明假装温情的举动，拿手帕去给她拭泪，低低地又说道：

"我完全是和菊妹闹着玩的意思，你若一定要把我说笑当作认真的话，那我明天可以给你写悔过书。"

"哼！第一张悔过书还没有写哩，怎么又写第二张了？老实说，就是写一百张又有什么用？你根本是个见花折花的色鬼，我现在可不能饶放你，非和你吵到爷爷那儿去不可！"

"何苦来？何苦来？小夫妻淘里只能吵着玩玩的，若认真起来，那究竟不大好听吧！梅邨，我亲爱的太太！你不要生气，我心中也很明白，这两个月来的日子，你也够苦闷了。我想今天就出院了，晚上我就好好儿安慰你一番，那你总可以不必怨恨我了。"

常明一味地显出小花脸的样子，向她低声下气地说着好话，说到后面，伸手去抱住了她，还表示要吻她的神气。梅邨心里只怨这头婚姻是自己看中的，若真的闹开来，实在也没有什么面子。况且做丈夫的既然赔不是说好话了，假使一定要板面孔地认真到底，又有什么好处呢？梅邨这样地想着，因此委委屈屈地也只好不再和他计较了，不过却还恨恨地推开了他，冷笑着说道：

"谁和你嬉皮笑脸的！真是个不要脸的厚皮！"

"你要骂只管骂，要打只管打，可不要生气，我心里就高兴了。"

"你今天能出院吗？"

"我要安慰你那颗寂寞的心，我当然预备今天出院！"

常明兀是油腔滑调的样子，望着她嘻嘻地笑。梅邨倒不由红了脸，啐了一口，说道：

"老实跟你说，我不愿你再和菊清搅在一起了，所以我非叫你今

205

天出院回家不可。"

"好吧！我们此刻就回家去。其实，你只管气量放大一点儿，菊清后天要结婚了，难道她还会来爱上我吗？"

"她结婚了，你心痛不心痛？"

"她结婚和我有什么关系呢？要我心痛吗？这才是笑话呢！好了，废话少说，我这儿真的也住得腻了，还是马上回家去的好。梅邨，你打个电话去，叫家里用汽车来接我吧！"

梅邨听他这样说，当然点头答应。于是来到诊病室，和爸爸说明了后，打电话到家里，吩咐阿三开车来接他们夫妇两人回家去了。

这天晚上，常明要向梅邨讨好，温情蜜意地对她赔不是告饶。梅邨因为他刚刚复原，为了爱惜他的身子，反而安慰他说，夫妻往后日子正长，何必如此着急呢？其实常明本是个好色之徒，他已经有两个月不曾问津了，所以今夜和一个美丽的妻子睡在一起，他是多么的需要呢！因此对于梅邨这一番好心，反而恶意猜了。还以为她是故意地刁难自己，心中暗暗恼恨。单等梅邨睡熟之后，他便悄悄地起床，到电话间里打电话给方曼静去了。方曼静自从那夜和常明分手之后，心里自然念念不忘，谁知常明一去之后，消息沉沉，再也不见他的影子了。她向皇宫舞厅里一打听，方才知道常明是生了病，住医院去了。她本来是个门户开放的女子，对于男子多多益善，原不足稀奇。常明既然生病，这两个月当然又另外找对象了。此刻突然接到了常明的电话，心中万分欢喜。因为她打了几次游击战，总觉得不及常明的美妙。所以当下仿佛获到了珍宝一般地欢喜，立刻笑盈盈说道：

"你是常明我的达令吗？好久不见，今天怎么会打电话给我呀？"

"曼静，你少叫几声达令吧！为了你，我的性命几乎送掉了。"

"怎么啦？那夜回去难道出了毛病吗？"

方曼静在那边故作不明白的神气，奇怪地问。常明急急地说道：

"简直是出了大毛病，在医院里十足睡两个月日子哩！"

"啊呀！真的吗？我还以为你抛弃我了呢！"

"你这么一个好宝贝，我如何舍得抛弃你？你的功夫，在女人之中可算第一的了。"

"别寻什么开心了，那么你此刻在哪里呀？我来瞧你好吗？"

常明听她在电话里哧哧地一阵子浪笑，接着又这么地说，心中暗想：可见她心里也非常地需要我呢！于是低低地说道：

"我此刻在家里呀！你怎么能来找我呢？"

"那么你到我家来吧！我告诉你一个好消息，我这个老甲鱼由香港乘飞机到上海的时候，半路上飞机跌下来，老甲鱼已经跌死了，以后我的身子绝对自由，不必再受一些拘束了。你喜欢到我家里来，那么你就是我家的主人了。你听了这消息，心中高兴吗？"

"啊！阿弥陀佛！这老甲鱼真的跌死了吗？"

"这已经是一个多月以前的事情了，我难道还骗你不成？达令！我在家里正感到寂寞呢！你此刻快来吧！"

"此刻可不能够，因为我才今天出院回家哩！"

"是不是舍不得离开太太？今夜要在太太身上下一番功夫吗？"

"我太太此刻早已睡熟了，她要我养足了精神，把功夫放到你的身上来呢！哈哈！你想，我太太不是很贤惠吗？"

"别说死话了，正经的，你什么时候来？"

"我明天晚上来好吗？"

"不一定要在晚上来的，你明天早晨就来吧！"

"难道白天里也可以寻欢作乐吗？"

"什么白天黑夜，在这暗无天日的环境下，白天和黑夜又有什么分别呢？你早晨来睡我的热被窝，保险你万分地满意！"

207

常明听她说得那么淫荡，一时心头不住地荡漾，遂笑嘻嘻地说了两声好吧，方才挂断电话，悄悄地又回到卧房里来睡觉了。

常明在打电话的时候，凑巧小茵在电话间门口走过，于是站停偷听了一会儿。当时常明的一些秘密，就完全被小茵偷听了去。这晚小茵睡在床上，由不得暗暗地想了一会儿心事，觉得大少爷这个人真是太荒唐了一些，自己家里有了这么一位美丽的好太太，谁知他还要在外面和野女人搅七念三，这不是太对不住新少奶了吗？况且他这次生病，还是这个野女人害的呢！不料他一丝没有觉悟到野女人的不好，反而再去找她寻欢作乐，那实在是太不自爱，太岂有此理了。小茵虽然是个十六七岁的小丫头，但她想了一会儿，也很替新少奶表示气愤，意欲明天把这些事情去告诉新少奶知道。但仔细一想，自己无非是个丫头而已，何必管这些闲账呢！假使他们小夫妻吵闹起来，老太太知道了，还以为我在搬弄是非呢！天下事情，多一事不如少一事，这年头还是多吃饭、少开口为妙。小茵心中既然这么地考虑，于是她在第二天也就没有把这些事向梅邨讲出来。

次日早晨，常明故意睡到十点敲过才起身，梅邨因为他的病新愈，所以烧桂圆汤给他吃，又给他喝了燕窝茶，竭力地滋补他身子。常明一见时候快十一点钟了，于是圆了一个谎话，说要到华东贸易公司里去查查账目，因为自己病了两个月，而爸爸也没有出外，恐怕小杨等职员发生舞弊，所以应该去视察一次才好。梅邨一听这话很合情理，遂点头说好，问他午饭可回家来吃。常明说午饭不回家吃了，晚饭一定回来吃的。梅邨叮嘱他身子刚好，别太乏力了，千万早些回来休息。常明连连答应也就匆匆地出房去了。

但是常明出外之后，直到黄昏的时候，还没有回家。梅邨心中自然十分焦急，连忙打电话到华东贸易公司去找寻常明。但据杨永福告诉，说常明只到了一到后，便即离开公司的，午饭也没有吃了去。梅邨听了这个报告，心里大起疑窦，一时愁眉不展，长吁短叹，十分烦恼。小茵见新少奶闷闷不乐，暗自伤心的样子，甚觉不忍。于是再也忍熬不住，把昨夜大少爷和野女人通电话的事情，向新少奶悄悄地告诉。梅邨听了这个消息，心头的愤怒和悲痛，真像江涛似的翻涌起来，粉脸由红变青，由青变白，一时变成了死灰的颜色，咬牙切齿地问道：

"小茵，你这些话可完全是事实吗？"

"新少奶，我有几颗脑袋，把这些谣言也能造出来吗？完全是千真万确的事情呀！"

"那你为什么早晨不向我告诉呢？"

"我……我……恐怕你们吵闹起来，要责怪我搬弄是非，所以我……不敢告诉。此刻因为看不过新少奶伤心的样子，我才说出来了。但……是……你在少爷面前，可不能说是我偷听的，否则，我……要被少爷责骂哩！"

梅邨恨恨地把桌子一拍，她随手拿着一只玻璃杯，狠命地掷到地上去。但地上原铺着厚厚的地毯，所以玻璃杯还是没有敲碎。梅邨心中怨恨极了，立刻用皮鞋脚一阵子乱踏，这才把玻璃杯踏碎了。小茵见她那种疯狂的样子，由不得大惊失色涨红了脸，吓得全身瑟瑟地发抖，但梅邨终倒在床上，哇的一声哭泣起来。小茵这才走到床边去，推了推她的身子，说道：

"新少奶，你千万不要这个样子呀，自己身子也得保重些才好，伤心得病倒了，那也犯不着呀！"

梅邨听小茵这样劝慰，一时暗想：不错，我犯不着为他这种无情无意的人伤心，他既然不忠于妻子，我又何必忠心于丈夫呢！他把女人当作玩物看待，我也可以把男人玩弄玩弄的呀！梅邨想到这里，便收束了眼泪，从床上坐起身子，吩咐小茵倒盆洗脸水来。小茵见新少奶没有什么悲伤了，自然也不敢再提什么话，匆匆地倒上了洗脸水，便退出房外去了。

这梅邨一面梳洗，一面又暗暗地想了一会儿心事，方才披上了一件梅红呢的夹大衣，也不到上房里去告诉，管自匆匆地出外，坐了人力车，来到新华大旅馆，开了一个房间，然后打电话给罗医生，说有要事商量，请他马上到新华大旅馆二百五十号房间来一次。罗文达接到了梅邨这个电话，心中真有无限的惊奇。想要拒绝她，但梅邨又再三地请求他到来。想要问她到底有什么事情商量，但恐怕被菊清听到了起疑心，所以只好不情不愿地答应下来。果然菊清在旁边问他说道：

"是谁给你的电话呀？"

"哦！是家里那位房东太太打来的电话，她的小儿子有些不舒服，请我回去给他看一看是什么病。"

罗文达灵机一动，想出这两句谎话来回答。菊清听了，当然深信不疑，遂点头说道：

"那么你就快些去吧！反正这里病人差不多也快要看完了呢！"

"好的，我一个小时之内就赶回来。"

"又何必那么急匆匆呢？"

"晚上我们还要布置新房哩！明天晚上不是我们可以洞房花烛了吗？"

罗文达笑嘻嘻地说，扬了眉毛，表示那一份得意的样子。菊清红了娇靥，秋波白了他一眼，忍不住也赧赧然地笑了。文达这才披上大衣，坐了车子，赶到新华大旅馆来找寻梅邨了。

当梅邨瞧到了文达的时候，不知道怎么的，此刻在梅邨眼睛里看来，觉得文达实在是个朴实可爱的青年。她心中又悔恨又羞愧，一时过分的感情冲动，竟不由自主地扑了上去，抱住了文达，哇的一声哭起来了。文达冷不防被她这么的一来，真是弄得莫名其妙，手足失措，因把她急急地推开，口吃了语气，说道：

"大小姐，你……你……这是怎么的一回事情呀？不是太叫人奇怪了吗？"

"你且坐下来，我们好好儿地谈吧！"

梅邨也觉得自己这情形会叫人莫名其妙的，于是收束泪眼，低低地回答。一面给他脱了大衣，一面拉了他身子，一同在沙发上坐下。罗文达见她这么亲热地招待着，反而心中甚为不安，不由搓搓手，又抓抓头皮，局促地问道：

"大小姐，你不是说有要紧的事情和我商量吗？到底是件什么事情呀？你快说吧！"

"我……我……真懊悔……"梅邨红了两颊，有些支支吾吾的表情。

"你懊悔什么呀？"文达奇怪地急急地问。

"我悔不该嫁给楚常明，我……真对不起你。"

"咦！你这话是什么意思呀？爱情原是自由的，你当初讨厌我，打我耳光，你难道忘记了吗？"

"哦！我求求你，你别提这些话了吧！我……该死，我……自己作孽！唉！我完全瞎了眼睛，所以便这么对待你了。"

罗文达听她这么说，心中自然十分怨恨，尤其想到过去的委屈，他立刻有股子气愤塞到胸口上来，这就冷笑了一声，讽刺她说。梅邨又急又怨，哦了一声，把娇躯滚到他的怀里去，忍不住哭了起来。文达一时被她弄得有些心荡，伸手去扶她身子，是叫她坐正了的意思。但心慌意乱之中，偏偏把手指又摸到她的胸部，觉得婚后的梅邨，那胸部自然更加富有弹性了。因此立刻又缩回了手，简直呆呆地窘住了，遂急急地说道：

"大小姐你……这……到底算什么意思呢？你嫁给了楚大少爷，不是很满足吗？如何又悔恨起来了？"

"满足？哼！他这个无情无意的浪荡子！简直是我们女界中的魔鬼！他哪儿有什么真心的爱呢？"

"哈哈！大小姐，可是你这些话不应该对我来说，因为我并没有逼你去嫁给他呀！"

罗文达觉得她这时候对自己来说这些话，那真是在倒她自己的霉，一时不由得痛快地笑了一阵，冷讥热嘲地回答。接着又很快地说道：

"我是个穷光蛋！我是个穷小子！当初穷小子险些为你闹自杀哩！若不是你妹妹来救了我，我恐怕早已不在世界上做人了。你那时候度着闺房之乐，你如何还会想得到我这个苦命的穷鬼呢！"

"够了，够了，我过去错了，请你原谅我吧！"

"这也没有什么原谅的必要，你现在是楚家大奶奶，我如今可是你的妹夫了，彼此是亲戚关系，我们还是别谈过去的事情。你今天叫我到这儿来的目的是什么？你快说吧！我还有许多的事情哩！"

梅郇被他讽刺得满面含了痛苦的眼泪，显出那份可怜的样子，向他低低地求饶。罗文达对于她的眼泪，却并没有感到一些同情的难过，还十足显出不耐烦的表情，向她急急地问。梅郇红了脸，心头跳跃得剧烈，她在不可抑制的情感冲动之下，终于直接地说道：

"文达，我……我……希望我们两人仍旧能够互相地恋爱……"

"什么？你……你……疯了吗？你怎么能说出这样无廉耻的话来呢？难道你……存心要来破坏我和你妹妹这头婚事吗？"

罗文达一听这话，身子不由猛可地跳起来，气呼呼的神情，一面向她怒责，一面也不再留恋，身子向外直奔了。梅郇慌忙站起，把他狠命地拉住，流泪说道：

"文达，你不要愤怒，我并没有存心破坏你们婚事呀！"

"那么你如何说出这些话来？你难道忘记你已经是个有夫之妇了吗？况且我既然和你妹妹要结婚了，我怎么还能够来爱上你？这些都是不可能的事情，你如何想得出来呀？"

"我……只要在你身上得一些爱，我死也情愿了。文达，你明天结婚了，我知道，但是此刻我要把身子交给你，让我心头出一口气！"

梅邨有些自说自话的，她伸了两手，紧紧抱住文达的脖子，竟自动地在文达嘴上热烈地吻住了。文达被她这么一来，真弄得有些神魂颠倒起来，遂急急地说道：

"大小姐，请你放尊重一些吧！你这种行为是近乎下流的！"

"不过，我为了要报复，我可顾不了许多。"

"你要报复？你向谁报复？"

罗文达不懂得她这句话的意思，遂呆呆地问她。梅邨惨淡地一笑，显出痛苦的表情，冷冷说道：

"他可以和别的女人去游玩，我难道就不能和别的男子寻欢作乐吗？文达，你可怜可怜我，就成全我吧！"

"哦！原来你是为了这样的报复！哈哈！你的丈夫在外面玩弄女人，难道你也想玩弄男人吗？可是，我告诉你，你可能去玩弄别的男人，要想玩弄到我的头上来，那你除非做梦！你这不要脸的女人，给我滚开了吧！"

罗文达这才恍然大悟，知道她是想来玩弄自己的意思，一时又愤怒又痛恨，不觉狂笑了一阵，一面冷冷地辱骂她，一面把她狠命地一推，然后在衣钩上取了大衣，像飞一般地逃出房外去了。可怜梅邨只为一念之错，弄得一错再错，自取其辱，被他重重地推倒在地，只觉浑身疼痛，不由得啊了一声，竟是爬不起来了。

第六回

诛奸受创躲闺楼无意惊美

一个很富丽的闺房里面，春阳暖和和地从窗子外透露进来，照映着房内那一堂红木的家具，更显得灿烂而耀人眼目。这时梳妆台前的小圆凳上坐了一个二十一二岁的姑娘，她对了镜子，望着自己忧愁满面的粉脸，却是呆呆地出神。虽然窗外的小鸟儿叽叽喳喳地歌唱着美妙的曲子，好像对那热情的春天感到万分的愉快。不过那姑娘的心中，只觉无限的哀怨，好像有说不出重重心事的样子，她不时深深地叹着气。

"二小姐，你怎么啦？一个人又在闷闷地不快乐了？瞧吧！这么好的春光明媚天气，你为何不到西湖里去游玩一会儿散散心呢？郁郁闷闷地躲在家里，不是会闷出病来吗？"

小茵丫头从房外捧了一瓶刚折下的桃花进来，一见姗姗二小姐愁眉不展的神情，她知道二小姐又在难过了，于是把花瓶在那张百灵桌子上放下，回眸望了她一眼，温情地劝告她说。姗姗回过身子来，摇摇头，叹息着说道：

"春天，今年的春天变了，不但是春天变了，连西湖也变了，我的家也变了，在我眼睛里看来，就觉得什么都变了！我恨不得马上就脱离这个家，这个瞧不入眼的恶环境！"

小茜听小姐这么怨恨地说，一时还有些弄不明白她这些话是什么意思，怔怔地望着她粉脸，出了一会儿神后，方才奇怪地问道：

"二小姐，你这是什么话呀？春天怎么会变的呢？"

"往年的春天，暖和和的春风，吹在人们的身上，是多么的快乐！但今年的春天，春风吹来的都是些不幸的消息，而且是包含了多少的血腥气味啊！你想春天不是变了吗？"

"那么西湖又如何会变了呢？我前星期曾经路过西湖，只见青山绿水，桃红柳绿，还不是和从前一样吗？"

"难道往年的西湖旁边也有这些豺狼般凶恶的敌人的足迹吗？你瞧这些奴才们，耀武扬威，在西湖旁作威作福地横行不法，我们同胞见到了这班豺狼，个个心惊肉跳，可怜的西湖，今年也被他们白白地糟蹋了！"

"二小姐，那么你说我们这个家又如何变了呢？我瞧和往年不是一样的舒舒服服过日子吗？"

"傻孩子！你懂得什么呀？"

姗姗有些生气的样子，逗了她一瞥娇嗔，站起身子，却走到窗口旁去了。小茜给她倒了一杯玫瑰花茶，跟上去交到她手里，却笑着说道：

"二小姐，我原不懂得什么呀！那你应该教导我才是哪！"

"唉！我这个家是变得最快最可恶了。"

姗姗接了茶杯，喝了一口茶，一面深深地叹了一口气，接着又无限痛苦的表情，望了她一眼，说下去道：

"自从沦陷之后，国军节节败退，因此我们杭州也落在敌人的手里。可恨这个杨永福小子，他自己在司令部里做了翻译，出卖了灵魂，倒也不必说了。谁知他还要串通敌人，强逼我爸爸出任维持会的会长。我爸爸偏又是个贪生怕死的人，我叫他连夜地逃走，他却没有这个勇气，竟然答应做了敌人的走狗。你想，我这个家是变得多么的可怕啊！"

"可是，那也怨不了老爷。他一个人逃走了，如何放得下这个家呢？假使不答应，又得被敌人害死，所以他真是左右为难了。"

"照你说来，你还很同情我的爸爸吗？要知道杀身成仁，这才不愧是个流芳百世的好百姓呢！像爸爸现在的行为，被后世人永远地唾骂，这是多么丢脸！多么可耻呢！"

小茵听小姐这么痛心疾首地说着，一时也不知道该怎么回答才好，不由得怔怔地愣住了一会子。姗姗似乎心胸中一口怨气还没有尽情倾吐，接着又滔滔地说道：

"我的妈本来是个糊涂人，一天到晚，只知道有骨牌玩，什么天塌下来的大事都不管闲账了。至于哥哥呢，名义上是个大学生，实际上什么知识也没有。他懂得什么叫民族思想？什么叫国家观念？现在是更好了，仗了爸爸的势力，一天到晚，居然作威作福地更加荒唐起来。我的嫂嫂呢，最近人也变了，哥哥在外面游玩，她也在外面游玩，我玩我的，你玩你的，看他们大家不干涉大家的事情，各自的荒唐。小茵，你想，我在这么黑暗的家庭之下，我如何能忍耐着看下去？唉！这不是把我苦闷得要透不过气来吗？所以我心里想着，假使有机会的话，我一定脱离家庭独个儿到外面去过流浪的生活了。"

姗姗一口气说到这里，心中不免有些心酸，眼皮一红，她的泪水忍不住就夺眶流下来了。小茵见小姐伤感，也有些难过，遂连忙说道：

"二小姐，你千万不要这样说，你是一个年轻的女孩儿家，你怎么能够陌陌生生地流浪到异乡客地去呢？况且在外面的人心是多么的坏，万一被人家陷害了，这不是自讨苦吃吗？"

"我大不了一个死，我还怕什么呢？"

"二小姐，你好好儿地别说什么死啊活啊了！叫我听了，心里也很难过哩！"

"小茵，你不知道，我就是住在家里，恐怕将来也是一个死呢！"

"什么？二小姐，你这话是什么意思呀？"

小茵对于她这一句话当然表示无限的惊异，不禁涨红了脸，急急地问。姗姗红脸上浮现了愤怒和娇羞的红晕，雪白的牙齿，咬着她薄薄的嘴唇皮子，沉吟了一会儿，方才徐徐地说道：

"杨永福这小子对我不怀好意呢！你难道没有看出来吗？"

"我当然也有些看得出来的，不过爱情是要双方面都发生了才行啊！否则，他难道可以强迫地爱你吗？"

"过去他对我就显出色眯眯的样子，不过那时候，他是华东贸易公司的会计，我爸爸是经理，他对我自然还不敢十分放肆。现在他做了敌人的走狗，他便小人得志似的神气活现了，对我竟敢直接地求爱，要和我结婚。否则，他便叫司令部的吉田少将来做媒，那时候问我还敢不答应吗？你想，他完全用一种强迫手段来欺压我，这叫我如何是好？"

姗姗说完了这两句话，她把茶杯在百灵桌上放下来，连连地搓手，表示那份着急的样子。小茵两条眉毛也紧紧地蹙起来，恨恨地说道：

"这该死的奴才竟如此可恶吗？小姐，你可以告诉老爷，叫老爷教训他一顿好了，他到底是老爷手下的人啊！"

"唉！爸爸见了他，现在反而怕他了呢！"

"啊！这是什么理由呀？"

小茵听她说老爷现在反而怕杨永福了，有些莫名其妙的惊奇，遂啊了一声叫起来问。姗姗叹息着说道：

"这是所谓彼一时此一时，现在是豺狼当道的世界。小杨这奴才懂得日本话，他只要在司令部里歪一歪嘴儿，我爸爸的性命就有被他陷害的危险。所以爸爸见了他，还要向他拍马屁呢！哪儿敢得罪他？"

"那么……这……便如何是好呢？"

姗姗这些话听在小茵耳里，一时也不由得急了起来。姗姗当然更加地悲痛愤恨，眼泪益发扑簌簌地落下了两颊。小茵这才低声地劝慰她说道：

"二小姐，你此刻伤心也没有用呀！事情总得慢慢想法子才好。"

小茵一面说，一面走到梳妆台旁去，用开水拧了一把手巾，给姗姗拭泪。姗姗也觉伤心无益，事情只好随机应变，且等将来再作道理了。主婢两人又闲谈了几句，方才各自地走开了。

晚上，姗姗一个人坐在写字台旁的台灯下，静静地看着小说解闷。忽然听得阳台上有什么声音嗒地一响，一时把姗姗震惊得抬起头来，两眼向落地玻璃窗外望去。因为这几天甚热，所以窗户开着，只有那白纱的窗幔掩拢着一半，夜风一阵阵地吹送，那窗幔便不住地飘荡，发出了扑哧的声音。姗姗暗想：这一定是风吹窗幔的声音，我把窗门去关上了吧！她一面想，一面站起身子来，走到落地玻璃窗旁去关门。不料这时阳台上却躲着一个黑影子，在黑夜之中，姗姗当然辨不清楚他到底是人还是鬼，芳心里这一吃惊，真是把她小魂灵都吓掉了，灰白了脸色，由不得啊呀地竭声叫喊起来了。

那个在洋台上躲着的黑影子，被姗姗这么一叫喊，他倒反而大胆地走出来，而且手里握了一支手枪，对准了姗姗的胸口，低低喝声不许声张。姗姗本来已经唬得魂不附体了，此刻一见了手枪，更加急得脸如死灰，只觉两腿发软，全身瑟瑟地乱抖，身子往后一仰，一时站脚不住，竟仰天跌了下去。那个黑影子见姗姗跌倒在地，因

218

为她是一个年轻的姑娘，所以立刻把手枪藏入袋内，还蹲下身子去，把姗姗扶了起来。

在室内电灯光的笼映之下，尤其是那男子俯身去扶姗姗的时候，他们两人脸的距离当然是相当的近，所以姗姗已看清楚那男子倒是一个年轻而俊美的青年。也许爱美是人之天性，所以姗姗心头的害怕成分也减少了许多，自己安慰自己道：他也许不是什么凶恶的强盗吧！她一面想着，一面竭力地挣扎着爬起身来。因为自己是个姑娘，所以不愿意他用手来接近自己的身体，终于大胆地开口问道：

"你……是谁？怎么陌陌生生地闯到别人家的卧房来呢？"

"小姐，你……不要害怕，我不是强盗，我……是好人！"

那少年含了微微的笑容，低声地回答。他把右手紧紧地抓住左臂，两道清秀的眉毛微蹙着，好像还有些痛苦的样子。姗姗的明眸瞧到他左臂上的时候，心头倒又别别地一跳。原来他臂的西服上染了鲜红的血水，可想他是受了枪伤，这就急急说道：

"你……你……受了伤吗？"

"是的，被日本兵追捕打伤的。小姐，你……你……能救救我吗？"

姗姗一听他这两句话，不但立刻放心下来，而且还起了一阵爱怜之心，暗想：那么他不是一个爱国的热血分子吗？于是马上连连点头，先走到洋台边来，把落地玻璃窗关上，还紧紧地拉拢了窗幔，然后回身走到房门口去，把房门上了插闩，这才很快走到那青年的身旁，秋波脉脉含情地瞟了他一眼，低声问道：

"你这个伤要紧吗？快把衣服脱下来，我给你瞧瞧。"

"不要紧的，是一些枪弹擦过的皮伤。"

那青年一面回答，一面脱了西服上褂。姗姗连忙接过，放在沙发上，然后很快地把热水瓶里的热水倒在面盆里，在一个小小的玻璃橱里取出药水棉花和伤药水，说道：

"把污血洗洗清洁，我给你敷药水吧！"

"哦！谢谢小姐，我心里真感激你！"

那青年一面向她道谢，一面把衬衫衣袖撩起。姗姗见他挺结实的臂膀上染了一堆鲜血，遂把他握住了，一手拿了药水棉花，浸了开水，在他伤口处轻轻洗濯。虽然枪弹没有嵌在皮肉里，但臂膀上已经削去了一块肉，血淋淋的真有些惨不忍睹。尤其是那青年手臂一动一动的样子，可想他是多么疼痛。这就连自己手都有些瑟瑟地发抖，皱了细长的眉尖儿，低低问道：

"很痛是吗?"

"嗯！还好，不……痛什么……"

姗姗见他口里虽然这么回答，但两眼的表情，并那咬着牙齿的样子，就可知道他是怎样疼痛了，于是用了轻快的手法，把他污血洗净，敷上了药水。一面又到橱内取出纱布和橡皮膏，给他轻轻地包扎起来。那青年做梦也想不到自己偶然逃避到这儿，竟会遇到这么一个慈爱的姑娘，一时在万分惊险和痛苦之余，也不免得到了一些甜蜜的安慰，遂把明眸含了无限的热情，望了她一眼，说道：

"小姐，你太好了，请问你贵姓呀?"

"我姓楚，你贵姓? 你……是干什么的? 如何会被鬼子兵追捕呢?"

姗姗一面回答，一面提了西服上褂的衣领，是给他穿上的意思，并且望了他俊美的脸蛋儿，又低低地反问他。那青年先道了一声劳驾你，便把上褂穿好。正欲向她回答的时候，忽然房门外有人笃笃地在敲门。一时那个青年便急了起来，慌慌张张的神情，大有欲躲逃的样子。姗姗向他摇摇手，是叫他不要着急的意思，一面问道：

"谁呀?"

"是我呀！姗姑娘，你问得这么清楚的干什么？难道你房中藏着什么好宝贝，怕人来抢了去不成？"

那青年一听房门外面一个女子声音这么的回答着说，一时还以为她已经知道了房中的秘密。他心头这一吃惊，几乎吓得手足失措，便急急走到落地玻璃窗旁去，似乎要开了窗门从阳台上跳下去逃走的意思。姗姗慌忙把他拉住了，一面摇手，一面努嘴，一面把衣橱门拉开，将那青年身子向橱门里推进去，而且口里还说道：

"嫂嫂，我已经睡了呀！你有什么事情吗？"

"啊呀！你这个小姑娘胃口也太好了，现在九点钟还没有敲过，怎么就睡觉了吗？快起来，快起来，我当然有事情来找你呀！"

就在她们这说话之间，那青年也就糊里糊涂地把身子躲入衣橱里面去了。姗姗连忙把橱门掩上，然后走到床边，故意把被揭开了，又故意把旗袍衣纽解散了，然后很快地换了一双拖鞋又把桌子上药水等物藏好，方才去开了房门。房外的梅邨便笑盈盈地走进房里来，秋波瞟了她一眼，取笑她说道：

"你一个人生活过得太苦闷了是不是？所以提不起精神的就这么早睡觉了，要不要我来给你介绍一个男朋友呢？"

"嗯！嫂嫂，我道你是什么正经事情来的？原来却和我开玩笑来的，那我可没有这么闲工夫来跟你闹着玩呢！"

姗姗听了，鼓着红红的粉腮子，秋波恨恨地逗给她一个娇嗔，似乎有些生气地回答。梅邨哧哧地一笑，拉了她手，一同在沙发上坐下，低低地说道：

"姗姑娘，你为什么这样讨厌我呢？"

"我不是讨厌你呀！我是说你不该取笑我。"

"我倒并没有完全地取笑你，我此刻来找你，确实是有些正经事来跟你谈谈的。"

梅郴这时却又显出十分认真的样子，向她一本正经地说。姗姗觉得有些奇怪，明眸含了猜疑的目光，望着她粉脸，怔怔地问道：

"你有什么正经的事情来跟我谈呢？是不是哥哥专门喜欢在外面胡调，所以叫我代为给你去劝劝他吗？"

"好了，好了，你不要提起你哥哥这个人了。不提起倒也罢，一提起了他，我胸口中的一股子气就会塞上来的。"

梅郴被她提起了自己的心头事，一时绷住了粉脸，就忍不住恨恨地说。姗姗见嫂嫂难过，也不由得叹了一口气，低低地劝告她说道：

"嫂嫂，你别那么说吧！常言道：夫妻总有夫妻之情，何必把哥哥恨得这个样子呢？他虽然喜欢胡调，但我以为这一半也是你的责任，你应该好好儿劝阻他才是啊！"

"姗姑娘，你真不知道我心里的痛苦。我何尝不好好儿地劝他呢？但是他偏把我说的话当作耳边风，那叫我有什么办法呢？前年他不是生了一场病吗？他完全是外面玩女人玩出来的。我知道了之后，也好好儿地劝他，他知道错了，表面上向我讨饶，谁知后来他住到我爸爸医院里去医治的时候，见了我菊清妹妹，他居然又向菊清求起爱来。姗姑娘，你想想吧，像这种人还劝得好吗？除非是他死了再去投生换一个人哩！"

"嫂嫂，这话可真的吗？"

"哪里有不真的道理？难道我还故意造他的谣言不成？"

"唉！哥哥这人真也太岂有此理了！"

"所以我现在也不再劝他了，他玩他的，我玩我的，这又有什么办法呢？我若不到外面也去玩玩的话，那我不是要郁郁闷闷地气出病来吗？"

"不过这样子下去，总也不是一个根本解决的办法。所以明天有机会，我倒要向哥哥好好儿地劝告一番。"

姑嫂两人说着话，自不免叹息了一会儿。但梅邨忽然又笑了起来，拉了姗姗手，温情地抚摸了一会儿，说道：

"你瞧我这人真也有趣，原是为了你的事情而来找你的，谁知正经的事情不谈，倒反而说着这些气闷的事情，那真也太犯不着了。"

"嫂嫂，我有什么正经的事情呀？"

姗姗听了梅邨的话，表示十分的惊奇，遂向她急急地问。梅邨笑了一笑，好像有些神秘的样子，低低地说道：

"我老实告诉你吧，小杨爱上你啦！"

"嫂嫂，你不要胡说八道吧！绝对没有这一回事的。"

姗姗听了这话，那颗芳心的跳跃，几乎要从口腔外跳出来了。那张粉脸，涨得玫瑰花般的血红，至少还有些薄怒娇嗔的表情。梅邨却笑嘻嘻说道：

"你别抵赖了，是小杨亲口对我说的。他说你爸爸也赞成这头亲事，只有你自己好像有些不大喜欢似的，所以特地请我来劝劝你。你说小杨这人是十分能干，容貌也不算十分的差，你为什么还委决不下呢？"

"嫂嫂，你也是一个知识分子，你怎么一些也不同情我呢？难道你喜欢我去嫁给一个走狗做妻子吗？"

梅邨被姑娘这么的一责问，她的两颊也不由热辣辣地红了起来。沉吟了一会儿之后，便冷冷地笑道：

"姗姑娘，你这话虽然说得不错，但是你却没有想到你自己的爸爸？他和小杨不是一样的地位吗？"

"这……嫂嫂，你何苦这么来挖苦我？爸爸当初要任维持会会长的时候，我原竭力地反对。但爸爸忠言逆耳，不肯听从我的劝告，这叫我做女儿的又有什么办法呢？老实地跟你说吧，我恨不得马上脱离这个家庭到外面去流浪呢！"

珊珊听她这两句话，显然是包含了讽刺的成分，这就羞愧地红了粉脸，无限哀怨地回答。她芳心中只觉一阵子悲酸，忍不住抽抽噎噎地哭泣起来。梅邨被她一哭，连忙又含了笑容，拍拍她的肩胛，低低地说道：

"好姑娘，你别哭呀！嫂嫂也不是有心地要挖苦你。我的意思，这个年头做人，何必要这样认真呢？小杨现在是出风头的人物，你嫁给了他，无论在什么地方都不会吃亏的。你说要脱离家庭，但一个年轻的姑娘到外面去流浪也是一件危险的事情。万一在半路中上了人家的当，那不是更加走投无路感到痛苦了吗？"

"嫂嫂，我说你的眼光太近了，你难道只贪图短时间的富贵荣华吗？我们都是三十岁不到的人，你难道不预备给自己将来做个打算吗？假使中国胜利了，我问你，那时候我们还有脸做人吗？不但没有脸做人，恐怕还要受军法的判决哩！"

"珊姑娘，你别多心，我又要说一句笑话了，汉奸的女儿，和汉奸的太太有什么分别呢？照你现在的地位而说，恐怕人家也不会谅解你是个爱国的好女儿吧！"

珊珊听嫂嫂一味地拿话打动自己的芳心，一时非常怨恨，所以呆呆地并不回答她。梅邨却接下去又劝着说道：

"珊姑娘，我看你还是答应了吧，免得彼此伤了感情。小杨对我说，假使我劝了你，你再不肯答应的话，那么他就要叫司令部里的吉田少将来做媒了。我想那时候你再答应，倒反而不好意思，不是明明地屈服了吗？"

"哼！我早已听到过了，不要说什么吉田少将，就是东京的日皇来做媒，我也绝不会答应他的。"

梅邨见她柳眉倒竖，杏眼圆睁，满面娇怒的表情，显然是十二分决裂的样子。一时望着她倒是怔怔地愕住了一会子，淡淡地一笑，问道：

"你难道不怕死吗？小杨是个有势力的人，他若一翻脸，恐怕你仍旧逃不过他的手掌之中呢！"

"我情愿清清白白地死，我也不愿委屈地活着。"

姗姗听嫂嫂也来这么地威胁自己，她心中真有说不出的悲痛，一面愤愤地说，一面却又哭泣起来。梅邨连忙又温情地说道：

"姗姑娘，你应该明白我，我是为了你的好。"

"……"

姗姗没有回答，依然低低地啜泣着不停。

"姗姑娘，你真像小孩子似的，老是哭着做什么？快不要伤心吧！我劝你考虑考虑再说，过几天我来听你回音。好姑娘，我服侍你睡吧！"

梅邨又像哄孩子似的，把她拉着起身，还亲自给她脱了旗袍，服侍她睡下。给她盖上了被之后，方才悄悄地退出房外去了。姗姗觉得自己终身幸福的问题已到了最后的关头，所以越想越急，越想越伤心。她把衣橱里还有一个青年躲藏着的事情也忘记了，因此躺在床上，管自地抽抽噎噎地哭泣起来。也不知经过多少时候，忽然床边有个人站着了，低低地说道：

"楚小姐，你不要伤心呀！"

"啊！"

姗姗回头急忙去看，原来就是刚才那个躲在衣橱里的青年，他已经自己走了出来，站在床边，向自己低低地劝慰。这才猛可想到了他，忍不住啊的一声叫起来。因为自己已经躺在床上了，在一个陌生男子的面前，若露了小衣小裤的再起身下床，这实在万分的难为情。不过自己老是躺在床上，让一个陌生男子站在房中，这到底

225

也不是一个办法。因此情急智生地向他挥挥手，红了粉脸，说道：

"对不起！你把身子回过去吧！"

那青年似乎也理会她的意思，立刻把身子别了转去，面对着落地玻璃窗却呆呆地出神。约莫三分钟后，方听姗姗又低低说道：

"先生，你请坐吧！"

那青年知道她已经起身了，于是回身来望，见她已穿上了旗袍和皮鞋，一手还在扣那衣襟上的纽子。于是在桌子旁坐下，两眼望到她的粉脸上，还沾了丝丝的泪痕，显出那么楚楚可怜的样子，这就微微地笑道：

"楚小姐，你真是个有思想的姑娘，我心里非常地敬佩你。"

"唉！刚才我和嫂嫂在房中所说的话，莫非你全都听到了吗？"

姗姗非常羞愧而惊奇的表情，一面叹气，一面向他低低地问。那青年点了点头，明眸里含了热情的光芒，向她粉脸脉脉地凝望着，说道：

"不过，你是一个爱国的好姑娘，所以我并没有一丝轻视你的人格。只不过，你的嫂嫂竟会变成了这一种样子，我真觉得万分的心痛！"

姗姗见他一面说，一面大有感伤的神气，心中这就暗暗奇怪，秋波含了猜疑的目光，望着他俊美的脸庞，问道：

"先生，你这话说得太以奇怪了，难道你知道我嫂嫂过去不是这么一个思想腐败的人吗？"

"楚小姐，我不瞒你说，我就是你嫂嫂的弟弟齐小良。"

齐小良在支吾了一会儿之后，方才向她老实地说出来。姗姗一听他就是嫂嫂的弟弟齐小良，一时又惊奇又喜欢，不由呀了一声，说道：

"什么？你……就是小良兄吗？听说你是在上海大学里念书呀！

226

那么你是几时回杭州的呢？"

"我回杭州已有一个多月的日子了，但我还没有回家去过，因为我干的是地下工作。楚小姐，我因为你是一个爱国的好姑娘，所以我不瞒你地告诉出来，可是你千万得给我保守秘密才好。"

齐小良既然把真心话告诉了她，但他忍不住又胆小起来，立刻一本正经的态度，向她小心地叮嘱。姗姗点点头，温情地说道：

"你放心！我平生是最爱护这一班热血的好男儿的，那我如何肯泄露你的秘密呢？小良兄，我很惭愧，我有这么一个不清白的家庭，你……叫我怎么办好呢？"

"这……这……也是没有办法的事情，我想……有机会的话，你还是脱离这个家吧！"

姗姗说到后面的时候，大有请求小良帮忙的样子，一面眼泪已扑簌簌地落了下来。小良因为对于她们刚才所谈婚姻的事情，也已听得清清楚楚，觉得她在这个恶劣的环境之下，除了出走之外，还有什么第二条路，遂向她很表同情地怂恿。姗姗心中当然也明白他是完全都知道自己的处境了，一时红了脸，有些哀求的口吻，说道：

"小良兄，可是，我一个弱女子又走到什么地方去好呢？假使你能够可怜我同情我，我情愿跟你去干些爱国的工作，不知道你心中可讨厌我这一个平庸的女子吗？"

"楚小姐，你别说得那么的客气。我们虽然很需要人才一块儿地工作，但只怕你吃苦不起。"

"小良兄，我不怕吃苦，只要你肯收留我，我什么苦都能吃得了。我总算是个高中毕业的女子，我别的事不能做，对于抄抄写写的工作还可以担任。小良兄，我准定就跟你走吧！"

小良见她笑容满面地说，仿佛马上就要跟自己动身的样子，一时忍不住暗暗好笑，遂俏皮地问她说道：

"你不怕我拐了你吗?"

"不!我相信一个热血青年是绝不会拐骗人的。"

"那么你难道相信我真的就是齐小良吗?"

姗姗被他这么的一问,果然把笑容收起,倒是怔怔地愕住了,暗想:我在过去并没有见过齐小良的人,那我如何能听他口里说说就信任他了呢?那我真的有些太盲目了,于是望着他问道:

"你到底是不是齐小良呢?你要凭良心说话,你不能骗人的呀!"

姗姗说话的表情,几乎要哭出来的样子。

"假使我不是齐小良,那你还跟我一块儿走吗?"

"我……我……可不能冒昧地跟你走!"

"你和齐小良既不认识,为什么这样信任他呢?"

"因为你是齐小良,我们就有一层亲戚关系,虽然我们从未见过面,但我心中好像也会觉得有些安慰似的。那么你到底是不是齐小良呢?"

"当然是的,我为什么要冒别人的名字呢?"

小良这才点点头,很认真地回答了这两句话。但姗姗倒又狐疑起来,凝眸含颦地望着他,说道:

"可是,我倒有些不相信你起来了。"

"那为什么呢?"

"既然你是齐小良,那你刚才为什么不先走出来和你姊姊见见面呢?难道你姊姊也会陷害自己弟弟吗?"

"我听姊姊一味地劝你嫁给那个姓杨的汉奸,我觉得姊姊这人已经丧失了良心,所以我非常沉痛,我如何还愿意见她呢?楚小姐,我不能多耽搁了,我要走了。"

"啊!小良兄,你不马上带我走吗?"

姗姗见他说着话,身子已站起来,这就情不自禁伸手拉住了他,急急地问。小良微微地一笑，低低地说道：

"说走就走，没有这么容易的事。好在你还没有到最危险的时候，过几天我打电话来约你吧！"

"好的，那么我此刻送你下楼去，你在路上可千万要小心一些。"

小良听她温情蜜意地叮嘱着自己，表示那份多情的样子，一时心中也起了一阵感情作用，不由自主地和她握手。两人悄悄地到了楼下，姗姗亲自送他出了大门，门役还以为是二小姐的朋友，所以并不注意。不料姗姗回到屋子的时候，忽然济民医院来了电话，说楚伯贤在半路上被人家暗杀了。

第七回

左右为难脑充血良医遽逝

　　是晚上八点三刻的时候，齐国良一个人静悄悄地坐在诊病室内翻阅着医学论的那一本医书，他口里衔着烟斗，一面吸烟，一面细细地研究着。烟斗里的烟圈子一圈圈飞腾上去，丝丝袅袅地笼罩着他整个身子，在电灯光下看起来，他的人好像是坐在云堆里的样子了。

　　正在这个时候，忽然一阵急促的敲门声音，把他震惊得抬起头来。在他心中以为是有什么人生了急病，所以来求医了，于是也来不及叫香妮开门，他自己站起身子，匆匆地走到院子里来开门了。

　　谁知大门外进来的却是一个身穿西服的青年，他的脸色显得非常的慌张，一见了齐国良，便拉了他的手，急急地叫道：

　　"齐老医生，您快救我一救，您快救我一救吧！"

　　"哎，哎！到底是怎么一回事情呀？你家里有什么人生急病吗？"

　　"不，不！因为……后面有……宪兵追我，有宪兵追我呢！"

　　齐国良一听他这样说，知道事情是出了乱子，虽然有些害怕会连累自己，但到底因了一阵爱国思想的冲动，于是他立刻关上了大门拉了那青年急急奔进诊病室来了。在灯光下面，国良方才瞧清楚那青年左手腕上还流着鲜血，一时急急地问道：

"你……你……还受着伤吗?"

"我这个伤不要紧,没有关系,齐老伯,有什么地方给我躲一躲吗?"

那青年一面急急地恳求,一面向四处张望,似乎在找寻一个安全的地方给他躲藏起来的样子。国良正想安慰他的时候,楼上的菊清和罗文达闻声赶了下来。那个青年因为心虚的缘故,所以见了陌生人,把他更吓得脸色灰白。国良于是急急说道:

"别怕,别怕,这是我的女儿和女婿,你放心好了。"

"爸爸,这是怎么一回事呀?"

"他……他是被宪兵在追捕的好……人,他……逃到这儿来躲一躲的。"

齐国良刚告诉完毕,忽然大门外又有人在蓬蓬地敲门了。那青年仿佛是惊弓之鸟,听了这敲门声音,不觉汗流满面,显出无限惊慌的神情,急得不知如何是好的样子。菊清是个机警的女子,当下把那青年身子一拉,就直奔到楼上去了。国良于是高叫香妮开门,他和罗文达镇静了态度,便坐到写字台旁去,依然装出看着医书的样子。文达觉得呆呆地坐着,没有手势,太不自然,便随手取了钢笔和齐医生的用笺,写着西药的药名。就在这个时候,香妮已把大门开了。只听一阵皮鞋脚步的声音,早已凶巴巴地走进两个宪兵和一个便衣的中国男子来。国良抬头望去,认识那个便衣男子就是上次来给梅邨做媒的杨永福。这就急忙站起身子,故意显出吃惊的神气,问道:

"杨先生,有什么事情吗?"

"哦!齐老医生,楚伯贤在半路上遭强徒暗杀了,我们是挨户地来搜抄凶手的,你瞧到凶手逃进屋子来过吗?"

"什么?我的亲家被人暗杀了吗?这……这……可怎么办呢?

231

他……的人现在在……哪儿？为什么不把他马上送到医院来救治呀？"

齐国良一听这个消息，故意把说话的题目全部注意到楚伯贤身上去，表示对于凶手有否逃进来的事情毫不关心的样子。那两个宪兵听不懂国良在说些什么，遂回向永福操着日语问道：

"他在说什么？"

"他说楚伯贤是他的亲家，他对于楚伯贤被人暗杀受伤表示十分的着急，他想救楚伯贤的性命，因为他是个医生。"

永福遂用了很流利的日语，向他们小心地回答。宪兵点点头，笑了一笑，似乎有些喜悦的样子，说道：

"哦！原来他们是亲戚关系，那么好，回头把楚会长由同德医院转送到这儿来请他医治好了。他们既然是亲戚关系，当然更会出力给他医治了。"

"是，回头一定这样办。"

杨永福十足显出那副走狗的态度，恭而敬之地回答。那两个宪兵回身要走的时候，忽然又望到了写字台旁的罗文达，遂又问道：

"这个是什么人？"

"他是我医院里的助医罗医生。"

齐国良听了他生硬的中国话，遂急忙向他低低地告诉着说。罗文达恐怕发生什么意外的事情，遂只好委委屈屈地站起身子来，含了不自然的笑容，向他们点点头，表示招呼的意思。杨永福用了日语，一面向宪兵转告着说，一面把文达在写的用笺拿来，看了一看，却并不认识笺上的英文字，遂问他说道：

"你写的是什么东西？"

"我有个朋友患了一点儿咳嗽症，所以叫我给开几味咳嗽药。"

杨永福听了，这就没有什么话可说了，遂把用笺仍旧放下，回头向那两个宪兵望了一眼，表示讨好的意思，问道：

"大队长，我们还要到楼上去搜抄吗？"

齐国良和罗文达听他问出了这一句话，可怜两人心头这一吃惊和焦急，那颗心顿时像吊水桶般忐忑地乱跳起来。尤其是文达心中，更感到十分的害怕，险些额角上的汗水也冒出来了。那两个宪兵因为知道了齐国良和楚伯贤有亲戚关系，所以他们对于搜抄便马虎了许多，他们认为齐国良当然不会把凶手收藏起来的，因此摇了摇头，说声不用了，我们到别处去搜抄吧！他们说着还向齐国良点点头，很有礼貌地带了杨永福走出大门去了。这儿香妮跟着出去，关上了大门。罗文达拿出手帕来拭了拭额角上的汗水，摇摇头，深深地叹了一口气。齐国良笑道：

"越是在危险的场面之下，态度越是要镇静才好。否则，事情往往容易要露出马脚来的。楼上那个好青年手腕上还有着伤哩，我们上楼去给他包扎吧！"

罗文达点头称是，遂取了医药箱，跟着国良匆匆地走到楼上来。两人跨进菊清的卧房，只见菊清坐在沙发上编结绒线马夹，在竭力装出安闲之中而又显出非常紧张的神情。当她抬头见到进房来的是爸爸和文达两个人，立刻把紧张的表情又轻松起来，但还是小心地问道：

"爸爸，事情怎么样了？"

"走了，没有事了。那位先生呢？请他出来吧！"

菊清听了，方才笑盈盈地站起身子，走到衣橱旁边，拿了钥匙把橱门开了。国良笑道：

"你怎么把他藏到衣橱里？不会把他闷死吗？"

"一时急得没了主意，不把他藏在衣橱里，藏到什么地方去好呢？"

菊清笑着回答，已把衣橱门拉了开来。那个青年便跨步走出，向着他们三个人深深地鞠躬，表示无限感激的样子，说道：

"承蒙齐老伯等相救之恩，真叫我感铭于心，没齿不忘。"

"先生，你不要客气，你手腕上的伤痕，我给你敷些药水，包扎包扎吧！"

随了国良这句话，菊清在热水瓶里倒了一盆热水。罗文达把医药箱子打开，取了应用医药，他们夫妇两人便给那个青年医治起来。国良站在旁边，一面瞧女儿女婿给他包扎着伤处，一面低低地问道：

"先生，你贵姓？你怎么知道我姓齐的呢？"

"齐老伯，我告诉您，我姓王名叫久华。您的令郎小良兄，他就是我的同志！"

"啊！原来小良和你是一块儿工作的？"

"王先生，那么我哥哥可也在杭州吗？"

这消息听到国良父女两人的耳朵里，一时心头又惊又喜，又急又忧，忍不住不约而同地啊了一声叫起来，菊清遂慌慌张张很快地问。久华点点头，说道：

"是的，小良兄也在杭州和我们一同活动着爱国的工作呢！"

"那么他干吗不回家来望望我呢？这孩子难道为了爱国，连家都不放在心上了吗？可怜我是多么想念他啊！"

国良有些怨恨的表情，叹了一口气，低低地说。王久华听了，连忙一本正经地给小良辩白着说道：

"齐老伯，您不要怨恨小良兄忘记了家，他心里实在也有不得已的苦衷哩！"

"他有什么苦衷呢？"

"他对我说，在这个环境里干着这种爱国的事情，实在随时都可以发生危险的。所以他不愿意给外界知道他就是齐老伯的儿子，他已经把他的姓也改了。因为这样子一来，万一以后发生了什么不幸的事，他也绝不会连累您老人家了。所以小良兄真是一个忠孝两全的好青年，老伯应该原谅他同情他才是。"

王久华这几句话听到他们三个人的耳里，一时真有说不出的感动。尤其是国良的心中，更感动得忍不住流起泪来了，叹息着说道：

"唉！这孩子的用心真是太苦了，王先生，你碰见小良的时候，你对他说，我并不怕他会连累我，我要见见他，叫他回家来一次吧！"

"好！老伯，我见了小良兄的时候，一定会把您这意思告诉他的。"

王久华见国良流泪，觉得父子之情，是多么叫人感动啊，遂点头答应，也表示代为难过的样子。菊清的眼皮儿也有些红润，秋波瞟了他一眼，说道：

"我哥哥他每天在什么地方办事呢？"

"我们办事没有一定的地方，我们的行动是很神秘的，有时候简直连我们自己也不知道。"

"王先生，那个楚伯贤被人暗杀了，莫非就是你干的吗？"

国良想着了什么似的，又望着他低低地问。久华脸上浮现了兴奋的微笑，点点头，说道：

"不错，是我和小良兄干的，但……我却不知道这奴才可曾死了没有？因为汽车从司令部开出的时候，也有不少的卫队保护着他呢！"

"啊呀！那么我哥哥可曾逃走了没有呀？"

"这个……我却没有知道，因为我们开枪射击了他之后，立刻四面戒严搜捕我们，我们各自逃走，却不知道小良兄逃走了没有。"

国良、菊清听他这样说，心里自然万分的忧愁，两人急得几乎

235

要哭起来了。罗文达在这种情形之下，也只好安慰他们说道：

"爸爸，您不用着急，小良哥一定会很机警地脱逃的，您只管放心是了。"

"齐老伯，我们干这个工作的人，把生命早已置之度外了，所以对于死倒也并不害怕。一个人在世界上，只要死得有价值，那不是比活着更有意思得多吗？"

王久华也在旁边低低地劝慰他说，国良自然也不好意思再忧形于色了，遂向久华说道：

"此刻外面一定搜抄得很严紧，我的意思，你还是在我们这儿住一夜去吧！"

"不！没有关系，让我再坐一会儿，我可以回去的。"

大家正在说着话，只见香妮匆匆地进来，报告说老爷的电话来了。国良于是急急地走到楼下，把电话听筒拿起，问道：

"喂！这儿是济民医院，你找谁呀？"

"哦！我们是同德医院，你是齐院长吗？刚才司令部有命令下来，叫我们把楚会长送到你们院里来，我特地先打电话来通知你一声，请你预备预备。楚会长胸部中了一弹，但并不算是致命伤。需用手术，把子弹设法钳出之后，大概尚不至有什么生命危险，齐院长，这回可辛苦了你，再会吧！"

那边说完了话，也不等国良回答，就把电话挂断了。国良接到了这个电话，心里真弄得有些啼笑皆非起来，暗想：楚伯贤原来还没有死去，那可怎么办呢？想他们这班爱国青年，辛辛苦苦费了九牛二虎之力，冒了绝大的危险，好容易地把这丧失心肝的奴才伤了。但我却再把他去救活过来，这……这……叫我心中如何说得过去呢？不过我原是一个救世人的医生，我……难道能不尽医生的责任而救人性命吗？国良在这样思忖之下，觉得实在是太以左右为难了，一时站在电话机旁，倒是怔怔地愕住了。这时候罗文达提了医药箱子也匆匆地下楼，向国良问是谁来的电话。国良遂把这情形向他低低地告诉，并愁眉不展地说道：

"你想，这事情不是叫我感到太左右为难了吗？"

"爸爸，您且不要着急，回头看情形再作道理吧！"

"王先生预备宿在这儿吗？"

两人正在说话，菊清也匆匆进来，见他们愁眉苦脸的样子，遂急问是怎么一回事，罗文达代为向她告诉了，菊清也觉得这真是一件为难的事。不料正在这时候，大门外呜呜地有汽车喇叭的声音响着，接着蓬蓬地敲起门来。菊清和香妮匆匆地出去开门，只见两个院役抬着楚伯贤进门。国良遂吩咐他们把伯贤抬进了手术室，给伯贤躺在那张高高的活动病床上。同德医院的两个院役既把伯贤送到之后，也就匆匆地回去了。这时伯贤痛得两颊血红，口里还不住地呻吟。他见了国良，便显出可怜的神情，叫道：

"我……我……的好亲家翁！你……救……我，你……救……我吧！"

"你静静地躺着，身子不要乱动，我一定设法救你。"

国良到底是个慈悲的医生，他见了伯贤那种痛苦的样子，心中便大为不忍，觉得伯贤也无非出于不得已而做汉奸的，也许我这次把他救治之后，他会觉悟过来，不做汉奸了，那也未可知哩！于是用了怜悯他的目光，向他望了一眼，低低地安慰他说。楚伯贤感激地点点头，又央求着说道：

"好亲家！你给我打个电话到家里去吧！叫……我……家里的人……快……些……来……伴着我呀！"

国良听了，于是连忙向菊清吩咐了，菊清遂打电话到楚公馆去。当时接听电话的正是姗姗，她一听爸爸被人暗杀了的消息，虽然平日对爸爸行为原不赞成，但父女天性，此时得到了这么不幸的噩耗，也不免大惊失色，不由得啊呀一声大叫起来。当下惊动了楚太太和梅邨，大家一听这个消息，楚太太早已哇的一声哭泣起来。梅邨说事到如此，哭也没有什么用处，还是先到济民医院里去看个仔细，说不定还有救星哩！楚太太一听这话倒也不错，遂慌忙又收束眼泪，急急地吩咐阿三备好汽车，她们母女和梅邨三个人匆匆地一同赶到济民医院里来了。

楚太太等三人一到济民医院，她还没瞧到伯贤的人，先一路地哭了进去。这时国良和文达两人站在病床旁边，正在检视伯贤胸部的伤口，觉得这颗子弹齐巧嵌在肋排骨上，假使要把子弹钳出，非得好好儿动一番手术不可。不料这时楚太太却呜呜咽咽地哭泣着进来，她先把国良臂膀抓住了，带哭带泣地问道：

"啊呀！我的好亲家！伯贤到底死了没有啊？他若死了，叫我可怎么办才好啊？"

"妈，你且不要这个样子，瞧爸爸不是在叫着你吗？"

国良被楚太太这么拉住了边哭边问，一时倒窘住了，呆呆地却说不出话来。姗姗见母亲这举动，真让人笑话，遂连忙向她急急地劝告着说。楚太太这才放下了国良的臂膀，走到床边，望着伯贤又号啕大哭起来，而且还唠唠叨叨地骂道：

"是哪一个黑良心的人呀？真正是丧尽良心的，为什么无缘无故地要暗杀你啊？伯贤，你平日到底有几个冤家？你心里总有些知道的吧！你快告诉我，我非给你报仇不可！哎哟，我的天哪！那不是太叫人可恨了吗？"

"妈！你这样大声哭泣，像个什么样子呢？事到如此，先要设法把爸爸救治好了才是啊！齐老伯，我爸爸这个伤要紧不要紧呢？"

姗姗觉得母亲急糊涂了的样子，先恨恨地痛骂起来，这就皱了

238

眉毛，向她低低地劝阻。一面回身望着国良，含了眼泪，急急地问。国良搓了搓手，此刻他心里的理智和情感在激烈地交战着，所以神情有些木然似的，竟呆呆地不知如何回答才好，直等姗姗问了第二遍，才醒过来般地说道：

"他肋排骨里嵌了一颗子弹，要好好儿用手术把那子弹钳出来，方才能够有救哩！"

"啊！亲家翁！那么你给他快些动手术吧！你总要尽力救治他才是，我们到底是亲戚呀！"

楚太太眼泪鼻涕的表情，又急急地向国良央求。国良的情感究竟浓过了理智，他点点头，低低地说道：

"老太太，你不要着急，我一定设法救他。不过，他此刻已经流了很多的血，所以暂时不能给他动手术。我先给他注射一枚止血针，等明天早晨，我再给他开刀吧！"

"延迟到明天动手术，没有什么问题吗？"

"没有问题的，只要不再流血，他不会有什么生命的危险。"

国良安慰她们说，一面吩咐文达在医药箱子里取出一枚止血的针药来，亲自给他注射。但楚伯贤这时睁大了眼睛，好像痛恨入骨的样子，却疯狂地大声骂道：

"这班重庆分子太可恶了，他……他……们竟来暗杀我，这还成什么世界呢？亲家翁，你快些把我救活了，我要下命令，不管是不是真的重庆分子，只要捉到了一个形迹可疑的青年，我就把他们统统枪毙！以消我心头之恨！"

楚伯贤咬牙切齿地骂着，他的脸涨得血一般红，眼睛里像要冒出火星来的样子。国良对于伯贤受了这样的重伤，本来还存了一些同情和怜悯的意思，所以他终于慈悲心肠地给他打针了。但万万也料不到伯贤此刻会痛恨万分地骂出这几句话来，这在国良心头仿佛受了一枚利箭直刺般的疼痛，顿时使他在打针的两手瑟瑟地发抖了，额角上的汗水也像雨点儿似的直冒，连他两颊都灰白起来了。梅邨在旁边见到了这个样子，遂忍不住开口问道：

"爸爸，您的手怎么在发抖呀？"

"我……年纪老了，不中用了，罗医生，你快来接手吧！"

国良被女儿这么一问，他的手抖得更加厉害，还有半枚止血针，简直没法再注射进去了，于是一面辩白着回答，一面向文达吩咐着。文达遂连忙走上来，接住了针管子，代他打完了这一枚止血针。

菊清见爸爸连站着都有些摇摇摆摆的神气，遂把他扶住了，望着他惨白的脸色，低低问道：

"爸爸，您怎么啦？您的面色这样难看，您的手很凉呀！"

"没有什么，我要……静静地坐一会儿，我……需要养一会儿神。"

国良颤抖着声音，轻轻地回答。这时楚伯贤又继续地大声骂道：

"我要报仇！我……要杀死这一班可恶的奴才！我要把他们一个一个地枪毙！我……恨不得把他们咬死！"

"爸爸，您不要高声地乱嚷，您静静地休养吧！明天可以给您手术哩！"

姗姗是个细心的姑娘，她听爸爸这么骂着，而齐老伯的脸色立刻惨变起来，觉得其中大有研究的必要。在她乌圆眸珠一转之下，忽然猛可想起了齐小良的行动。这就恍然有悟地暗暗想道：莫非爸爸就是被小良暗杀的吗？大概齐老伯是已经知道了，所以他听爸爸大声地说着要重庆分子统统枪毙的话，使他急得没有心思救治爸爸了吗？假使果然如此，那……不但齐老伯左右为难，就是我也左右为难起来了。因为小良既然是我杀父的仇人，那我如何还能跟了他一同出走呢？不过姗姗的思潮是不停地起伏着，她又觉得小良的行

240

为是正大光明的，他为了爱国，如何还能顾得了一切呢？自古以来有很多大义灭亲悲壮激烈的故事，这是多么令人感动啊！姗姗这样想着，就把心肠硬了起来，觉得爸爸就是不救而死，他也是死得应该呀！但她表面上却又放低了声音，向伯贤轻轻地安慰。

罗文达和菊清把伯贤躺着的活动病床推到病房里去，这儿楚太太和姗姗也就一同跟着过去。梅邨见爸爸呆呆地坐在椅子上出神，好像在想什么心事的样子，于是低低地问道：

"爸爸，您在想什么呀？"

"这……这……叫我怎么办呢？我……我……不是变成一个助纣为虐的帮凶了吗？我……我……如何对得住国家？我如何对得住民族？"

齐国良似乎没有听见梅邨这样地问他，管自站起身子，两眼向前直望，额角上汗水像雨点儿一般冒上来。梅邨听了他这些没头没脑的话，心里还有些莫名其妙，遂又继续地问道：

"爸爸，您……在说些什么呀？"

"我……我……为什么要做医生？我……我……为什么要在这沦陷区里做医生？苦海慈航？良医？哈哈！我……毁了你这良医的招牌吧！"

齐国良望着壁上悬着的那块横匾，上书良医的字样，这是一个病家送他的镜框，他忍不住哈哈地不正常地大笑起来，随手在桌子上拿了一只茶杯，猛可向玻璃框上掷了过去。只听乒乓的一声，玻璃框打了粉碎，同时齐国良的身子也跌倒在地上了。

梅邨一见爸爸这个疯狂的神情，她心里真有说不出的骇异和害怕，一面大叫妹妹快来，一面连忙蹲身把爸爸抱起。只见国良口吐白沫，脸似死灰，竟满头大汗地昏厥过去了。

菊清等众人在病房一听诊病室内发出乒乒乓乓一阵东西打碎的

声音，接着又听梅邨竭声地高叫，好像发生了什么惨事的样子。一时大家都吓了一跳，慌忙三脚两步地奔到诊病室，见国良已经人事不省了。罗医生急忙把他抱到了沙发上，一按他脉息，一听察他的胸口，觉得他是受了极度的刺激所致。上了年纪的人，似乎受不住这打击，竟变成脑充血了。因此急得手慌脚乱，连叫怎么办怎么办？菊清也急得哭出来了，说道：

"这……这……到底是怎么一回事呢？你……你……快给爸爸打针呀！"

"咦！奇怪了，亲家翁如何好好儿也会患起急病来了？啊呀！那明天谁给伯贤动手术开刀呢？罗医生，你可有本领开刀吗？"

楚太太又惊又奇的表情，说到后面，忽然想到了明天开刀没有了人，因此更急得心头乱跳，拉住了罗医生，慌慌张张地问。罗文达这时候哪里还有回答她说话的工夫，急急地先取了针药，给国良打了一枚强心针。菊清伏在爸爸的肩胛上，只会连连地哭叫着不停。但是国良却没有苏醒，胸口不住地一起一伏，从而可知他那颗心是跳得特别快速。文达一面劝住了菊清，一面叫她快去把活动病床推来，把国良也送到病房里来了。

这时楚太太一心在想着明天动手术没有人的问题，所以她跟在文达的后面，连连追问他有没有开刀的经验。罗文达皱了眉毛，有些不好意思地搓搓手，说道：

"不瞒楚老太说，我原是一个助医的资格，叫我负责开刀去钳取子弹，恐怕我没有这个把握吧！"

"那……怎么办？那……怎么办？这真是屋倒碰着连夜雨了，若明天没有人给他动手术，他……他……不是很危险了吗？"

楚太太听了，急得双泪交流，忍不住要哭出来的样子。姗姗遂想出一个主意来，向楚太太说道：

"妈，您且不要伤心呀！我想齐老伯既然患了急病，那么把爸爸还是赶快送到别家医院里去吧！"

"姗姊姊这话说得不错，楚老伯原是从同德医院转送过来的，那么仍旧车送到同德医院去吧！"

菊清为了卸脱责任起见，遂点头表示赞成，于是楚太太母女两人吩咐阿三来帮着把老爷抱上汽车，又送伯贤到同德医院去了。梅邨虽然想伴着爸爸，但恐怕楚太太多心，以为媳妇到底是外头人，只有爸爸，而没有爷爷。因此也只好向妹妹叮嘱，说爸爸若好一些了，要随时地用电话去告诉她，菊清点头答应，梅邨遂和楚太太陪同伯贤一同到同德医院去了。

菊清等他们走后，便拉了罗文达的手，眼泪汪汪瞟了他一眼，表示十二分猜疑的神气，低低地说道：

"文达，我觉得爸爸突然会患了这个急病，真叫人有些奇怪。莫非他老人家为了不肯救治他枪伤而又没法推却，因此一急成病的吗？"

"这也难说，因为他老人家忽然疯狂地拿了茶杯把这块良医的镜框也打碎了，他的神经不是完全受了过分的刺激吗？"

"但是爸爸这个病不知要不要紧？万一不幸的话，那可怎么办呢？"

菊清一面忧愁地说，一面忍不住抽抽噎噎地哭泣起来。罗文达拍拍她的肩胛，低低地安慰她说道：

"菊清，你且不要哭呀！我想大概不会有什么生命危险吧！等爸爸苏醒的时候，我们看他情形怎么样再说吧！"

"这……个不知廉耻的奴才，自己做了敌人的走狗，还没有一些觉悟的意思，竟要残暴地把爱国志士一个一个地枪毙。爸爸想着哥哥，所以他老人家急昏了。"

"唉！这个恶劣的环境，我们如何能够忍耐下去呢？"

文达、菊清夫妇两人一面感叹着说，一面忍不住流了一会儿眼泪。这天晚上，他们都没有上楼去睡，就在病房里陪了国良一整夜。

第二天早晨九点半的时候，梅邨来了电话，菊清遂急急地去接听。只听梅邨气喘喘地说道：

"妹妹，爸爸的病体怎么样了？"

"爸爸仍旧昏迷呢！姊姊，你爷爷在同德医院可曾动过手术吗？"

"爷爷在今天清晨四点钟还没有动手术之前，他已经断气死了。"

"啊！真的吗？"

"这还有骗你的道理吗？妹妹，我此刻要到殡仪馆去了，不能来看望爸爸了，你代我向爸爸请安吧！"

梅邨在那边说着话，便把电话挂断了。菊清暗想：这个老贼死了，至少我哥哥和那一班爱国志士可以有一些安全。心里十分欢喜，遂连忙来告诉文达。文达听了，也连连称快。这时病床上的国良，却似乎听到了，低低问道：

"梅邨来电话说楚伯贤不治而死了吗？"

"是的，爸爸，您此刻好些了没有？"

菊清听爸爸能开口说话了，心里十分欢喜，遂连忙含了温情的微笑，柔声地问他。国良的脸上也浮现欣慰的笑意，微微地点点头，颤声说道：

"他死了？我……我……就是死了，也……就……很值得了。"

"爸爸，你为什么要这样说呢？你……的病会好起来的呀！"

"孩子，不要哭，不要难过，我……年纪老了，活着也没有用。只要你哥哥和这一班好青年能够安安全全地活在世界上，那我心里是多么安慰呢！文达，今天病人多不多？你不要为了我，疏忽了救治世人的责任。你快些出去，给他们这一班痛苦的病家去治病吧！"

国良伸手摸着菊清的头发，向她低低地劝告。他一面抬头又向文达望了一眼，小心地叮嘱。文达自然不敢违拗，遂含泪答应，只好出了病房，到诊病室内来给病家看病了。

　　许多病人知道齐老医生不舒服，大家都到病房里来向他问好。国良因为没有精神说话，只向大家点点头，表示招呼的意思。

　　时间过得很快，一会儿又是傍晚的时候了，齐国良的病症是由于脑神经受了极度的刺激，当时昏跌倒地，变成了中风。所以此刻病势转剧，神志更为迷糊。菊清伏在床边，忍不住暗暗啜泣。文达连连地抓着头皮，一时也想不出有什么急救他的办法来。

　　正在这个当儿，忽然香妮领了一个青年匆匆地进来，口里还叫着少爷回来了。菊清急忙回身过去瞧望，果然是二哥小良已跨步走进房来。这就惊喜悲痛地奔上去，拉住了小良的手，哭叫着说道：

　　"哥哥，爸爸病得厉害哩！"

　　"啊！怎么好好儿的忽然病了？爸爸，您不孝的儿子回来望您了！"

　　小良听了这个消息，吃惊得啊了一声叫起来，一面推开菊清，一面伏在床边，拉了国良的手，却忍不住流下眼泪来了。国良睁开眼睛，想不到竟见到了儿子，他憔悴的脸上不由浮了一丝微笑，点头说道：

　　"小良，你没有发生什么危险吧？"

　　"爸爸，我很安全。我……早想来望您老人家，但……我……因为……"

　　"小良，你不要说下去了，我明白你的苦衷。你的同志王先生他已告诉过我，你……真是一个忠孝双全的好国民！"

　　"爸爸，孩儿很惭愧，这是爸爸平日的教训，所以使孩儿稍为懂得一些做人的道理。爸爸，王先生已和孩儿碰过面了，我听了他的话，我知道爸爸想念我，我……不能不来望爸爸了。谁知道爸爸竟病了，这……是怎么病的呀？"

小良十分感动而又无限痛苦地说，他望着父亲惨白的脸色，眼泪像泉水般地涌了上来。罗文达站在旁边，遂把国良不愿救治伯贤而又无法推却因此一急中风的话，向小良告诉了一遍。小良听了，益发泪如雨下，哽咽着说道：

"爸爸，您……太伟大了！"

"这……算不得什么，孩子，我假使这次能尽了医生的责任，那么楚伯贤一定得救，一定不会死。但他不死，你们就得被他严紧地追捕，说不定都会遭他的毒手。那么我简直不是在救人性命，我是在帮着汉奸杀害爱国志士了，你叫我怎么忍心？但是，我若袖手旁观看着他流血而死，那我……又怎么能算是一个救治世人的医生呢？因此……我……就急得糊涂起来了！现在我还能够见……到……你……的脸，我……总算……也能瞑目的了。"

国良一口气说完了这几句话，他不免有些上气不接下气的样子。小良一面流泪，一面伸手握住了文达的手，急急地说道：

"文达，你……有什么特效药？快把爸爸的病急救一下吧！"

"我……我……已给他老人家打过了针，但……竟没有效力……"

罗文达急红了脸，有些口吃的语气，难过地回答。国良摇摇头，断断续续地又说道：

"文达……救不了……我……这个病，就是别的医生也不能救我这个病，我……我……是不能活下去了。但我在临死之前，还能知道我儿子的安全，我……我……是多么的安慰。"

"爸爸，您……怎么会病得那么快？"

"爸爸，您……别说这些伤心话吧！"

菊清是早已伏在国良身上哭泣起来，于是小良和文达也伏到床边去，一面哽咽着说，一面泪水扑簌簌地流下来了。国良脸上显出非常惨淡而悲痛的神色，失了精神的两眼，凄凉地望着他们，说道：

"小良，你的身子已经贡献给国家了，我也用不到为你担忧了。文达，你和菊清还是离开这肮脏的环境吧！我今天倒希望你们还是到自由的空气中去干些有意义的事情吧！"

"爸爸，我们一定听从您老人家的话。"

罗文达含了眼泪，低低地回答。小良是不断地流着泪，菊清却抽抽噎噎地哭泣不停。国良淡淡地苦笑着又低低地说道：

"你们大家不要伤心！来吧，孩子，在这仅有一刻宝贵的时间中，给你们的爸爸来拉拉你们的手……"

"爸爸！"

菊清很快地伸下手去，在抽噎声中还叫了一声爸爸。小良和文达也去拉他的左手，大家心头都觉得有阵说不出的悲痛。但就在这个时候，齐国良轻轻地透完了他最后的一口气，安安静静地脱离了这个黑暗混浊的世界。

黄昏是整个地笼罩了宇宙，窗外飞掠着一群归巢的林鸟，叽叽喳喳地低唱着这安息的晚歌，好像也在惋惜着这位良医的消逝哩！

第八回

桃色纠纷酿惨剧乱世风波

　　杨永福在中国旅社三百四十五号房间里团团地踱着步子，一面吸着烟卷，一面喝着鲜橘水，皱了眉毛，好像等人等得十分不耐烦的样子，自言自语恨恨地说道：

　　"奇怪，她怎么还没有到来呢？难道失约了吗？"

　　他刚说完了这两句话，忽见房门开处走进一个女子来。杨永福抬头望去，不由眉飞色舞地笑起来，立刻抢步上前，伸了两臂，把她紧紧地抱住，像外国电影里一样地竟和她亲热地吻住了。过了一会儿，才笑嘻嘻地说道：

　　"梅邨，我的好心肝好宝贝！你真把我等得急都急死了。"

　　"瞧你这人，猴急得像个什么样子呢！人家急急地赶了来，已经是赶得那么气喘吁吁了，你还不问三七二十一地抱住了乱吻，那不是把我活活地要闷死了吗？"

　　原来那个女子就是梅邨，梅邨为了嫁不着一个好丈夫，所以为了报复起见，她也不管什么贞操问题，预备在外面玩弄男人。她当初心中的目标，是属意于罗文达的，但文达是个洁身自爱的青年，所以那夜在新华旅社里还把梅邨痛责了一顿。梅邨受到了这样的侮辱和刺激之后，因此益发痛恨男子，她的性情大变，从此她的行为

248

便更加放浪起来。所以在有一次的机会之中，她和杨永福便发生关系了。

当时梅邨被他紧吻了一会儿之后，遂恨恨地把他推开了，显出薄怒娇嗔的表情。秋波恨恨地白了他一眼，嗲声嗲气地回答。杨永福这时骨头没有四两重似的耸着肩膀，一面服侍她把身上那件灰色维也纳的单大衣脱下，一面笑嘻嘻地说道：

"常言道：一日不见如隔三秋兮，何况我们已有好几天没见面了呢！亲爱的达令，我实在还要好好儿地吻吻你哩！"

"不要肉麻当有趣吧！你再伸过头来，当心我给你一个嘴巴子！"

梅邨见他挂好了大衣，回过身来，又要动手动脚油腔滑调的神气，这就把手扬了一扬，做个要打他的姿势，恨恨地说。杨永福这才缩住了脚步，却伸了伸舌头，一面又正经地说道：

"梅邨，那么我们坐下来正经地谈谈吧！"

杨永福说着，拉了她的手，两人在沙发上一同坐下。梅邨显出妩媚的样子，秋波逗了他一瞥勾人灵魂似的媚眼，说道：

"我到底也算是个客人，瞧你烟也不敬，茶也不送，鲜橘水放在桌子上难道是你自己喝的吗？"

"是，是，好奶奶！你不要生气，我一见了你到来，实在是魂灵儿也飞掉了，所以如何还想得到这么许多呢？"

杨永福在日本人面前答应惯了是是的态度，在梅邨面前也装了出来。他一面摸出烟盒子来，亲自拿了一支烟卷送到她的口里，并拿打火机给燃着了火，一面站起身子，走到房门口旁边去。梅邨奇怪地问道：

"你做什么去？"

"我吩咐茶房再拿瓶鲜橘水来给你喝。"

"不用了，你给我倒杯清茶吧！"

"梅郝，我这喝剩的半杯鲜橘水，你若不嫌脏，你就喝下了好吗？"

杨永福走到桌边，把那半杯鲜橘水送到梅郝面前，笑嘻嘻地说。梅郝听了，伸手接来，就一饮而尽，浪漫地笑道：

"你的脏东西我也不嫌脏哩！那何况是喝剩的鲜橘水哩！"

"哈哈，我的好宝贝！你这才不愧是我小杨的知心人哩！"

梅郝这句话说得小杨真是窝心极了，忍不住哈哈地一阵大笑，立刻坐她的身旁去，在她脸上啧啧地又吻了一个香，接着浮滑地问道：

"梅郝，这几天你和那只硬壳虫可曾同房过吗？"

"小鬼，你也问得出的，老实说，我和他根本是个挂名夫妻而已。因为离婚不大好听，所以大家不愿先开口罢了。况且最近一星期来，爷爷被人暗杀，爸爸又中风死了，天天忙着奔丧，哪里还有心思去想到这个事情呢？今天是爷爷头七，本来我也抽不出空来的，因为舍不得使你失望，所以就不管一切地来望你了。"

梅郝后面这两句话说得嗲劲十足，小杨听了，心里不住地荡漾，紧紧地握住她的手，满面堆笑地说道：

"所以啦，我心中也特别地爱你，一天没有见你，总觉得十分不舒服似的。比方说此刻和你在一起，我全身骨头都感到有些痒*丝丝*的快乐呢！"

"哼！你不用灌这些迷汤吧！假使你心眼儿上真的只爱我一个人，那你也不会叫我到姗姑娘面前做说客了！"

小杨见她冷笑了一声，秋波恨恨地白了自己一眼，这些话中显然大有醋意的成分。这就偎了她的身子，故作亲热的神气，说道：

"亲爱的，你也应该原谅我的苦衷呀！因为我虽然爱你，但只好偷偷摸摸地又不能够公开地同你结婚。假使你能日日夜夜永久地伴在我身边，我如何还会去看中姗姑娘呢？现在我和你见面的时候，固然十分甜蜜，但等你一离开我的时候，我心中又是多么的寂寞呢！所以我要和姗姑娘结婚，也无非把她当作后备军而已。倘然有你伴着我，我虽然和姗姑娘结了婚，那我也情愿十天八天不回去的。梅郸，你难道还有些酸溜溜吗？"

"我也犯不着跟你吃醋，而且我也不能为了自己而叫你一辈子不结婚。所以我在姗姑娘面前，确实代你尽了很大的力量。"

"那么姗姑娘……她是不是已经答应了呢？"

小杨显出惊喜欲狂的样子，向她急急地问。梅郸伸了纤指，在他额角上恨恨地一戳，娇嗔地说道：

"她答应了，你拿什么来谢谢我呢？"

"我此刻马上地酬谢你，你心里高兴吗？"

"谁和你嬉皮笑脸的，小鬼！"

梅郸见他又来动手动脚，遂恨恨地把他打开了，娇嗔地骂着。小杨一面笑，一面将信将疑的样子，低低地又说道：

"梅郸，你不要给我吃空心汤圆，她真的答应了吗？"

"她虽然没有完全的答应，但也不像以前那么完全的拒绝了。我想明天下午，你亲自到我家去再向她当面地追求，那时我在旁边再低低地劝她，我想事情就可以成功的了。"

"亲爱的梅郸，这头婚事若成功了，我真不知如何地报答你才好哩！"

"你也不必假痴假呆地讨好，只要你心里不忘记我这个女人，那就是了。"

梅郸说完了这两句话，心中似乎有些悲哀的意味，叹了一口气，脸上大有凄凉的神色。小杨连忙把她娇躯拥来，安慰她说道：

"我若忘记了你，我一定死在枪弹之下。梅郸，那你总可以相信我了。"

"哼！照你这种夺人妻子的行为，将来恐怕就有吃手枪的可能哩！"

梅邨被他抱在怀内，虽然并没有挣扎，但表面上却显出怨恨的样子，秋波白了他一眼回答。杨永福笑道：

"说我夺常明的妻子，那真是天地良心的事情。我们到底是两厢情愿的，老实说，我本来还是一个童子小官人，在你身上失了童贞的呢！"

"照你说来，是我诱奸你的，明天上了法院，我还有引诱良家童男子的罪孽吗？真是放你娘的十七八代的狗臭屁！"

杨永福被她这么一骂，反而哈哈地笑起来，搂了她脖子，在她小嘴儿上又吻了一会儿，得意地说道：

"记得你们结婚的时候，介绍人还是我呢！想不到现在竟是给我自己介绍，那不是很有趣吗？"

"唉！小杨，你不要以为我是水性杨花的女子，所以背了丈夫跟别的男子去发生关系。其实，我也是为了气愤不过才这么做的。假使常明在外面不胡闹女人的话，我如何肯做出这种下流无耻的勾当来呢！"

梅邨到底是个有知识的女子，被他这么地一提，心中不免想起当初和常明结合时候的情深如海、义重如山，一时十分羞愧，而又十分沉痛，淡白了脸色，几乎要流下泪来的样子。杨永福连忙表示同情她的神气，偎着她粉脸，低低地说道：

"我知道你不是个水性杨花的女子呀！你不要难过，小楚自己作孽，放了家里如花似玉的太太不陪伴，偏偏到外面去玩别的女人，所以这也是他的报应，你根本没有对不住他！"

"所以啦，一个不忠实的丈夫，他是娶不到一个贤德的妻子的。"

杨永福听她这样说，表面上虽然附和着说这话不错，但心中却在暗暗地担忧，因为自己既然淫了别人的妻子，那么姗姗姑娘不知道将来也会跟别的男子去发生关系吗？不过他这种忧愁也只有一时之间的，五分钟之后，他早又忘记了，色眯眯地望着她笑道：

"梅邨，你今夜可以不必回去了。"

"不回去就不回去，现在爷爷死了，我更加不怕什么人了。"

"好！你有胆量，假使常明对你有虐待的行为，我可给你打抱不平。老实说，我只要在司令部里歪一歪嘴巴，要他一条狗命，也不困难，你相信我吗？"

梅邨见他竖了大拇指，笑嘻嘻地说，说到后面，却又满脸杀气地问她，便伸手在他大腿上狠命地一拧，嗔骂他说道：

"你占了他妻子，还想要他的性命，那你也未免太狠心了！"

"夫妻到底有夫妻之情，瞧你就舍不得他了。"

"并不是舍不得他，我以为他不来管束我们的事，我们也就不必十分为难他。我挑他做只活乌龟不好吗？"

"不错，不错，给他做活的那就比做死的更有意思了，哈哈哈哈！"

杨永福点点头，一面说，一面忍不住又哈哈地笑起来。梅邨见他笑得这样得意高兴，遂恨恨地又打了他一下。但杨永福把她紧搂在怀中，在她嘴上早又甜甜蜜蜜地吻住了。

第二天上午十点敲过，永福、梅邨方才双双起身，一同离开了中国旅社，约定下午两点钟永福再到楚家来追求姗姗，于是两人方才分手各自别开。不料天下事情凑巧极了。梅邨、永福在中国旅社寻作欢乐，谁知常明、方曼静也在中国旅社幽会。当梅邨、永福在旅社门口分手的时候，常明和曼静齐巧从后面出来。所以梅邨、永福两人亲热的情形，常明是看得清清楚楚的。这是所谓"只许州官放火、不准百姓点灯"的一句话。常明认为自己玩女人那是应该的事，只不过发现妻子在玩男人的时候，他当然要大大地妒恨起来。但他还有一些忍耐功夫，当时不动声色地仍旧和曼静一块先到咖啡馆去吃点心了。

常明陪了曼静在咖啡馆吃了点心，又在馆子里吃了午饭，这才和她分手匆匆地回到家里来。他先到自己房中一看，见梅邨不在，遂又走出房来，在房门口碰见小茵，遂问道：

"少奶奶呢?"

"在小姐房中。"

小茵这么回答了一句，就管自走到楼下厨房里去了。常明于是三脚两步地走到妹妹房里，只见梅邨和妹妹坐在沙发上说着话。妹妹低了头，似乎有些怕羞的样子。遂先忍着火气，还很自然地问道：

"你们姑嫂两人在说些什么话呀?"

"我在给妹妹做媒，对方就是那个杨永福，你说他人品好吗?"

梅邨抬头见了常明，遂微微地一笑，向他低声告诉。原来他们夫妇间虽然感情冰冷，但表面上向来没有破脸争吵过，所以大家说话的时候始终还是很客气的样子。但常明一听"杨永福"三个字，不由得哼哼地冷笑起来，俏皮地说道：

"杨永福果然是个好人才，但他不配做妹妹的丈夫，倒很有资格做你的情夫哩!"

"什么? 你……这话是什么意思? 简直在大放其屁，莫非你有些疯了吗?"

常明这两句话听到梅邨耳里，知道事情不妙，自己的秘密一定被他发觉了，一时心头像小鹿般地乱撞，两颊由红变青，由青变白，几乎变成死灰的颜色。不过她表面上自然不肯承认有这一种放浪漫行为，所以猛可地站起身子，还显出万分愤怒的表情，向他恶狠狠地责骂着。姗姗对于哥哥说的，自然也无限的惊异，遂连忙埋怨常明说道：

"哥哥，你这人说话也太没有分寸了，这种事情也能够开玩笑吗？"

"哈哈！哈哈！妹妹，你以为我在说笑话吗？老实告诉你，这个贱人和杨永福已经发生关系了呢！她还要再作介绍来害妹妹的终身吗？"

常明疯狂地一阵大笑，满面显出凶巴巴的样子，一面对姗姗告诉，一面一步一步地逼上去，怒目切齿地向梅邨问道：

"你这不要脸的东西！你说，你和这个姓杨的小子昨夜在中国旅社里干些什么下流的勾当？这是我亲眼目睹的事情，你还有什么话可以抵赖吗？"

"哼！捉贼捉赃，捉奸捉双，你既然亲眼目睹，为什么不来捉住我们呀？就是我有这一回事，你既没有捉着我，那也是你自己错过了机会，别来给我开什么臭口！"

梅邨一听他已完全知道自己的秘密，因为事情已经到了这个地步，也只好索性显出泼辣的态度，冷笑了一声，娇怒满面地回答了这几句话。常明听她不但已大胆地承认了，还对自己这样冷讥热嘲地侮辱，心中这一气愤，真是气得一佛升天，一佛转世。因此撩起手来，对准梅邨的面颊，啪的一声，重重地竟量了一个巴掌，打得梅邨白嫩的粉脸上立刻起了五个手指印。梅邨挨了这一记耳光，羞愧之心反而消失，满腔的怒火马上升了起来。她岂肯示弱？这就一手拉住了他的领带，一手也向他身上乱打，口里还哭叫着道：

"好，好！你打，你打，你是三轮车夫的儿子！你竟敢动手打我吗？那我就和你拼了吧！"

"你这个不贞节的女人！你这个无耻的淫妇！打了你又有什么关

系？你也是一个高中生，你会干这种丢脸的勾当！你还有什么脸皮做人？你赶快地去跳西湖自杀吧！"

"你知道管教妻子，但是你就不知道约束自己吗？你昨夜在什么地方荒唐？你可以玩，我就不能玩吗？我偏偏地出外去游玩，看你有什么颜色拿给我看！"

他们夫妻两人，一个抓住他的领带，一个抓住她的头发，一同对打，一同对骂，竟大做武戏起来。姗姗站在旁边，急得脸无人色的只会扑簌簌地落眼泪，急急地叫道：

"哥哥、嫂嫂，你们有话好好儿地说，千万不要动手打呀！这……被人家知道了，不是笑话吗？"

"什么笑话不笑话？我打死这个偷男人的淫妇，我情愿到法庭上去吃官司！"

"你有什么证据？你有什么证据？你这个死乌龟！"

他们两人拳来脚去的边打边骂，大家都打得衣冠不整。姗姗见他们打得略为松一些的时候，方才有机会插下手去把梅邨拉过一旁。但梅邨还不肯罢休，撞撞颠颠地要向常明撞了过去。就在这时，常明忽然在袋内摸出一支手枪来，大喝道：

"妹妹，你给我走开，她敢再放肆地大闹大吵，我就一枪结果她的性命！"

"哥哥，你……你……千万不要胡闹呀！爸爸才死了不到一星期，难道你又要闹出人命案来了吗？小茵，小茵，你快到隔壁王家去把我妈叫回来吧！不要再玩什么骨牌了，家里已闹得不成样子了呢！"

姗姗一见哥哥拿出手枪来，真是又惊又急，芳心别别地乱跳。她一面向哥哥劝阻，一面奔到房门口去，向着楼下高叫小茵，急急地吩咐。梅邨见了手枪，虽然也有些害怕，但自己若就此不敢吵闹了，那岂不是太失面子了吗？况且料定常明也无非是恐吓恐吓自己的意思，谅他也没有真的开枪的勇气，所以依然显出不怕死的样子，装作还要向他撞颠过来的神气。一面哭泣，一面连连说着你打死我好了，你打死我好了！后面还加了一句你没有这个种，你便是狗养的。

无论一件什么事情，总不能太以过分，就是说话，也是如此。在常明的本意，他原没有真要开枪打死梅邨的意思，但如今被梅邨这两句话一逼，他的理智完全被一时的情感所蒙蔽了。他认为自己若不开枪的话，那就没有面子了，因此他手指一扳，只听砰的一声，枪弹就由枪口飞出。姗姗回身去看，只听梅邨喔唷了一声，两手按了胸部，身子已跌倒地下去了。姗姗心中这个着急，真是非同小可，忍不住奔了上去，把梅邨抱在怀内，见她胸口上已流了一大堆的鲜血，一时涨红了脸，哭出来说道：

"哥哥，你……真的开枪吗？你……不怕打死人抵命吗？嫂嫂，嫂嫂，你……你……啊呀！嫂嫂……气绝了！"

"啊！她……她真被我一枪打死了吗？"

常明一听妹妹说嫂嫂气绝了，一时仿佛如梦初觉般地也感到害怕起来，一面慌慌张张地说，一面走上去看仔细。果然梅邨眼皮合上，额角冰凉，已经一命呜呼了。常明这时心慌意乱，六神无主，回身向旁奔逃，刚到房门口外，忽然见扶梯下面匆匆走上一个西服青年。定睛一瞧，真是仇人见面，分外眼红，原来这青年正是杨永福，他是特地前来追求姗姗的。常明见到了永福之后，他的胆子立刻又大起来了，痛愤和怨恨也直向头顶冒上来。他咬牙切齿地不由大声骂道：

"杨永福你这个该死的小子！来得正好，我非打死你代梅邨报仇不可！"

常明一面说，一面把手中握着的手枪又向永福砰砰两枪开了过去。杨永福在走上扶梯的时候，就听到楼上有女子哭声，所以暗暗奇怪。此刻一听常明这么大骂，而且又见他握了手枪，知道事情不妙，急忙把头一低，两颗子弹就从他头顶上飞过。他慌忙退下两级扶梯，一面也早已拔枪在手，等常明追到扶梯口时，便向他砰的一枪。这一颗子弹，齐巧射入常明的喉管。常明啊字还没叫出，身子已仰天跌倒。永福赶步跨上，还恐怕常明不死，在他脑门上又是一枪，还把他尸体踢了一脚，然后匆匆地奔进姗姗房中去了。

　　姗姗抱了梅邨尸体正在伤心地哭叫，忽然又听房外砰砰的放枪声音。她又惊又奇，急急放下梅邨，站起身子，方欲出房窥张，谁知和奔进房来的永福齐巧撞了一个满怀。永福一见姗姗，立刻把她抱住，故作惊慌的神气，急急说道：

　　"姗姗，怎么了？怎么了？"

　　"我哥哥真是鬼迷住了心，竟把嫂嫂一枪打死了呢！"

　　"呀！他为什么要把你嫂子打死了哪？"

　　杨永福一听梅邨被常明打死了，起初倒也有些肉疼，但转念一想，觉得死了也好，比较清爽一些，但表面上还故作吃惊的样子，急急地问。姗姗被他这么一问，猛可想到了兄嫂所以反目的原因，这就恨恨地把他推开，冷笑了一声，说道：

　　"你还假装什么糊涂？哼！我嫂嫂就是为你而死的呀！我问你，你是不是把我嫂嫂奸污了？"

　　"什么？你这话是打哪儿说起的呀？我和你嫂嫂根本清清白白，她还竭力想给我们配成一对呢！这都是你哥哥太多心，所以便不幸地发生这个惨剧了。姗姗，你可千万不能相信这些无稽之谈的呀！"

　　杨永福暗想：反正死无对证，我何必要承认呢？于是故意显出慌张的表情，竭力地否认，表示他和梅邨非常清白的样子。姗姗因为并没有亲眼见到他和嫂嫂有苟且的行为，所以一时倒也无话可说。愕住了一会儿后，忽然又想着了刚才的枪声，于是又急急问道：

"我哥哥奔到什么地方去了？你瞧见他吗？"

"你哥哥见了我，莫名其妙地开枪打我，我为了保全自己生命起见，所以把他一枪打死了！"

"啊！你……你……打死了我哥哥？"

"那也值得大惊小怪吗？我是给你嫂嫂报了仇！"

"哥哥打死嫂嫂，自有法律会判决他，你不该杀害我的哥哥，你……难道就不怕犯法吗？"

姗姗倒竖了柳眉，怒气冲冲地向他娇喝。永福这时也板住了面孔，冷冷地一笑，阴险地说道：

"我犯什么法？我是司令部的翻译官，我有权力可以枪决一个杀人的凶手。你哥哥无故杀人，不是应该处死吗？告诉你，你爸爸哥哥都已死了，你们母女俩的性命也在我的手里，现在我爽爽快快问你一句话，你到底嫁给我吗？"

"哼！笑话，你预备用武力来叫我屈服吗？"

姗姗见他说到后面把手里的枪向自己扬了一扬，完全有些威胁自己的样子，这就气得怒目切齿的表情，恨恨地反问他。杨永福见她十分倔强的态度，遂举枪一步一步地逼上去，狞笑着说道：

"姗姗，你不要太傻了，你嫁给我有什么不好？你竟一味地不肯答应。现在我给你三分钟考虑，你答应了，我们马上结婚。你若不答应，我把手指这么地一扳，你就和你嫂嫂一样躺在地上不会动的了。要死要活，这两条路你快些自己拣吧！"

"我从来没有瞧见过一个男子向一个心爱的女人求婚是用这一种卑鄙手段的！"

常言说得好，蝼蚁尚且惜生命，那何况是一个人呢？姗姗听了他的话，回头又向地上倒着的梅邨望了一眼，可怜她那颗芳心顿时像小鹿般地乱撞起来，不由得暗暗想道：这种狼心狗肺的奴才，说得出做得到，我犯不着无缘无故牺牲在他的枪弹之下。况且嫂嫂哥哥可说都是为他而死，那我还得留有用的身子，给他们报仇呢！姗姗这样想着，于是她想暂时逃过了这个难关再作道理，所以秋波斜乜了他一眼，故意用了俏皮的口吻，向他冷笑着说。永福听了，立刻又温颜悦色地说道：

"软求不肯，只好硬做。我并非喜欢用了手枪来要挟你，实在也是不得已啊！这个可要请你原谅才好。"

"既然你真心地爱我，那么我就答应你吧！"

"你答应嫁给我了？"

"是呀！你难道不相信吗？"

"我当然相信你，不过，我们既然已经是一对夫妻了，那我们也不必怕难为情，趁此刻四周无人，就在这儿床上先订个婚吧！"

杨永福这小子是个多么狡猾阴险的人，他见姗姗此刻越是显出妩媚娇憨的意态，心中越是不会相信，知道她无非是为暂时脱逃难关的意思，将来当然会另有变故的。所以他心生一计，笑嘻嘻地把手枪藏入袋内，却上前将姗姗一把抱住，预备实行非礼的意思。

姗姗被他这么一来，芳心里这一着急，几乎要哭了起来，遂一面竭力地挣扎，一面红了粉脸，急急地说道：

"你……你……这种行为太不像话了，我既然答应嫁给了你，那么早晚总是你的妻子了，何必如此急急的呢？被人撞见，那叫我还有脸做人吗？"

"你既然承认是我的妻子，那么迟早总有这么一天的，你又何必推阻呢？你若不答应我，那你就并不是真心的爱我，无非是一种缓兵之计，你想欺我是吗？"

"你要不清不白地侮辱我，我认为你完全是在玩弄女性的手段，那我宁死也不答应你的！"

"箭在弦上，不得不发。你不答应，我也非叫你答应不可了。姗姗，我的好心肝，好宝贝！你……你……就……"

杨永福这时的态度已经变得像头疯狗一般了，他强抱了姗姗身子，一面向床边走，一面说话都有些气喘喘的成分。姗姗哪里肯依顺他，一面乱撞乱颠，一面忍不住哭叫起来。不料正在万分危急之时，忽然房门外走进一个英气勃勃的青年来。他手里握了一支手枪，圆睁了那双炯炯的虎目，大喝道：

"好大胆的小子，竟敢这么无礼！"

"啊！小良哥，你快救我！"

杨永福一听有个男子声音这么地怒喝着，一时自然吓了一跳，慌忙放下了姗姗。姗姗回头去望，见了小良，好像遇到了救星一般地欢喜，这就忍不住高声地叫起来了。杨永福因为那男子有手枪握着，自然不敢倔强，而且自己的手枪又藏在袋内了，一时又不能伸手去取，只好把身子慢慢地退到窗口旁去。意欲动脑筋抵拒他的时候，但小良先落手为强，只听砰的一声，一颗子弹早已飞进杨永福的胸部里去了。永福喔唷一声，痛极倒地。但他在跌下去的时候，还想伸手到袋内去摸手枪来还击。但小良是个受过训练的人，他的眼睛是那么尖锐，早又砰的一枪，打中他的手腕，永福刚摸着的一把枪也就连人掉落地上。小良赶步上前，蹲身提起他的衣领，啐了他一口，骂道：

"你这无耻的奴才！仗势欺侮弱小，如今也有些懊悔了吗？"

"你这不要脸的走狗！你还想和我结婚吗？"

姗姗倒也是个可人儿，她也走了上去，怒气冲冲地向他问着，显然是包含了讽刺他的意思。永福此刻心里虽然是恨得最好把他们

261

咬上几口，但已经是力不从心了，淡然地逗了他们一瞥仇视的目光，已经是恶贯满盈地脱离人间了。

小良见他已经气绝了，遂把他尸身重重地放下，把枪藏入袋内，站起身子，望了姗姗一眼，急急地问道：

"楚小姐，我姊姊和你的哥哥是怎么样死的呀？"

"唉！还不是为了这个该死的奴才所害的吗？"

姗姗深长地叹了一口气，遂把刚才的事情向小良告诉了一遍。接着又红了脸，有些赧赧然的样子，低低地说道：

"小良兄，要不是你来救了我，我恐怕早已遭到这奴才的毒手了。唉！此恩此德，真不知叫我如何报答才好呢！"

"楚小姐，你别说这些报答的话，我因为你是一个爱国的好姑娘，所以我不忍你沉沦在这恶劣的环境中。我今天到来的缘故，原预备带你一块儿到内地去的。谁知道无意中竟救了你的危难，那也可说这恶贼命里该死的了。楚小姐，事不宜迟，你若愿意走的话，我们马上就走。否则，我也不能久留了。"

"小良兄，我走，我走！从今以后，你到东，我到东；你到西，我到西，我就跟你一块儿去工作吧！"

姗姗听他这样说，心里乐得什么似的，不禁扬了眉毛，万分得意地回答，立刻整理一些细软首饰之物，跟着小良一同到自由空气的内地去了。

等到小茵把楚太太从隔壁王太太家里打断雀战拉着回来，只见家中已发生了悲惨的人命案子。一时又着急又伤心，她也不知道该如何是好，忍不住啊的一声号啕大哭起来。

附　　录

从鸳鸯蝴蝶派谈到冯玉奇小说

裴效维

　　《民国通俗小说典藏文库·冯玉奇卷》将收录冯玉奇的百余种小说作品，此举极其不易。现在，我愿以这篇文章给出版者呐喊助威。尽管我人微言轻，但我毕竟是一个中国文学的研究者，为鸳鸯蝴蝶派说些公道话是我的责任。

　　冯玉奇是一位鸳鸯蝴蝶派作家，因此我们要想了解冯玉奇，必须首先厘清有关鸳鸯蝴蝶派的一些问题。

一、何谓鸳鸯蝴蝶派

　　鸳鸯蝴蝶派作家平襟亚在《关于鸳鸯蝴蝶派》（署名宁远）一文中对鸳鸯蝴蝶派的来历说得很清楚：

　　　　鸳鸯蝴蝶派的名称是由群众起出来的，因为那些作品中常写爱情故事，离不开"卅六鸳鸯同命鸟，一双蝴蝶可怜虫"的范围，因而公赠了这个佳名。

　　　　　　　　　　　　——载香港《大公报》1960 年 7 月 20 日

265

可见鸳鸯蝴蝶派并不是一个有组织有宗旨的小说流派，而是因为当时流行的言情小说多写一对对恋人或夫妻如同鸳鸯蝴蝶般相亲相爱，形影不离，因而民间用鸳鸯蝴蝶小说来比喻这种言情小说，那么这种言情小说的作家群当然也就是鸳鸯蝴蝶派了。这种说法应该是可信的，因为民间常用鸳鸯和蝴蝶来比喻恋人或夫妻，很多民间文学作品中不乏其例。这一比喻非常形象生动，但并无褒贬之意，因此不胫而走。

传到新文学家那里，便加以利用，并赋予贬义，作为贬低对手的武器。但新文学家对鸳鸯蝴蝶派的界定并不一致，大致有两种看法。

一种看法认同民间的比喻说法，即将鸳鸯蝴蝶派小说局限为通俗小说中的言情小说，将鸳鸯蝴蝶派局限为言情小说作家群。鲁迅是这种看法的代表，他在 1922 年所写的《所谓"国学"》一文中说："洋场上的文豪又作了几篇鸳鸯蝴蝶派体小说出版"，其内容无非是"'卿卿我我''蝴蝶鸳鸯'"（载《晨报副刊》1922 年 10 月 4 日）。又于 1931 年 8 月 12 日在社会科学研究会做了《上海文艺之一瞥》的长篇演讲，其中对鸳鸯蝴蝶派小说更做了形象而精辟的概括：

这时新的才子＋佳人小说便又流行起来，但佳人已是良家女子了，和才子相悦相恋，分拆不开，柳阴花下，像一对蝴蝶、一双鸳鸯一样。

——连载于《文艺新闻》第 20、21 期

此外，周作人、钱玄同也持这种看法。周作人于 1918 年 4 月 19 日在北京大学文科研究所小说研究会做《日本近三十年小说之发达》

266

的演讲中，就说现代中国小说"还有《玉梨魂》派的鸳鸯蝴蝶体"（载《新青年》第5卷第1号）。次年2月，周作人又发表《中国小说里的男女问题》（署名仲密）一文，认为"近时流行的《玉梨魂》，虽文章很是肉麻，（却）为鸳鸯蝴蝶派小说的鼻祖"（载《每周评论》第5卷第7号）。与周作人差不多同时，钱玄同在1919年1月9日所写的《"黑幕"书》一文中也说："人人皆知'黑幕'书为一种不正当之书籍，其实与'黑幕'同类之书籍正复不少，如《艳情尺牍》《香闺韵语》及'鸳鸯蝴蝶派小说'等等皆是。"（载《新青年》第6卷第1号）这种看法后来被人称之为"狭义的鸳鸯蝴蝶派"看法。

另一种看法却将鸳鸯蝴蝶派无限扩大，认为民国年间新文学派之外的所有通俗小说作家都是鸳鸯蝴蝶派，他们的所有通俗小说都是鸳鸯蝴蝶派小说。这种看法的代表人物是瞿秋白和茅盾。瞿秋白从小说的内容方面来扩大鸳鸯蝴蝶派小说的范围，他在《财神还是反财神》一文中说，"什么武侠，什么神怪，什么侦探，什么言情，什么历史，什么家庭"小说，都是鸳鸯蝴蝶派小说（见人民文学出版社1953年10月版《瞿秋白文集》）。茅盾则从小说的形式方面来扩大鸳鸯蝴蝶派小说的范围，他在《自然主义与中国现代小说》一文中认定鸳鸯蝴蝶派小说包括"旧式章回体的长篇小说""不分章回的旧式小说""中西合璧的旧式小说""文言白话都有"的短篇小说（载1922年7月《小说月报》第13卷第7号）。这种看法后来被人称之为"广义的鸳鸯蝴蝶派"看法，而且逐渐成为主流看法，以致后来的文学研究者都接受了这种看法。

新文学家不仅在鸳鸯蝴蝶派的界定问题上分成了两派，而且在鸳鸯蝴蝶派的名称上也花样百出。如罗家伦因为徐枕亚等人好用四六句的文言写小说，便称其为"滥调四六派"（见署名志希的《今日中国之小说界》，载 1919 年《新潮》第 1 卷第 1 号），但无人响应。郑振铎因为《礼拜六》杂志为鸳鸯蝴蝶派的主要刊物之一，便称其为"礼拜六派"（见署名西谛的《新文学观的建设》一文，载1922 年 5 月 21 日《文学旬刊》第 38 号）。这一说法得到了周作人、茅盾、瞿秋白、朱自清、阿英、冯至、楼适夷等人的响应，纷纷采用，以致使用频率越来越高，知名度越来越大，终于成为鸳鸯蝴蝶派的别称了。于是"鸳鸯蝴蝶派"和"礼拜六派"两个名称便被新文学家所滥用。如郑振铎在《新文学观的建设》一文中称"礼拜六派"，而在《〈文学论争集〉导言》一文中却称"鸳鸯蝴蝶派"（见上海良友图书公司 1935 年 10 月出版的《新文学大系·文学论争集》卷首）。还有人在同一篇文章里既称鸳鸯蝴蝶派，又称礼拜六派。如阿英在 1932 年所写的《上海事变与鸳鸯蝴蝶派文艺》一文中说：张恨水的所谓"国难小说"，与"礼拜六派的作品一样，是鸳鸯蝴蝶派的一体"，"充分地说明了鸳鸯蝴蝶派的作家的本色而已"（见上海合众书店 1933 年 6 月出版的《现代中国文学论》）。

茅盾在 20 世纪 70 年代觉得统称鸳鸯蝴蝶派或礼拜六派都不合适，于是提出了一个折中的看法，他在《紧张而复杂的生活、学习与斗争（上）——回忆录（四）》中说：

> 我以为在"五四"以前，"鸳鸯蝴蝶派"这名称对这一派人是适用的。……但在"五四"以后，这一派中有不少人也来"赶潮流"了，他们不再老是某生某女，而居然写家庭冲突，甚至写劳动人民的悲惨生活了，因此，如果用他们那一派最老的刊物《礼拜六》来称呼他们，较为合式。

——载 1979 年 8 月《新文学史料》第 4 辑

事实是该派在"五四"前后没有根本变化，都是既写言情小说，又写其他小说，将其人为地腰斩为两段，既显得武断，又无法掩盖当时的混乱看法。

这些混乱的看法导致后来的文学研究者无所适从：或沿用"鸳鸯蝴蝶派"的说法（如北大本《中国文学史》和《中国小说史稿》、复旦本《中国文学史》和《中国近代文学史稿》等）；或沿用"礼拜六派"的说法（如山东师院本《中国现代文学史》等）；或干脆别出心裁地称之为"鸳鸯蝴蝶—礼拜六派"（见汤哲声《鸳鸯蝴蝶—礼拜六小说观念的价值取向及其评价》，载《苏州大学学报》1992年第2期）。这可真算是中国小说史上的一出有趣的滑稽戏了。

二、如何评价鸳鸯蝴蝶派

鸳鸯蝴蝶派的开山作品是1900年陈蝶仙的言情小说《泪珠缘》，因此鸳鸯蝴蝶派应该是指言情小说派，这也就是后来的所谓"狭义的鸳鸯蝴蝶派"，但被新文学家扩大为"广义的鸳鸯蝴蝶派"，实际上也就是民国通俗小说派。

鸳鸯蝴蝶派与同时期的"南社"不同，既没有组织，也没有纲领，而是一个在思想倾向和艺术风格上大体相同或相近的小说流派，连"鸳鸯蝴蝶派"这一招牌也是别人强加给它的。然而客观地说，鸳鸯蝴蝶派确实是一个产生过巨大影响的小说流派。在"五四"以前的近二十年间，它几乎独占了中国文坛；在"五四"以后的三十年间，虽然产生了新文学，但新文学只是表面上风光，而鸳鸯蝴蝶派却一派兴旺发达景象。我对"广义的鸳鸯蝴蝶派"做过不完全的统计：该派作家达数百人，较著名者有一百余人，所办刊物、小报和大报副刊仅在上海就有三百四十种，所著中长篇小说两千多种，至于短篇小说、笔记等更难以计数。在此前的中国文学史上，还没有哪个文学流派有过如此宏大的规模，产生过如此巨大的影响。

鸳鸯蝴蝶派由于规模宏大，又处在历史的一个巨变时期，其成员的确鱼龙混杂，其作品也良莠不齐，但总体来说，它形象地记录了中国二十世纪前五十年的历史，为中国读者提供了丰富的精神食粮，对中国小说的传承起过积极作用，因此应该给予充分的肯定。

鸳鸯蝴蝶派小说已经不是中国传统通俗小说的复制，而是一种改良的通俗小说。在形式方面，它既采用章回体，也采用非章回体，甚至采用了西洋小说的日记体、书信体等，至于侦探小说则更是完全模仿自西洋小说。在艺术手法方面，受西洋小说的影响非常明显，如增加了人物形象和景物描写，结构与叙事方式也趋于多样化，单线和复线结构并用，第三人称和第一人称叙述法兼施，还采用了倒叙法和补叙法。在内容方面，鸳鸯蝴蝶派小说已经扩大了描写范围，反映了当时社会生活的各个方面，甚至已经紧跟时事，及时反映当前的社会现实，被称为"时事小说"。如李涵秋的《广陵潮》描写辛亥革命，而他的《战地莺花录》则描写五四运动，这种及时反映当时发生的重大政治事件的小说，与多写历史故事的古代小说完全不同，显然是一大进步。鸳鸯蝴蝶派的言情小说，也不同于古代的才子佳人小说，而是一种新才子佳人小说。古代的才子佳人小说因面对森严的封建礼教，只能写才子与佳人偶尔一见钟情，以眉目传情或诗书传情的方式进行交流，最后皆是有情人终成眷属的大团圆结局。而这种大团圆结局完全是人为的：或出于巧合，或由于才子金榜题名，皇帝御赐完婚，这就完全回避了封建包办婚姻的问题。而民国年间的封建礼教已经在一定程度上松绑，尤其像上海、北京等大城市得风气之先，恋爱自由和婚姻自主思想已经渐入人心。因此有些鸳鸯蝴蝶派的言情小说也突破了古代才子佳人小说的窠臼，才子佳人已经敢于"相悦相恋，分拆不开，柳阴花下，像一对蝴蝶、一双鸳鸯一样"。其结局也不再全是有情人终成眷属的大团圆，而是"有时因为严亲，或者因为薄命，也竟至于偶见悲剧的结局……这实在不能不说是一个大进步"（鲁迅《上海文艺之一瞥》，连载于 1931 年 7 月 27 日、8 月 3 日《文艺新闻》第 20、21 期）。言情小说由大团圆结局到悲剧结局的确是一个大进步，因为前者是回避封建包办婚姻礼制，而后者是控诉封建包办婚姻礼制。而这一进步的开创者是曹雪芹和高鹗，他们在《红楼梦》里所写的婚姻差不多都是悲剧。因此胡适称赞《红楼梦》不仅把一个个人物"都写作悲剧的下场"，而且最后"作一个大悲剧的结束，打破了中国小说的团圆迷信"（《〈红楼梦〉考证》，见 1923 年亚东图书馆版《胡适文存》）。可见鸳鸯蝴蝶派的言情小说在一定程度上继承了《红楼梦》开创的爱情婚姻悲剧模式，因而具有相当的反封建意义。我们可以徐枕亚的《玉梨魂》为例加以说明，因为该小说被新文学家指为鸳鸯蝴蝶派的代表性作品。

《玉梨魂》的故事很简单——清末宣统年间，小学教员何梦霞与年轻寡妇白梨影相爱，但两人均认为他们的这种行为是不道德的。为了得到感情的解脱，白梨影想出个"移花接木"的办法，即撮合何梦霞与自己的小姑崔筠倩订了婚。然而何梦霞既不能移情于崔筠倩，白梨影也无法忘情于何梦霞，结果造成了一连串的悲剧——白梨影在爱情与道德的激烈冲突下郁郁而死；崔筠倩因得不到何梦霞之爱而离开了人世；白梨影的公公因感伤女儿、儿媳之死而一病身亡；白梨影的十岁儿子鹏郎成了孤儿。何梦霞为排遣苦闷，先赴日本留学，继又回国参加了辛亥武昌起义（即辛亥革命），壮烈牺牲。

《玉梨魂》不仅描写了一个爱情婚姻悲剧，而且不同于一般的爱情婚姻悲剧。一般的爱情婚姻悲剧都是由封建势力造成的，即由包办婚姻造成的；而《玉梨魂》所写的爱情婚姻悲剧，其原因却是何梦霞和白梨影自身的封建道德。他们既渴望获得恋爱自由和婚姻自主的权利，又不能摆脱封建道德和封建礼教的束缚，两者激烈冲突，造成三死一孤的惨剧。从而揭露了封建道德和封建礼教的影响力是多么巨大，它已深入人们的骨髓，使其不能自拔。因此，它的反封建意义比一般的爱情婚姻悲剧更为深刻。

其实，新文学阵营也不是铁板一块，虽然大多数新文学家对鸳鸯蝴蝶派全盘否定，但也有少数新文学家态度比较客观，他们对鸳鸯蝴蝶派也给予一定的肯定。鲁迅是其中最突出的一位，他不仅认为某些鸳鸯蝴蝶派的悲剧言情小说是"一大进步"，而且不同意某些新文学家对鸳鸯蝴蝶派消极影响的夸大其词。他说：

> 至于说他流毒中国的青年，那似乎是过虑。倘有人能为这类小说所害，则即使没有这类东西也还是废物，无从挽救的。与社会，尤其不相干，气类相同的鼓词和唱本，国内非常多，品格也相像，所以这些作品也再不能"火上添油"，使中国人堕落得更厉害了。

——《关于〈小说世界〉》，载《晨报副刊》
1923 年 1 月 15 日

这种客观的观点与前述周作人无限夸大鸳鸯蝴蝶派作品能使国民生活陷入"完全动物的状态"乃至"非动物的状态"的观点形成了鲜明对比。当抗日战争爆发后，鲁迅更提倡文学界的抗日统一战线，主张团结鸳鸯蝴蝶派一起抗日。他说：

我以为文艺家在抗日问题上的联合是无条件的，只要他不是汉奸，愿意或赞成抗日，则不论叫哥哥妹妹，之乎者也，或鸳鸯蝴蝶都无妨。但在文学问题上我们仍可以互相批判。

——《答徐懋庸并关于抗日统一战线问题》，
载《作家》月刊第1卷第5期

鲁迅不仅提倡团结鸳鸯蝴蝶派一起抗日，而且主张新文学派与鸳鸯蝴蝶派在文学问题上"互相批判"，这种平等对待鸳鸯蝴蝶派的度量，也与那些视鸳鸯蝴蝶派如寇仇，必欲置诸死地而后快的新文学家形成了鲜明对比。

对鸳鸯蝴蝶派给予肯定的不只鲁迅，还有朱自清和茅盾。朱自清认为供人娱乐是中国传统小说的特点，因此不赞成将"消遣"作为罪状来批判鸳鸯蝴蝶派小说。他说：

在中国文学的传统里，小说……更是小道中的小道，就因为是消遣的，不严肃。不严肃也就是不正经，小说通常称为"闲书"，不是正经书。……鸳鸯蝴蝶派的小说意在供人们茶余酒后的消遣，倒是中国小说的正宗。

——《论严肃》，载《中国作家》创刊号

茅盾也承认鸳鸯蝴蝶派小说也"写家庭冲突，甚至写劳动人民的悲惨生活"。他还从艺术性方面对鸳鸯蝴蝶派小说给予一定肯定。

他认为鸳鸯蝴蝶派的有些长篇小说"采用西洋小说的布局法",如倒叙法、补叙法,以及人物出场免去套语、故事叙述"戛然收住"等等,这一切是对"旧章回体小说布局法的革命"。还认为鸳鸯蝴蝶派的有些短篇小说学习了西洋短篇小说"截取一段人生来描写,而人生的全体因之以见"的方法:"叙述一段人事,可以无头无尾;出场一个人物,可以不细叙家世;书中人物可以只有一人;书中情节可以简至只是一段回忆。……能够学到这一层的,比起一头死钻在旧章回体小说的圈子里的人,自然要高出几倍。"(《自然主义与中国现代小说》,载1922年7月10日《小说月报》第13卷第7号)

鲁迅、朱自清、茅盾毕竟属于新文学派,因此他们对鸳鸯蝴蝶派的肯定是有限的。我们应该摆脱成见与束缚,从中国文学史的角度,对鸳鸯蝴蝶派做出客观公正的评价。

三、如何看待冯玉奇的小说

我们澄清了以上有关鸳鸯蝴蝶派的三个问题,等于为介绍冯玉奇的小说提供了一个坐标,也等于为读者提供了一把参照标尺。读者用这把标尺,就可自行评判冯玉奇的小说了。

冯玉奇于1918年左右生于浙江慈溪,笔名左明生、海上先觉楼、先觉楼,曾署名慈水冯玉奇、四明冯玉奇、海上冯玉奇。据说他毕业于浙江大学(一说复旦大学)。1937年九一八事变后寄居上海,感山河破碎,国事蜩螗,开始写作小说以抒怀。其处女作为《解语花》,由上海春明书店出版。出版后旋即由东方书场改编为同名话剧,演出后轰动一时。那时他才十九岁。由此一发而不可收,至1949年7月《花落谁家》出版,在短短十来年时间里,他创作的小说竟达一百九十多种,平均每年近二十种,总篇幅应该不少于三千万字，只能用"神速"来形容。这时他只有三十一岁。近现代文学史料专家魏绍昌先生（已去世）所编《鸳鸯蝴蝶派研究资料（史料部分)》(上海文艺出版社1962年10月出版）开列的《冯玉奇作品》目录只有一百七十二种，也有遗珠之憾。不过我们从这一目录中仍可确定冯玉奇是一位以写言情小说为主的通俗小说作家，因为在一百七十二种小说中，言情小说占有一百二十二种，其他小说只有五十种：社会小说三十四种、武侠小说十四种、侦探小说两种。

冯玉奇不仅是一位写作神速且极为多产的通俗小说作家，还是一位热心的剧作家和剧务工作者。早在他二十六岁（1944年）时，就担任了越剧名伶袁雪芬的雪声剧团的剧务，并为之创作了《雁南归》《红粉金戈》《太平天国》《有情人》《孝女复仇》五大剧本，演出效果全都甚佳。在他二十七到二十八岁（1945～1946）时，又与他人合作，前后为全香剧团和天红剧团编导了《小妹妹》《遗产恨》《飘零泪》《义薄云天》《流亡曲》等二十多个剧本，演出效果同样甚佳。可见冯玉奇至少写过十几个剧本。

冯玉奇一生所写的小说和剧本总计不下两百五十种，总篇幅可能达到四千万字以上，是名副其实的"著作等身"，是当之无愧的中国最多产的作家，号称多产的同派小说家张恨水也难望其项背。当时的文学作品已是一种特殊商品，冯玉奇的小说如此畅销，其剧本演出又如此轰动，这足可以证明其受人欢迎，这就是读者和观众对冯玉奇的评价，它比专家的评价更为准确，也更为重要。遗憾的是，我们无法看到他的剧作和三十岁以后的作品，也不知其晚景如何，卒于何年。

从冯玉奇的生活年代和创作时段来看，他显然是鸳鸯蝴蝶派的后起之秀，所以尽管他作品如此之多，影响如此之大，而同派的老前辈却很少提到他，这也是"文人相轻"的表现之一。

按说要介绍冯玉奇的小说，应该将其全部小说阅读一遍，但我没有这么多时间，也没有这么大精力，因而只向中国文史出版社借阅了《舞宫春艳》《小红楼》《百合花开》三种，全都是言情小说。因此我只能以这三种言情小说为例加以介绍，这可能会犯以偏概全的错误，因此只能供读者参考。

《舞宫春艳》写了两个纠缠在一起的爱情婚姻悲剧故事：苏州富家子秦可玉自幼与邻居豆腐坊之女李慧娟相恋，由于门第悬殊，秦可玉被其父禁锢，二人难圆成婚之梦。不幸李慧娟生下了一个私生女鹃儿，只好遗弃，自己则郁郁而死。鹃儿被无赖李三子收养，长大后卖到上海做伴舞女郎，改名卷耳。中学生唐小棣先是爱上了姑夫秦可玉家的婢女叶小红，不料叶小红失踪，于是移情于卷耳，但无钱为卷耳赎身，两人感到婚姻无望，于是双双吞鸦片自尽。

《小红楼》的故事紧接《舞宫春艳》：曾经被唐小棣爱过的叶小红的失踪，原来也是被无赖李三子拐卖为伴舞女郎，小棣、卷耳自杀后，小红才被救了回来，并被秦可玉认为义女。经苏雨田介绍，与辛石秋相识相恋而订婚。同时石秋的姨表妹巢爱吾也爱石秋，但石秋既与小红订婚在先，便毅然与小红结婚。爱吾为了摆脱难堪的地位，离家出走，下落不明。石秋奉父命赴北平探望二哥雁秋，在火车站被人诬陷私带军火，被军人押到司令部。可巧爱吾此时已成为张司令的干女儿兼秘书，便设法救了石秋一命。但张司令强迫石秋与爱吾结婚，二人既不敢违命，又固守道德，便以假夫妻应付。后来石秋回到家里，终于与小红团聚。

《百合花开》写了两个紧密相关的爱情婚姻故事：二十岁的寡妇花如兰同时被四十二岁的教育家盖季常和十八岁的革命青年盖雨龙叔侄俩所爱，而盖季常的十六岁侄女盖云仙又同时被三十六岁的银行家杨如仁和十九岁的革命青年杨梦花父子俩所爱。经过许多曲折后，终于两位长辈让步，盖雨龙与花如兰、杨梦花与盖云仙同场结婚。

由以上简单介绍可知，冯玉奇的这三种小说共写了五个爱情婚姻故事，其中两个是悲剧结局，三个是有情人终成眷属。这正如鲁迅所说："有时因为严亲，或者因为薄命，也竟至于偶见悲剧的结局……这实在不能不说是一个大进步。"其次，这三种小说的五个爱情婚姻故事，倒有四个是三角爱情婚姻故事，但它们的情况并不雷同。唐小棣、叶小红、卷耳的三角恋是一男爱二女，辛石秋、叶小红、巢爱吾的三角恋是两女爱一男，而盖季常、盖雨龙、花如兰和杨如仁、杨梦花、盖云仙的三角恋更为异想天开，竟然都是两辈嫡亲男人（叔侄、父子）同爱一个女子。可见冯玉奇极有编故事的才能，从而使作品更具吸引力和娱乐性。又次，这三种言情小说的描写极为干净，没有任何色情描写。除了秦可玉与李慧娟有私生女外，其他人都非礼勿言，非礼勿行。如辛石秋与叶小红因婚礼当天石秋之母去世，为了守孝，新婚夫妻在百日之内没有圆房。而辛石秋与姨表妹巢爱吾为了对得起叶小红，虽被张司令强迫成亲，却只做了几天假夫妻。

从表现形式和艺术手法来看，我觉得冯玉奇的小说与当时新文学的新小说都受了西洋小说的影响，基本相同。譬如：两者都突破了传统小说书名的套路，不拘一格，尤其采用了一字书名和二字书名，如冯玉奇有《罪》《孽》《恨》《血》和《歧途》《逃婚》《情奔》等；而巴金有《家》《春》《秋》，茅盾有《幻灭》《动摇》《追求》。两者的对话方式也突破了传统小说的套路，灵活自如：对话既可置于说话者之后，也可置于说话者之前，还可将说话者夹在两句或两段话之间。至于小说的结构法、叙述法与描写法，更是差不多的。譬如人物描写不再是"沉鱼落雁""闭月羞花""倾国倾城"之类的千人一面，景物描写也不再是"落红满地""绿柳成荫""玉兔东升"之类的千篇一律，而加以具体描绘。这里随便举一个例子：

> 小红坐在窗旁，手托香腮，望着窗外院子里放有一缸残荷，风吹枯叶，瑟瑟作响。墙角旁几株梧桐，巍然而立。下面花坞上满种着秋海棠，正在发花，绿叶红筋，临风生姿，可惜艳而无香，但点缀秋色，也颇令人爱而忘倦。

这是《小红楼》对莲花庵一角的景物描绘，虽然算不上十分精彩，但作者通过小红的眼睛描绘了院中的三样东西——风吹作响的"枯荷"、巍然挺立的"梧桐"、正在开花的"海棠"，从而衬托出莲花庵幽静的环境，曲折地表明了时在秋季。频繁使用巧合手法是冯玉奇小说的显著特点，可以说把所谓"无巧不成书"用到了极致。巧合手法有助于编织故事，缩短篇幅，增加作品的吸引力等，但使用过多则时有破绽，有损于作品的真实性。冯玉奇的某些小说也采用了章回体，但只是标题用"第×回"和对偶句，"却说""且听下回分解"之类的套语已不再经常出现，因此并非章回体的完全照搬。况且章回体并非劣等小说的标志，它在我国小说史上发挥过巨大作用，产生过杰出的四大古典小说。因此用章回体来贬低冯玉奇的小说，也是毫无道理的。

冯玉奇的小说也有明显的缺点。它们与其他鸳鸯蝴蝶派小说一样，主要注重小说的娱乐性，而忽视小说的社会性和艺术性，因此没有产生杰出的作品。他是南方人而小说采用北方话，加之写作速度太快，无暇深思熟虑，导致语言不够流畅，用词不够准确，还有许多错别字和语病。还有使用"巧合"法太多，有时破绽明显，这里不再举例。

总而言之，冯玉奇既不是"黄色"和"反动"小说家，也不是杰出小说家，而是一位勤奋多产、有益无害的通俗小说家，他应在中国小说史尤其是中国现代小说中占有一席之地。

2017 年 6 月 4 日于北京蜗居

图书在版编目(CIP)数据

苦海慈航·乱世风波 / 冯玉奇著. — 北京：中国

文史出版社,2018.3

（民国通俗小说典藏文库·冯玉奇卷）

ISBN 978 - 7 - 5205 - 0056 - 2

Ⅰ. ①苦… Ⅱ. ①冯… Ⅲ. ①长篇小说 – 中国 – 现代

Ⅳ. ①I246.5

中国版本图书馆 CIP 数据核字（2018）第 010439 号

点　　校：罗　宇　清寒树

责任编辑：蔡晓欧

出版发行：**中国文史出版社**

网　　址：http://www.chinawenshi.net

社　　址：北京市西城区太平桥大街 23 号　邮编：100811

电　　话：010 - 66173572　66168268　66192736（发行部）

传　　真：010 - 66192703

印　　装：廊坊市海涛印刷有限公司

经　　销：全国新华书店

开　　本：720×1020　1/16

印　　张：18　　　　字数：210 千字

版　　次：2018 年 9 月第 1 版

印　　次：2018 年 9 月第 1 次印刷

定　　价：49.80 元